Longe daqui aqui mesmo

Livros do autor na Coleção **L&PM** Pocket

Verdes vales do fim do mundo

Leituras afins:

On the road – Jack Kerouac
Dias e noites de amor e de guerra – Eduardo Galeano
Uivo – Allen Ginsberg
Fragmentos – Caio Fernando Abreu

Antonio Bivar

Longe daqui aqui mesmo

Edição revisada pelo autor

www.lpm.com.br

L&PM POCKET

Coleção **L&PM** Pocket, vol. 539

Capa: Ivan Pinheiro Machado sobre cartão-postal de *Glastonbury Tor* (acervo do autor).
Revisão: Renato Deitos e Larissa Rosso

CIP-BRASIL. CATALOGAÇÃO-NA-FONTE
SINDICATO NACIONAL DOS EDITORES DE LIVROS, RJ.

B549L   Bivar, Antonio, 1939-
          Longe daqui aqui mesmo / Antonio Bivar. – 2 ed. -- Porto Alegre, RS : L&PM, 2006
          216p. : 18cm – (L&PM Pocket; 539)

          ISBN 85-254-1545-6

          1.Bivar, Antonio, 1939-. 2.Contracultura. 3.Escritores brasileiros I. Título. II.Série.

                              CDD 868.98
                              CDU 821.134.3(81)-8

© Antonio Bivar, 2006

Todos os direitos desta edição reservados à L&PM Editores
PORTO ALEGRE: Rua Comendador Coruja 314, loja 9 - 90220-180
                Floresta - RS / Fone: 51.3225.5777
PEDIDOS & DEPTO. COMERCIAL: vendas@lpm.com.br
FALE CONOSCO: info@lpm.com.br
www.lpm.com.br

Impresso no Brasil
Inverno de 2006

SUMÁRIO

PRÓLOGO 7

1 – Back to Brazil 9
2 – O desbunde 10
3 – O charme de Odete 19
4 – O charme de Odete (II) 25
5 – Merda, merda, merda! 28
6 – Nara Leão, Leila Diniz, Grande Otelo... 35
7 – Programado para partir 38
8 – Quase lá mas ainda não 43
9 – Enfim só 47
10 – Pescaria 54
11 – The Buenos Aires connection 57
12 – Ziguezagueando 61
13 – Recordações anotadas 67
14 – Este Rio que eu amo 72
15 – A sabedoria da Odete 78
16 – Despedidas de um solteiro 81
17 – Te perdiste lo mejor 87
18 – Marinheiro marinheiro 91
19 – O terceiro homem 102
20 – Em casa 109
21 – Zé é um gênio 112
22 – Dupla campestre 115
23 – Uma cabana no céu 118
24 – Avalon chama 123
25 – Cartas na mesa 131
26 – De volta a Salisbury com Andrew Lovelock 137
27 – Mudanças radicais 144
28 – Rock and rouge 147
29 – Actonianas 151
30 – La Reine du Monde 161

31 – Formentera 169
32 – Cartas pra lá cartas pra cá 179
33 – A passagem da rainha 186
34 – Onde o coração repousa 196
35 – Quando a morada é um banheiro de moças 199
36 – Fecho éclair 208

SOBRE O AUTOR 214

PRÓLOGO

A legião de leitores que se divertiu e se emocionou com *Verdes vales do fim do mundo*, de algum modo, ao longo desses anos, vinha me cobrando continuidade. Eu também não desejava outra coisa. Mas livro às vezes demora até que chegue o momento de ser posto no papel.

Verdes vales do fim do mundo era, segundo seu prefácio, "as memórias de um rapaz que se comportou relativamente bem durante um ano e uma semana no exílio, entre 1970 e 1971". *Longe daqui aqui mesmo* traz o mesmo rapaz, de volta do exílio voluntário e continuando a saga do ponto em que parara, avançando-a, agora, de 1971 a 1973.

O rapaz, no caso, sou eu. E a época de que os dois livros se ocupam faz parte dos anos em que uma vasta facção da juventude mundial se entregava às descobertas dentro de uma movimentação que ganhou o nome de Contracultura e que acontecia simultaneamente em vários pontos do planeta, inclusive no Brasil. Acontece que na época o Brasil estava sob o regime de ditadura militar. Daí que, para muitos, não havia outra saída que buscar a liberdade através do exílio, voluntário ou não. Mas não apenas isso. Mais ainda: o narrador aqui, além de viajante, é um observador e participante apaixonado também do *modus vivendi* das pessoas tidas como "convencionais".

O memorialista não tem como, e nem mesmo quer, fugir do material da época que retrata. Na época da qual este livro se ocupa, eu era um jovem autor teatral talentoso, premiado, *badalado*, constantemente censurado e certamente imaturo. E mais que isso, era um aprendiz deslumbrado com a vida, com a gente e suas novidades. O teatro não era a paixão maior, mas fazia parte da Grande Paixão, que era ser protagonista do meu próprio romance de aventuras, romance inspirado em vários outros do gênero mas, ainda assim, e no seu direito, absolutamente único.

O título, tirado de uma peça teatral de minha autoria, reflete o espírito da época e passa a idéia de que, aonde quer que se vá, por mais longe que se vá, o indivíduo estará sempre ligado às suas raízes, por mais elásticas que se tornem essas raízes, por conta do deslocamento territorial do próprio indivíduo. E se isso tem seu inexorável, tem também comédia e tudo mais. Como dramaturgo devo saber disso.

Para não tornar o prólogo muito comprido, termino lembrando que muitos dos personagens destas memórias são nomes conhecidos do mundo das artes e das comunicações, assim como um outro tanto são pessoas comuns que nada têm a ver com a fama. Cada um no seu direito, são todos dignos de apreço. Se não, que sentido a legenda?

Antonio Bivar

1

Back to Brazil

Março de 1971 chegava ao fim. O sonho acabara em dezembro, mas uma nova leva de sonhadores pipocava em tudo que era lugar. Não fazia uma semana que chegara do exílio na Europa e já abria a primeira das cartas. Era de Leilah Assunção. Uma das autoras teatrais do momento, também de *pé na estrada*, Leilah escrevera de Londres:

"Meu amor, morrendo de saudade. Eu não acreditava que você voltaria, mas daí você foi. Me escreve correndo para dizer como foi a chegada aí, do encontro da família e da saúde da pátria amada. Quando você chegou em Ribeirão Preto... eu sei que você chorou. Eu vou chorar também, quando chegar em Botucatu. Mas depois muda tudo. Porra, eu nunca tive essa frescura de ter saudade assim de você! E agora vem esse melodramatismo! Ontem teve festa no [Gilberto] Gil, não sei quem ia embora pro Brasil. Terminou em samba, de manhã; deu nostalgia em todo mundo. Todo mundo mandando beijos e saudades. No Gil só falavam de você, que foi. Todo mundo te ama! Não posso contar mais porque o correio tá fechando. Logo te mando outra, carta de verdade, de autora fofocando confidências íntimas pra autor. As flores estão desabrochando em tudo que é cor. Um beijo, um abraço, um olhar, um carinho, uma estrela e uma borboleta, da Leilah."

2

O desbunde

E fui pro Rio, onde o último grito levava o nome de "desbunde". O verão, segundo Caetano Veloso – que em janeiro retornara a Londres de sua primeira visita ao Brasil desde que se exilara na Inglaterra –, "estava uma maravilha". E no seu humor cúmplice, Caetano reportara:
– Todo mundo virou *santo*.

A praia em Ipanema, no trecho entre as ruas Teixeira de Melo e Farme de Amoedo, havia um píer inacabado, e o pedaço, freqüentado pela vanguarda do desbunde, recebera o título de *As dunas da Gal* – porque freqüentado também pela cantora. Garotas na onda *topless* e rapagões andróginos em minissungas – algumas, de crochê, faziam entrever sob a trama o pênis, num alegre exibicionismo regado a cigarros de maconha e a viagens lisérgicas. Todo mundo sorrindo, se beijando e se despedindo com os dedos em sinal de paz. Cabelos compridos no verão auge dessa moda. Sim, porque, em se tratando de Ipanema, a coisa tinha que acabar em moda. Entre hippies autênticos e hippies de butique salvavam-se todos – embora alguns já tivessem embarcado na tal viagem sem volta.

Durante os meus dez anos de Rio sempre morara em Ipanema. Por isso era natural que agora, voltando à cidade maravilhosa, procurasse um lugar disponível a servir de endereço temporário no mesmo bairro onde, nos primeiros anos, morei numa água-furtada de frente à casa de Tom Jobim na época em que ele e Vinicius de Moraes criaram *A garota de Ipanema*. Dali fui para outros lugares em outras ruas, sempre em Ipanema. E agora, nessa minha volta, fui parar num apartamento de andar inteiro num prédio antigo na rua Farme de Amoedo, onde moravam três dos meus primeiros conhecidos de Rio. Embora espaçoso, foi o apartamento mais despojado em que vivi. Também, os três levavam a vida na flauta e viviam duros. Mas o que era preciso não faltava. E por serem brilhantes, a casa vivia cheia.

Rubens era ator, Luiz Carlos escrevia e Poty trabalhava na Cinemateca.

E foi nesse apartamento onde cada um tinha seu quarto que, na volta do exílio, também tive o meu. Só o quarto do Rubens tinha cama; os outros, colchão no chão. Uma empregada cozinhava, lavava, passava e mantinha o assoalho reluzente.

Uma madrugada, pouco antes de o sol nascer, fui despertado por Rubens, que entrou no meu quarto dizendo que Maria Gladys e Suzana de Moraes estavam gritando meu nome lá da calçada. Levantei, lavei o rosto, escovei os dentes e desci para abrir a porta e recebê-las. Elas subiram o lance de escada (o apartamento ficava no primeiro andar). Suzana estava viajando de ácido. Levei-as ao quarto de Poty, que esta noite não dormira em casa. Estirada no colchão, cercada pelas paredes cobertas de cartazes de filmes americanos dos anos 40, Suzana nos contava, com um sorriso de larga felicidade, dos tempos em que, menina, e o pai, o poeta Vinícius de Moraes, então diplomata em Los Angeles, sua casa era freqüentada por gente de cinema, de Carmen Miranda a Orson Welles. Depois de ouvir Suzana de Moraes *viajando* no glamour de suas lembranças hollywoodianas, descemos todos para uma média e pão com manteiga na chapa no botequim da esquina.

Nessa época eu constatara uma coisa: quando se faz o nome e se viaja ficando bastante tempo fora, ao voltar parece que a fama é ainda maior. Eu era entrevistado o tempo todo. No jornal *O Globo* saíra o meu perfil por Marisa Raja Gabaglia. *Esse Menino Assustado é um Autor Internacional* era o título. E Marisa começava assim: "Magro, os cabelos desgrenhados, os gestos nervosos, à medida que ele vai falando percebo, através de seu raciocínio anárquico, um Bivar romântico, terno, um menino que...". Logo depois eu era entrevistado por Bibi Ferreira no *talk show* que ela apresentava na TV Tupi.

Falei tão bem da Inglaterra e dos ingleses que, dias depois, recebia convite do embaixador para uma festa na Embaixada britânica. Fui com Odete Lara no carro dela. O embaixador agradeceu pessoalmente os meus elogios ao seu país no programa da Bibi.

Odete era uma grande amiga. Sabia que eu chegara sem dinheiro, depois de um ano ausente do país – minha peça *Alzira Power* tinha feito uma ótima carreira, mas a Sociedade Brasileira de Autores Teatrais (SBAT), que me adiantara os dólares enquanto estive fora, de comum acordo comigo, estipulara que, uma vez de volta ao Brasil, eu não retiraria um centavo enquanto a dívida não estivesse paga. E Odete perguntou:

– Você foi pago pelos artigos que escreveu de Londres e Nova York para o *Pasquim*?

Respondi que não, que pensava que aquilo fosse espécie de cartas, o *Pasquim* não tinha encomendado, eu escrevera e eles publicaram. Odete me fez ver que eu estava sendo ingênuo, que não era assim, que eu vivia do que escrevia e que, portanto, devia ser pago.

– Será? – perguntei, duvidando.

– Deixe comigo – ela disse e ligou para o Jaguar, um dos donos do tablóide. E o Jaguar, surpreso:

– Mas o Bivar ainda não veio receber? Faz tempo que assinei dois cheques para ele!

Fui com Odete receber e, de fato, os cheques estavam no departamento pessoal, datados de meses atrás. E era uma quantia nada desprezível.

No Teatro Gláucio Gil, *Alzira Power*, que tinha sido o sucesso teatral do verão, estava agora em final de carreira, temporada popular com gente saindo pelo ladrão (como se dizia) e a inacreditável Yolanda Cardoso levando a platéia ao delírio com sua verve de comediante. E o jovem ator Marcelo Picchi encantando a mulherada com o seu nu frontal, especialmente nas matinês das quintas-feiras que, na temporada de *Alzira*, ficaram faladas como "sessões das senhoras". *Alzira* era novidade também porque, além de ser uma peça que falava fundo às mulheres – como nenhuma outra peça brasileira até então (a personagem-título era uma libertária desvairada) –, tinha, como sobremesa, a exibição demorada e ritualística de um rapaz pelado. Não estava no meu texto, era coisa da direção sacana de Antonio Abujamra.

Alzira Power era várias vezes aplaudida em cena aberta, e os aplausos finais eram os mais calorosos. Fernanda Montenegro e Fernando Torres haviam cedido seus nomes de empresários à produção. O cartaz, os anúncios, a fachada na porta do teatro mostravam assim: FERNANDA MONTENEGRO e FERNANDO TORRES apresentam *ALZIRA POWER*, de Antonio Bivar.

Estranho o que acontecia comigo. Os aplausos, lógico, me deixavam feliz; mas, depois de um ano no exílio e de ter vivido num outro mundo, passando pela transcendência, eu voltara transformado. Já não estava mais nessa de porra-louquice e nem muito entusiasmado com o teatro, embora estivesse em pleno sucesso nesse campo. Mas o que eu queria mesmo era me retirar sozinho para um lugar bem longe e escrever um livro. Um livro sobre as experiências do ano passado, o ano mais feliz de toda a minha vida desde os quinze anos. Mas antes, e aqui voltava o teatro, eu precisava ter outra peça em cartaz; enquanto esta seguisse carreira, eu poderia viver dos direitos autorais, afastado da badalação e, tranqüilo, concentrado, trabalhar em meu livro.

Eu tinha pronta uma peça novinha, *Longe daqui aqui mesmo*, que escrevera em novembro e dezembro em Nova York, hospedado no lendário Hotel Chelsea. A ação da peça se passava em um teatro abandonado transformado em vivenda hippie. Quatro rapazes e uma garota, idades entre 17 e 28 anos, possuídos pelo espírito do palco onde vivem, representam uns para os outros até que, repentinamente, surge do nada mais um personagem, "Estrela", uma mulher bem mais velha e de certo passado, mulher sambada, mas jovial e humana. E nesse convívio todos manifestam seus anseios, frustrações e esperanças.

E toca procurar produtor. Um dia, tendo ido dar um pulo a São Paulo, fui parado na rua por um adolescente de cabelos longos, montado numa motocicleta. Ele disse:
– Quero produzir a sua nova peça.

Achando que aquilo fosse mais uma das muitas abordagens de que vinha sendo vítima desde que ficara famoso, minha reação não foi muito entusiástica. Mas ele, apesar da pouca idade, tinha uma expressão séria, determinada, falava me olhando direto nos olhos, insistindo:
– Quero mesmo produzir sua peça.

Dei-lhe o meu telefone e endereço no Rio. Já o conhecia de vista, mas nada sabia dele, exceto que ele e Odete Lara estavam namorando.

Paulo Sack – era este o nome dele – me procurou no Rio e realmente estava a fim de produzir *Longe daqui aqui mesmo*. Diziam que ele era muito rico, o pai falecera recentemente e deixara uma vasta herança para ele e o irmão, Pedro. Enquanto isso, *Alzira Power* deixava o Rio para excursionar antes de sentar praça em São Paulo, no Teatro Oficina. No Rio eu continuava morando no apartamento de Rubens Araújo. Numa tarde quente de sábado, estávamos todos com papéis, desenhando com lápis de cor e hidrográficas. Os desenhos aleatórios saíam tão interessantes que, achando uma pena ficarmos só naquilo, lamentei:
– A gente bem que merecia uma exposição.

O meu lamento bateu na idéia de Rubens, que, com um largo sorriso e olhos brilhantes, exclamou:
– Pode deixar que hoje à noite a gente vai ter uma *vernissage*.

Festeiro que só ele, Rubens nem se deu ao trabalho de fazer uma lista. Correu ao telefone e ligou para meio Rio de Janeiro chamando todo mundo para a *vernissage* logo mais à noite. E como ele mesmo não tinha desenhado nada, pegou meia dúzia de folhas de papel sulfite e com uma esferográfica assinou seu nome embaixo do canto direito de cada folha em branco.

– Só vou expor a minha assinatura – dizia, enquanto assinava.

Então discutimos a que preço venderíamos cada desenho: uma ninharia. Como a maioria não tinha dinheiro, resolvemos apenas abrir a casa e não oferecer nada para comer ou beber. Mas daí um dos desenhistas, Ary Coslov, que nessa época tinha um ótimo emprego, trabalhando como assistente do filólogo Antônio Houaiss na *Enciclopédia Britânica*, resolveu bancar ao menos a bebida da *vernissage*. Naqueles dias tinha acabado de ser lançada no Brasil a *Skol*, a primeira cerveja enlatada, e o Ary comprou várias caixas.

À tarde, passando por uma padaria, avistei um enorme pão exposto na vitrine, um pão sovado, arte de algum dos padeiros. E achando que, se alguém estivesse para morrer de fome na festa, um pedaço daquele pão serviria de primeiro socorro. Custava o preço de uns 200 pãezinhos comuns. Posto em um prego na parede da sala de Rubens, a princípio ninguém dera nada por ele, pendurado junto aos desenhos como se fizesse parte da mostra.

Levamos o estrado-sofá para o quarto de Rubens, e para o de Poty a penteadeira e as almofadas, de modo que a sala ficou limpa e sem móvel algum (as paredes da sala eram vazias porque Rubens as preferia assim). Com rolinhos de fita adesiva no verso, fixamos os desenhos nas quatro paredes, como numa galeria de arte. Éramos os expositores: Rubens (assinaturas), Luiz Carlos Góes (figuras inspiradas nas *garotas* do Alceu Pena), Ary Coslov (desenhos de melhor acabamento, tipo história em quadrinhos, sempre mais que um personagem na mesma página, e coloridos com as hidrográficas importadas que ele trazia num estojo na bolsa), José Vicente (simples margaridas, uma em cada página) e eu (os meus eram figuras femininas influenciadas pelo meu recente interesse na arte pré-rafaelita). Poty resolveu esnobar e não desenhou nada.

A *vernissage* foi um sucesso. A casa superlotou. Na maioria eram pessoas que a gente já conhecia: o crítico teatral

Yan Michalski e sua mulher, Maria José; atores, atrizes, gente do bairro que não tinha nada a ver com arte, salva-vidas de Ipanema etc. Pouco antes da chegada da atriz Teresa Raquel, o crítico de artes plásticas Marc Berkowitz – barbas brancas e cachimbo que compunha seu estilo –, entendendo o espírito do evento, percorreu os olhos por todas as obras fazendo uma análise tão profunda que não tive a mínima coragem de permanecer na sala, envergonhado por achar que a nossa mostra não estava à altura da análise de um crítico tão importante. Fui me refugiar no quarto de Luiz Carlos. O quarto apinhado de gente, as pessoas fumando maconha.

Nessa época de pleno desbunde – e o desbunde pra valer começara não fazia dois anos –, enquanto muitos da mesma turma tinham desbundado, um outro tanto, mesmo às vezes se fazendo presente onde as coisas aconteciam, recusava-se a tomar parte nos rituais de maconha e ácido. Eram chamados de "caretas" – aqueles que não "curtiam o barato" e, por extensão, retrógrados. (A terminologia usada com referência às drogas era quase sempre suficientemente codificada para estabelecer uma ilusão de participação, o fascínio secreto de "estar por dentro" – nunca *in* e *out* estiveram tão tirânicos.) E estávamos no quarto do Luiz Carlos quando Maria Gladys, no seu jeito único de se expressar entre divertida e temerosa, vira-se grave para Vera Barreto Leite e diz:

– Eu não tenho coragem de voltar à sala. A Thaís [Moniz Portinho] está lá. Faz tempo que não vejo a Thaís e ela é *careta*.

E a Vera, com o passado de quem pisou as melhores passarelas vestindo coleções de Paris, onde fora manequim exclusiva da Chanel enquanto *mademoiselle* ainda era viva, tirou de letra a paranóia de Gladys:

– Eu não tenho medo nenhum – e foi desfilando pelo corredor até a sala, e a gente no quarto torcendo, esperando ela voltar e contar como é que estava o clima lá.

Eu, louco de fumo, sentia algo semelhante ao que Maria Gladys sentia. Só que não em relação à Thaís Moniz Portinho, mas ao crítico Yan Michalski. Yan era o crítico teatral mais temido, e ele agora lá na sala... Entrei numa de que o Yan podia estar achando a festa o fim e resolver não me levar mais a sério como autor. Daí a Vera Barreto Leite voltou ao quarto dizendo que a sala estava ótima. Criamos coragem e fomos lá, seguindo a Vera. E de fato estava. Yan e Maria José pareciam estar curtindo o *happening* do desbunde. Yan conversava animadamente com José Vicente e, notei, ambos riam muito.

A venda foi péssima. Apenas um dos desenhos foi vendido. Uma das margaridas de José Vicente. Mas achei que aquilo fosse mais um *número* da "maldosa" Jacqueline Laurence. A atriz e intelectual, francesa de nascimento mas já há muito radicada no Rio, e um dos humores mais ferinos do cenário teatral, sabia, como todo mundo do meio, da rivalidade entre José Vicente e eu – éramos sem dúvida os autores do momento. Como autores, o Zé era considerado mais sério e eu menos sério (a seriedade que cobravam de mim não fazia parte da minha natureza). Para Sábato Magaldi, o crítico mais respeitado de São Paulo, por exemplo, eu dispersava o talento fazendo teatro de "curtição". Isso me magoava e eu me sentia incompreendido, pois embora fizesse o tal *teatro de curtição*, esperava que me respeitassem como, no mínimo, o inventor de um novo gênero, um gênero "nada desprezível", como escrevera Yan Michalski – Yan me compreendia, o Sábato não. E Jacqueline Laurence, percorrendo comigo os desenhos da mostra, depois de observar todos, voltou, parou em frente a uma das "margaridas" e, virando-se para mim, disse:

– Vou comprar um desenho de José Vicente.

Aquilo, pra mim, foi uma paulada. Nisso, Odete Lara, cercada por um grupo de jovens cabeludos e por alguns salva-vidas, discutia com alguém essa coisa de, na vida, ter aqueles instantes em que tudo parece estar no eixo, para, logo em seguida, a harmonia se desmanchar e tudo voltar à desorientação anterior.

Repentinamente, um silêncio de sepulcro. Sala repleta, todos sentados no assoalho, na posição de lótus, controlados e controlando. Ninguém dá um pio. A atmosfera, tensa, é pura cabeça. O mutismo começa a ficar insuportável quando, da parede, despenca o pãozão que eu trouxera da padaria da esquina. Com o susto provocado pelo som de seu esborrachar no chão, volta a descontração e também o riso geral. Até que um, achando boa a idéia, foi lá e pegou um pedaço. Outro arrancou outro, e de súbito a maioria correu a fim de uma naca antes que acabasse.

 E acabou a festa – mas só depois de horas, porque a essa altura Maria Gladys e Thaís Moniz Portinho, a *ligada* e a *careta*, conversavam animadamente.

3

O charme de Odete

A *vernissage* de Rubens Araújo foi o assunto da praia nos dias seguintes. E o apartamento, que já era famoso, transformava-se a olhos vistos numa *open house*. Festa todos os fins de semana. Rubens, um *bon vivant* sem dinheiro, generosamente oferecia o espaço para quem quisesse festejar. Já no sábado seguinte, o ator Paulo Villaça, que era sócio de Marília Pêra na produção de *A vida escrachada* – musical estrelado por Marília e a maior bilheteria da temporada, no Teatro Ipanema –, aniversariava, e Rubens emprestou o apartamento para a festa. As presenças foram mais ou menos as mesmas da *vernissage*, só que Villaça, em fase de muito dinheiro, ofereceu uma imensa mesa de queijos finos e vinhos franceses.

A essa altura, o meu jovem produtor mudara-se para o Rio e a produção de *Longe daqui aqui mesmo* começou. Graças aos conhecimentos de Odete Lara, Paulo Sack conseguiu o Teatro Opinião, em Copacabana. Depois de muita resistência – misto de preguiça e charme –, Antonio Abujamra acabou topando dirigir a peça. Anísio Medeiros, como cenógrafo e figurinista, o próprio Paulo Sack no papel do adolescente, assim como o resto do elenco formado, faltava só uma atriz para o papel de "Estrela". Odete seria a ideal, mas ela não queria se envolver a tal ponto na primeira produção do namorado, que faria também sua estréia como ator. Odete ofereceu-se para ser a fotógrafa oficial do espetáculo – nessa época ela tinha a fotografia como *hobby*.

Uma noite, na casa de alguém, a televisão ligada num programa humorístico da TV Tupi, noto uma mulher de brilho singular fazendo pouco mais que figuração. Foi o bastante. Naquele instante fugaz tive certeza de que era perfeita para o papel de "Estrela". Tratava-se de Nélia Paula, que nos anos 50 fora uma das mais fulgurantes vedetes do teatro de revista nas ricas produções de Walter Pinto. Eu mesmo jamais a vira no palco, mas a conhecia de fama e de páginas de revistas que devorava na adolescência. Nélia Paula, a vedete das coxas monumentais, segundo a lenda; fora a favorita de políticos e coronéis. Constava que chegara a ser rica mas perdera tudo na roleta, num cassino em Estoril.

E toca procurá-la. Nélia vivia agora no ostracismo, atuando numa produção barata na boate Pigalle, no Posto 6 em Copacabana. E fomos todos atrás dela. Era mais de uma da madrugada. E nós com roupa de trabalho (vínhamos do ensaio), ali na porta da boate. Mandamos recado através do porteiro e, assim que ela terminou o número, veio até a calçada nos atender, entre encantada e encantadora. Deixamos um texto da peça com ela, ficando combinado que, se ela gostasse, deveria se apresentar no teatro na tarde seguinte. Nélia chegou pontualmente. Aceitou o papel e nessa mesma tarde começou a ensaiá-lo.

Era junho de 1971. Do lado familiar, no dia 10 ia ter casamento. De Ribeirão Preto, tanto do lado da noiva quanto do noivo, iam chegar parentes. Era o casamento de minha irmã Maria Guilhermina com Péricles. Hospedaram-se todos na casa de Iza, minha irmã, em Botafogo ou em hotel. E eu, com a câmera Super 8 que comprara em Nova York, filmei a bonita cerimônia na Igreja São José da Lagoa, onde meus pais também estavam presentes. A noiva estava muito bonita num vestido azul-claro e chapéu de aba larga na mesma cor e do mesmo tecido leve.

E enquanto *Longe daqui aqui mesmo* seguia com os ensaios no Opinião, no Teatro Ipanema começavam os laboratórios de *Hoje é dia de rock*, a nova peça de José Vicente, que a escrevera na ilha de Formentera, no Mediterrâneo. A peça do Zé era sobre uma família de nômades e agregados – meio ciganos, meio circenses, na segunda metade da década de 1950, inspirada na linda região onde ele nascera, São Sebastião do Paraíso, Minas Gerais.

Ambas as peças, a do Zé e a minha, tratavam do mesmo tema, a fraternidade. Enquanto a produção da minha era mais profissional – no sentido de que o teatro era alugado a preço alto, a peça tendo que ser ensaiada e estrear em dois meses, os atores contratados, além dos compromissos assumidos pelo cenógrafo e pelo diretor com outras produções –, a produção de *Hoje é dia de rock* era mais artística: tinha a vantagem de ser dona do próprio teatro, que era de Rubens Corrêa e Ivan de Albuquerque, ambos dirigindo e encabeçando o elenco, sem nenhum outro compromisso que não fosse o espetáculo deles. De modo que, enquanto o elenco de *Longe daqui* representava uma comunidade, o de *Hoje é dia* podia se dar ao luxo de *viver* a experiência comunitária. E, fazendo esse laboratório, viajavam em grupo a Parati e às montanhas, à cata de uma aproximação maior entre eles, e eles e a natureza, tanto no sentido humano quanto no sentido cósmico. O elenco de *Hoje é dia* era mais aristocrático, o de *Longe daqui* mais pop. *Hoje é dia* em Ipanema e *Longe daqui* em Copacabana. A movimentação era excitante. E vivíamos a diferença.

E enquanto Odete Lara cuidava da nova imagem de Nélia Paula, produzindo-a e levando-a para ser fotografada na cobertura de Danuza Leão de frente para o mar em Ipanema, para as fotos de divulgação, fomos avisados que a Censura Federal enviara de Brasília à sucursal carioca um cabograma comunicando que *Longe daqui aqui mesmo* seria interditada.

Todas as minhas peças, pouco antes da estréia, eram sempre interditadas. E eu ter que ir convencer a Censura a liberá-la tornara-se uma rotina que já me aborrecia. E pela primeira vez precisar fazê-lo voando até Brasília – pois a Censura Federal agora era sediada lá –, imaginando que esta não seria a última vez, reforçava a minha gana de abandonar o teatro.

Mas era pra ir? Então lá ia eu. Antes de voar a Brasília, tinha que passar em São Paulo, onde *Alzira Power* estreava e a produção me chamava para colaborar na divulgação. Fui entrevistado por José Márcio Penido para a revista *Veja*.

Duas semanas depois saía. Uma edição bastante de acordo com o espírito da época. A chamada de capa era *TÓXICOS: AS RAZÕES DO MEDO*. E abrindo a revista, nas Páginas Amarelas, Caetano Veloso. E o título: *O SONHO ACABOU* (Caetano entrevistado em Londres, onde continuava morando, falava dos novos rumos: de agora em diante era trabalhar seriamente e ter paciência). E, virando as páginas, tratava-se realmente de uma edição temática. Datada de 23 de junho de 1971. Na página 52, matéria de sete páginas: *O VERDADEIRO PREÇO DO BARATO*. Dela extraio alguns tópicos, à guisa de registro do período: "Subitamente, a perdição virou moda. O que era a marca dos últimos graus da decadência moral passou a ser o instrumento de experiências intelectuais ou místicas (...) É a moda do tóxico. Cigarros de maconha, comprimidos e ampolas de anfetaminas, o ácido lisérgico passaram a ser os companheiros inseparáveis de jovens em busca de novas sensações. Moda que vem de fora, principalmente dos Estados Unidos. Certamente, o problema no Brasil não tem essa gravidade. Mas existe. (...) A maconha é o tóxico mais difundido, especialmente entre os jovens. Depois vêm as bolinhas – anfetaminas ou barbitúricos. Os mesmos produtos também se apresentam em soluções injetáveis, as ampolas. E, dissolvidos em água, transformam-se nos famosos picos, picadas. A cocaína tem uso restrito. Praticamente não há viciados em morfina, ópio e heroína. E apenas nos últimos meses se registraram casos de LSD-25, o ácido lisérgico, ou apenas ácido. (...) O ministro Jarbas Passarinho diz: 'Se o problema dos tóxicos não deve nos alarmar, já é bastante sério para que o ignoremos'. (...) Para o arcebispo de Brasília, dom José Newton, 'não é um mal brasileiro, é moda universal, que, como sempre, reflete-se dolorosamente em nosso país. Notícias provocam o desejo, irreprimível na idade verde, de imitar o que se passa no estrangeiro'. (...) Já o professor John Kaplan, da Universidade de Stanford, nos EUA, confirma: 'A maioria dos modelos da geração jovem (os Beatles, os Rolling Stones) não apenas usam drogas, mas cantam sobre isso'."

"E assim", continua a reportagem da *Veja,* "o estímulo à imitação, no entanto, não se limita aos versos dos discos de consumo mundial, ele está presente em todas as formas de comunicação de massa, incluindo, em muitos casos, os mais bem-intencionados apelos contra o consumo de tóxicos." E cita a antropóloga americana Margaret Mead que, criticando os pais, disse: "Com um coquetel em uma das mãos e um cigarro na outra, ficam dizendo à criança: 'Você não pode'." "(...) Mas o presidente da Sociedade de Psicologia do Rio Grande do Sul, Luís Meira, vai mais longe: 'A sociedade evoluiu para uma mudança inesperada, fazendo com que o jovem saia da família procurando reunir-se a outros jovens, perdendo o contato com os adultos. Nessas *tribos,* o uso dos tóxicos é apenas um elemento de comunicação'." Nem tanto, se se levar em conta o que pensa o médico Stanley Yolles, diretor do Instituto Nacional de Saúde Mental dos EUA. Para ele, "o uso persistente de um agente que serve para afastar as pessoas da realidade, durante a fase crítica de seu desenvolvimento, é capaz de comprometer seriamente a futura habilidade individual que a pessoa necessitará para se ajustar a uma sociedade cada vez mais complexa". E volta o arcebispo de Brasília: "Na maior parte dos consumidores de tóxicos há uma dose de indolência, de ociosidade, de fuga das responsabilidades, ou seja, é por demais evidente a incongruência entre a afirmação de reformadores do mundo e a atitude de irem à cata de satisfações prosaicas que os livram de toda e qualquer forma de compromisso". Inserida também na matéria está a opinião do tranqüilo Luís Carlos Maciel, colaborador do *Pasquim* ("jornal de humor, arauto de idéias avançadas", segundo a *Veja*): "Na questão do direito das pessoas, sou a favor de liberdades cada vez maiores, porque podem conferir responsabilidades".

E logo depois um debate entre cinco pessoas idôneas: um padre, dois psiquiatras, um sociólogo e um delegado de polícia. O delegado diz que não tem dados, que a estatística é falha; um dos psiquiatras acha que o perigo está na continuidade, originando a dependência; o outro psiquiatra diz que, pelo que sabe, 'a maconha é uma coisa velha na história brasileira. Ela está sendo usada desde que os negros africanos a trouxeram para cá'. Daí o padre pergunta: 'E o senhor pode afirmar que o uso da maconha não debilitou esses indivíduos?'. E o psiquiatra responde: 'A maconha, não. Eles foram debilitados por outros elementos. Como a desnutrição, por exemplo'. E o padre conclui: 'Devemos informar o jovem, mostrar a ele as conseqüências que poderão vir de seus próprios gestos. Mas, no fim de tudo, devemos deixar a decisão com ele'. O que, no fundo, bate com o pensamento de Luís Carlos Maciel.

E, virando as páginas da *Veja,* a página 82 é toda minha. O título, *O OPERÁRIO ANTONIO BIVAR*. E o texto começa assim:

"Ele tem o raro poder de transmitir sua grande paz a quem dele se aproxima. E, durante horas de conversa, essa paz resiste aos pequenos tormentos de um homem que não proclama verdades absolutas e esbarra em enormes probleminhas de ordem prática – 'Como ir a Brasília discutir com a Censura se não tenho terno e gravata, sou cabeludo e barbudo?'."

4

O charme de Odete (II)

Aqui estou em Brasília. Viagem e hospedagem pagas pela produção de *Longe daqui aqui mesmo*. Hospedo-me no Hotel Alvorada. A suíte fica na cobertura. Em dia claro, do balcão, panorâmica completa: o lago, o Palácio da Alvorada, a catedral, o teatro, o Hotel Nacional, a rodoviária, a Praça dos Três Poderes, o prédio da Censura, e, a perder de vista, o planalto central do país. Atravessamos o tempo pseudo-otimista do "milagre" populista comandado por Médici e a ditadura militar. Minhas idas à Censura Federal têm sido diárias e sempre em dois turnos – nas manhãs e após o almoço.

O sr. Queiroz, o subchefe, é um homem por quem senti imediata simpatia. Com muita boa vontade ele me disse que, segundo o parecer do casal escalado para julgar meu texto, *Longe daqui aqui mesmo* deverá mesmo ser interditada. Mas que não devo desistir de dialogar com o casal.

E eu indo lá, todo santo dia, de manhã e à tarde, e nada do casal aparecer. Mas finalmente aparece. É um casal jovem *caretíssimo*. Segundo ela (que falou por ambos), "a peça é pornográfica e atenta contra a moral e os bons costumes, além de passar uma mensagem pessimista". E que, se depender deles, a peça não será liberada.

Olhando-os, não tive a menor dúvida quanto a isso. Mas assim que o casal se foi, veio o sr. Queiroz, sorrindo, me garantindo que a peça seria lida por dois outros censores, um deles de nome Coriolano. Mas que, se eles também a achassem interditável, eu podia desistir. Daí eu pensei: "bem, se o nome de um deles é Coriolano – nome de personagem titular de Shakespeare –, ele certamente terá mais sensibilidade (teatral) que o casal careta e, entendendo o espírito da peça, certamente não sacrificará uma montagem já a meio caminho, deixando atores desempregados e um produtor tendo que arcar com perdas e danos de tudo o que já gastara até então".

Mais dias à toa em Brasília. Nisso toca o telefone. Era Odete Lara. Ela e Paulo Sack. Queriam saber como eu estava e como iam as coisas. Contei a situação e Odete me aconselhou:

– Seja bem charmoso. Com essa gente o que funciona é o charme.

No dia seguinte, tratei de aproveitar o dia santo. Corpus Christi. Às cinco da tarde, com o sol acachapante – entre o amarelo-ovo e o tacho-de-cobre –, prepara-se para sair, da praça da Torre, a procissão rumo à catedral. Um padre dirige o espetáculo e todos cantam: "Jesus Cristo, Jesus Cristo, Jesus Cristo, eu estou aqui". Decido acompanhar a procissão. Amanhã volto à Censura.

Não me esquecendo do conselho de Odete, vou disposto a usar de charme. Nada de molhar e esticar a longa e basta cabeleira para trás, para não parecer tão *marginal* (hippie). Telefono à recepção pedindo que me providenciem um secador. Lavo os cabelos, seco-os com o secador, agito-os com os dedos e pronto. Tipo Gal Costa. A roupa, a mais casual. Chego lá, peço que me anunciem ao sr. Queiroz. Logo me mandam entrar. E entro cumprimentando-o positivamente. E digo, com franqueza:

– Entendo o lado da Censura. Eu mesmo, se o destino tivesse me reservado o papel de censor, não tenho a menor dúvida de que interditaria muita coisa, uma delas seria Brasília. E a minha peça também não escaparia. Mas como não sou censor e sim candidato a censurado, tenho mais é que defender a minha causa.

O sr. Queiroz riu comedidamente e disse que o Coriolano e o outro tinham lido a peça e que esta seria liberada desde que eu escrevesse um outro final, "apontando alguma saída para aquela gente". (Por "aquela gente", o sr. Queiroz se referia aos meus personagens.)

– Posso reescrever o final aqui mesmo, em Brasília? – perguntei.

– Claro!

E sozinho no meu quarto no hotel, me sentindo de saco cheio e sem a mínima inspiração para escrever um outro final que satisfizesse a Censura Federal, nem pensei em inspiração. Enrolei um baseado do fumo que trouxera comigo, fumei-o inteirinho e deixei por conta da escrita automática. O resultado não me convenceu, mas com certeza a Censura se daria por convencida. Com o novo final, a peça termina com todo mundo se arrependendo da liberdade a meio caminho da conquista, voltando cada um para a casa dos pais e uma mensagem *realista* infantilóide com "Estrela" (Nélia Paula) cantando meio bossa-nova, meio ao modo das princesas do Walt Disney.

"Vou fazer meu berço
no alto de uma árvore
o vento vai me embalar
e eu vou dormir
e eu vou sonhar
até o galho quebrar
e o meu berço despencar
mas não vou chorar
nem sucumbir
vou mais é sorrir
que é hora de levantar
é hora de trabalhar."

Foi isso que escrevi. Juro. Melhor não consegui. E com esse novo final na mão voltei à Censura Federal. Vermelho de vergonha com a minha falta de imaginação, entreguei o texto na mão do sr. Queiroz, que prometeu encaminhá-lo ao Coriolano. E que amanhã, depois do almoço, eu podia voltar para saber a resposta. E a resposta, no outro dia, foi a seguinte:
– Pode voltar pro Rio descansado e tocar a produção, que a peça será liberada, dependendo, é claro, do parecer da sucursal do Rio, que assistirá em pessoa ao ensaio geral.

5

Merda, merda, merda!

No Teatro Opinião, chegado de Brasília, ao contar à produção e ao elenco minha performance para conseguir liberar a peça, Paulo Sack, cético demais para os seus dezessete anos, disse que fui "ingênuo"; Antonio Abujamra foi mais grosso: disse que fui "burro" mesmo, que eu fora trapaceado, que *Longe daqui aqui mesmo* jamais seria liberada.

– É porque vocês não estavam lá para ver o Coriolano se encantar com *o meu charme*.

Mesmo não muito convencidos de que a Censura Federal liberaria a peça, os ensaios seguiram a todo vapor, todos se dando às mil maravilhas.

Apesar do passado de vedete, Nélia jamais se dava a ataques de vedetismo. O único problema é que era "amasiada" com um policial pertencente ao Esquadrão da Morte. Era do tipo macho-porrada. Descarregava tudo na coitada. O elenco nunca sabia com que cara a Nélia ia chegar ao ensaio. Geralmente chegava exultante, mas quando vinha arrasada o elenco inteiro ficava preocupado. Havia dias que aparecia um *boy* da floricultura com braçada de rosas vermelhas que o amante, arrependido, apaixonado, enviara. O que não raro a deixava de saia ainda mais justa, preocupada com o que viria a seguir, quando chegasse em casa.

Felizmente, alma pura, Nélia, com toda a quilometragem que o rebolado lhe dera, nos ensaios tirava de letra seu personagem. E nesse entusiasmo, além de Nélia interpretando "Estrela", a fada madrinha que vinha sabia-se lá de onde, completavam o elenco: Rubens Araújo, no papel do cínico da comunidade; Mário Petraglia, o "Percival" da turma, troncudo, ingênuo e criançola; Pêssego em Caldas (nessa época se usava absurdos como esse para nome artístico), uma espécie de "aprendiz de Merlin"; Ana Maria Ribeiro, ninfeta com muito fogo interior – quando menos se esperava transformava-se em tocha humana –, era a "mocinha"; e Paulo Sack, o caçula, "mascote da comunidade", mas que também, quando menos se esperava, revelava-se o mais ajuizado de todos.

Abujamra tivera que ir a São Paulo resolver um *pepino* e deixara Reyzinho, seu assistente, incumbido de dar continuidade aos ensaios. Nessa tarde, em vez de ensaiar, fomos, o grupo todo, ao Parque Lage para Odete nos fotografar para a divulgação. Ana Maria Ribeiro, conversa vai, conversa vem, disse que gostaria de mudar de nome. Queria um nome mais chamativo, assim como o de Nélia Paula.

Nessa época, um dos grupos de rock favoritos era o inglês Led Zeppelin e, como a Aninha tinha um lado *heavy*, no mesmo instante, olhando-a me veio a inspiração e inventei para ela o nome de Leda Zeppelin. Todos adoraram e a Aninha mais que todos. A justificativa que dei foi a seguinte: além de homenagear o grupo iniciador do *hard rock*, Leda evocava a lenda grega *Leda e o cisne*. Aninha, como toda boa Leda, dava sempre a impressão de carente de um cisne. Nascia assim Leda Zeppelin, a mais nova *starlet*. Nos dias seguintes, os jornais já falavam dela, e, uma semana depois, aparecia em página inteira n'*O Pasquim*, nua da cintura pra cima, fotografada por Odete Lara. (O curioso é que, anos depois, Chacrinha, o "velho guerreiro", *roubaria* o nome batizando como Leda Zeppelin uma chacrete, que ele adorava anunciar. Mas não era a nossa Leda Zeppelin original, era uma segunda.)

A imprensa estava conosco e não havia dia em que não ganhássemos espaços os mais generosos. Motivos para boas pautas não faltavam: a peça era um conto de fadas *trash*; elenco engraçado; a estréia de um produtor-investidor de dezessete anos; a volta de Nélia Paula; o lançamento de Leda Zeppelin; Odete Lara envolvida na produção, e, principalmente, por tratar-se de minha mais nova peça, depois de um ano no exílio. *Longe daqui aqui mesmo* prometia.

O entusiasmo às vezes me fazia esquecer a frustração de ter tido que mudar o final só para agradar aos censores federais. Mas o Abujamra, maquiavélico, quilometrado na técnica de driblar a censura fosse qual fosse a situação, me fez escrever uma cena que arrancasse emoção dos atores e lágrimas da platéia. E lá fui eu. Enrolei um baseado de estourar qualquer peito e fui ao Parque Lage, onde escrevi a tal cena. A cena não me convenceu totalmente. Me parecia piegas. Abujamra, cínico, adorou o resultado.

– Você pode não acreditar mais nisso, mas o público acredita e gosta.

E eu: – Mas não é perder tempo com bobagem?

E Abujamra: – Se todos pensassem assim, não haveria teatro.

E, surpresa, Leda Zeppelin e Nélia Paula também adoraram – a cena era delas.

Ainda não de todo convencido, eu esperava pela estréia e pela reação do público, para sentir o resultado. E enquanto a estréia de *Longe daqui* se aproximava, *Hoje é dia de rock* não tinha pressa alguma para estrear. Aparentemente, a equipe da peça de José Vicente levava a vida literalmente na flauta – praticamente o elenco inteiro era visto tocando flauta doce nos recantos mais bucólicos do Rio de Janeiro. Mas atrás do perpétuo sorriso estava uma entrega total ao trabalho de expressão corporal com Klaus Viana, ao trabalho musical com Cecília Conde, à cenografia e figurinos de Luís Carlos Ripper e à direção conjunta de Rubens Correa e Ivan de Albuquerque. No elenco deles havia atores tarimbados e respeitados como Isabel Ribeiro, Nildo Parente, Renato Coutinho, Ivone Hofmann, Leila Ribeiro, Taia Perez, assim como alguns novatos, além de Rubens Correa e Ivan de Albuquerque, que também atuavam. O elenco contava também com Isabel Câmara, uma das autoras do momento – prêmio Molière no ano anterior pela peça *As moças*. E eles passavam juntos praticamente todas as horas do dia, num laboratório prazeroso e verdadeiramente comunitário. Davam tempo ao tempo, não tinham pressa de estrear. E com isso já iam formando um público, cativado pela performance deles por antecipação.

Nesse ínterim, eu me mudara para o apartamento de Paulo Sack na Fonte da Saudade, junto à lagoa Rodrigo de Freitas. Enquanto isso, os ensaios de *Longe daqui* avançavam. Abujamra, dividido entre compromissos em São Paulo, onde morava, e o nosso espetáculo, vivia na ponte aérea. Reyzinho, seu assistente, objetivo e de bom comando, tocava os ensaios deixando fluir a criatividade do elenco. E aí Abujamra chegava com idéias que bolara em São Paulo e aceitava com reservas as idéias inventadas pelo elenco na sua ausência. Abujamra estava adorando a experiência e, subversivo, resolveu mudar o final já mudado no meu *affair* com a censura em Brasília. Abujamra inventou que o final do espetáculo seria um banquete. O palco do Opinião era uma arena com a platéia aos pés; seria facílimo o público participar. Anísio Medeiros, o cenógrafo, bolou uma enorme mesa contornando toda a arena de modo que, surpresa, quando a mesa descesse do teto, a toalha que a cobrisse iria se soltando em babados tipo frisado inglês. E o público da primeira fila teria só que se levantar para se servir, pois o banquete já vinha pronto para o estilo em voga, o *self-service*. E com música ao vivo. Além das músicas cantadas pelo elenco em algumas cenas da peça, o fundo musical – criação de Ronaldo Tapajós (que musicara as minhas letras) – contaria em uma ou outra noite com a participação de músicos que estivessem na platéia e que quisessem contribuir com a canja. (Anos depois, Lulu Santos, Evandro Mesquita e Roberto de Carvalho me contaram que tocaram muito nas canjas de *Longe daqui aqui mesmo*. Eram pouco mais que adolescentes, então. Adolescente também era o Jorge Fernando, futuro diretor de novelas da Globo, que, segundo me confessaria depois, foi assistindo *Longe daqui* inúmeras vezes que sentira despertar o desejo de fazer teatro.)

– Mas por que banquete? – perguntei ao Abujamra. E o diretor:

– Porque o povo tem fome e quem vai ao teatro só pensa em comer!

A produção conseguiu uma permuta com a cantina Fiorentina, que forneceria o jantar – salada, muito verde, frutas, massas, frios e carnes – todas as noites, de terça a domingo, assim como nas matinês de quinta, nas duas sessões de sábado e na matinê de domingo.

Com tudo quase pronto, na antevéspera da estréia teve o ensaio geral para a Censura local. Desta dependia o aval de aprovação para que Brasília a liberasse para estrear. E chegaram os censores: duas senhoras bem-vestidas e dispostas a uma boa diversão. Chegaram rindo e com uma intimidade que até gostei.

– Vamos ver o que o Bivar e o Abujamra nos prepararam agora! – disseram.

E o espetáculo foi passado corrido só para elas.

– Está muito diferente do texto que recebemos de Brasília – disse a censora-chefe. E citou alguns exemplos. A censora-assistente disse que tinha muito palavrão que não estava no texto e que os personagens falavam "porra!" o tempo todo. Era melhor tirar. E o Abujamra:

– Tira a "porra!" e põe o que, o "caralho!"?

– O Abujamra é *impossível*! – disse a censora-chefe, rindo da piada mas não deixando de mostrar-se ruborizada. E o espetáculo foi liberado para maiores de dezoito anos. (Paulo Sack precisou de uma autorização especial, um documento de emancipado, para poder representar, pois tinha apenas dezessete. Ironia da situação: um produtor com dezessete anos tem seu espetáculo proibido para menores de dezoito anos.)

Na madrugada, véspera da estréia, fiquei com o artista plástico Roberto Franco – *designer* também do cartaz – fazendo o imenso painel psicodélico, com o nome da peça e créditos, em toda a parede da fachada do teatro, com colagem de ícones pop recortados de minha coleção de revistas de música. Varamos a noite assistidos por notívagos curiosos. De repente, apareceu uma pessoa, vinda de São Paulo, com um grande e polpudo envelope para mim: uma carta de Leilah Assunção. Oito páginas. A última vez que estivera com Leilah fora em Londres, fazia mais de oito meses. Desde então, ela e o namorado – o diretor e cenógrafo Clóvis Bueno – seguiram ciganeando pela Europa e África, de vez em quando enviando postais e cartas. E agora eles estavam de volta a São Paulo. Trechos da carta de Leilah:

"Bivar, tua peça tá estreando e eu aqui, torcendo lá do fundo do útero pra que as pessoas *entendam*. Socorro! Imagine que chegamos há quinze dias e não conseguimos sair de casa! Primeiro ficamos uns dias no interior, assassinando as saudades da família que chorou de preocupação com a gente no Marrocos e o rei lá naquela carnificina, a epidemia de cólera e tudo. E agora já estamos em São Paulo feito bicho enjaulado. Tô um verdadeiro nervo exposto! Ontem criamos coragem e saímos. Porra! Não existe cidade mais agressiva que São Paulo!

"Fiquei tão impressionada com as catacumbas de Roma! Depois fomos ver a Basílica de São Pedro. Daí o Papa apareceu e todos choravam, acenavam, decolavam em delírio coletivo..." E Leilah conta de lugares, a Espanha, o Marrocos...

"Em Essauira, praia do Marrocos, encontramos com a Mossa Ossa e lá ficamos. Mossa alugou uma casa com uma impressionante janela pro mar. Tá de namorado argentino e esperando o Gláuber [Rocha] de convidado. Essauira tem cheiro de peixe e haxixe, as marroquinas de lá só se vestem de lençol branco, pra que os maridos não as reconheçam quando vão pular a cerca. Tem até *women's liberation* e eu fui a uma reunião. Querem trabalho, creches, aquelas coisas. Dizem que têm tudo pra ser igual à mulher européia (o ideal!). Mas em aborto e monogamia não tocam, que é lei do Corão. E o Corão, lá, você sabe... (Maomé disse que cada homem tem que ter no máximo quatro mulheres!) E assim é, no Marrocos todo. Os homens andam de mãos dadas. No interior perguntei sobre homossexualismo a um estudante de engenharia (dezoito anos) e o cara disse que no Corão tá escrito que homem casa com MULHER – e não conseguimos saber mais nada. Já em Tânger tem prostituto pra americano velho milionário e tudo, feito o Rio.

"No Sahara, calor de 80 graus, andei a camelo (e obriguei o Clóvis a tirar fotografia pra provar e fazer farol). Em Fez dormimos pela primeira vez *fora* da Medina e, quando acordamos, tinham morrido nessa noite cem pessoas na Medina! De cólera! Tivemos que ser vacinados e esperar doze dias para entrar na Espanha. E o dinheiro acabando. Chegamos em Madri depois de uma semana sem dormir e dinheiro pra poucos dias. Não pudemos nem ver o Museu do Prado, que judiação! Em Paris gostei dos impressionistas, e da Mona Lisa (que dizem ser um cu mas é mentira, a mulher olha pra gente de um jeito!), Van Gogh me desbundou.

"E a peça do Zé Vicente, quando estréia? Faturem pra não ter preocupações menores de subsistência (que às vezes dói, né?). Me escrevam, telefonem. *Merda, merda, merda.* Mil pupilas dilatadas pra vocês. Socorro! Leilah!"

É uma tradição, no teatro, quando na estréia ou às vésperas, alguém da classe te deseja "merda", esse alguém está te desejando sucesso. É uma espécie de simpatia, uma superstição – em vez de o colega te desejar diretamente "Sucesso!", que poderia soar falso, ele já te deseja logo "Merda!". De modo que, o que Leilah em sua volta ao Brasil e em sua carta me desejava, com o tríplice "merda", era que a minha peça fizesse muito sucesso.

6

Nara Leão, Leila Diniz, Grande Otelo...

O triplo da lotação do Teatro Opinião do lado de fora aguardava o abrir da porta. Fiquei arrasado quando me contaram que a cantora Nara Leão não conseguiu entrar, de tanta gente. Abujamra, que tinha o hábito de não assistir à estréia das peças que dirigia, me chamou pra que eu lhe fizesse companhia em sua ansiedade, andando de lá pra cá pelos corredores do centro comercial onde ficava o teatro.

O resultado foi o esperado. O público rolava de rir, se comovia, chorava, aplaudia em cena aberta, e os mais gulosos avançavam no banquete de encerramento enquanto os atores diziam as últimas falas com a boca farfalhando alface.

No dia seguinte, satisfeito com a reação e com o resultado obtido, Abujamra voltou para São Paulo. Assistindo ao espetáculo, misturada ao público normal, sempre gente conhecida. A noite em que Leila Diniz foi com Vera Barreto Leite assistir a *Longe daqui aqui mesmo,* fiquei apavorado que Leila, nos últimos meses de gravidez, desse à luz ali mesmo, tanto ela gargalhava. Leila, numa época em que o teatro de revista era dado como morto, já não existindo mais vedetes, revivera o gênero em *Tem banana na banda* não fazia muito tempo. E, mais que vedete, uma naturista, fora a primeira a posar de perfil num sumário biquíni, em avançado estado de gravidez, para o *Pasquim* e para a *Manchete*. E, na noite em que assistia à minha peça, Leila Diniz era, de toda a platéia, quem mais curtia o espetáculo, vibrando com Nélia. Vera Barreto Leite, finíssima, sentada ao lado de Leila, a todo instante voltava-se para curtir a curtição da amiga (as duas eram sócias de uma butique em Ipanema).

Durante a semana da estréia foi um frege na imprensa. Na manhã do sexto dia, fui acordado por José Vicente ao telefone:

– Você viu o *Correio da Manhã*? – perguntou.

– Ainda não. Por quê? Me arrasaram? – eu quis saber, aflito.

– Vá comprar imediatamente. Você não vai acreditar!

Zé adorava me deixar em suspense. Tomei um banho, me vesti e desci para comprar o jornal.

Chamada na primeira página e duas páginas inteiras e sem anúncio, no caderno de variedades. Na página esquerda, em letras chamativas, o título *É este o novo teatro?*, com fotos do espetáculo e entrevista com Abujamra, Nélia, elenco, equipe e Odete. Abujamra afirmando: "A nossa preocupação é fazer um espetáculo coletivo e diário de criação geral, exatamente como deve ser o teatro moderno. O trabalho tem que ser feito assim, com o diretor, o autor e atores modificando a peça a cada ensaio até um ponto considerado bom, porque o autor de escrivaninha acabou de vez. Hoje o autor tem que ficar nos ensaios, tentando colocar as coisas que ele quer dizer através de um trabalho coletivo de criação. E tudo isso apoiado numa interpretação que procuramos descobrir como brasileira. Desenvolver um trabalho que faça o espectador sentir o texto de Bivar. O espectador percebe um pano de fundo por trás do texto e não sabe onde vai chegar a anarquia dele. Tem dois tipos de teatro atualmente no Brasil: um é este que estamos fazendo, o outro está nas gavetas e tem de esperar não se sabe quanto tempo para ser encenado. Do jeito que está a Censura, decididamente não adianta fazer teatro para ficar na gaveta. Nós recebemos informações do mundo todo, e é lógico que vamos aproveitando essas informações, mas tendo sempre que fazer um teatro brasileiro."

E o repórter, Carlos João, que estivera na estréia, continua: "O teatro estava lotado e muita gente ficou do lado de fora. Na platéia a maioria é de jovens, cabelos longos, roupas coloridas. Os primeiros momentos são de 'baixa temperatura', os atores nervosos. Mas entra Nélia Paula e com ela toda a tradição do teatro de revista, melhorando tudo até demais. O equilíbrio se dá com a entrada de Leda Zeppelin. Se Bivar visse a peça das últimas fileiras, por certo iria se emocionar. No final, o sucesso. O público gosta, aplaude bastante. A impressão geral é que esta é a melhor peça de Bivar."

E na página da direita, o meu perfil, pelo mesmo repórter.

Nessa época, o lendário Grande Otelo tinha um programa diário, todas as tardes, na TV Globo, onde ele comentava o que rolava no mundo dos espetáculos. No dia em que saiu a matéria no *Correio da Manhã*, Otelo mostrou as duas páginas para os telespectadores, detendo-se longamente na minha foto – eu, cabelão, recostado em almofadões, dedilhando um violão e olho no foco, parecendo um *popstar*. Por causa da matéria e dessa foto o Grande Otelo se apaixonou por mim (no sentido de coleguismo de profissão) e, à noite, foi ao teatro, não para ver o espetáculo mas para me conhecer. Otelo chegou bem antes de começar e, sugestão de Isabel Câmara, que estava lá e, tanto quanto Otelo, era chegada numa birita, fomos os três para uma adega portuguesa perto do teatro. Eu, que não era de birita, nem lembro o que Otelo e Isabel tomavam quando, lágrimas nos olhos, Otelo me fez a declaração, prendendo minhas mãos entre as dele, quentinhas:

– Você é mágico. O que você fez por tanta gente (citou nomes), o que você fez por Nélia Paula!

Eu, perplexo. E ficamos ali, os três. E o Otelo riu muito com a Isabel, debochada. De modo que sobrou foi pra mim. De tanto beber, Isabel e Otelo já estavam, como se dizia, "pra lá de Bagdá". Esquecemos a peça e, já bem tarde, Otelo, com medo de apanhar da Josephine, sua mulher, lembrou que tinha de ir pra casa. Eu, que só tinha bebido guaraná, fui primeiro levar o Grande Otelo em casa e depois a Isabel à casa dela.

Programado para partir

A peça lançada e seguindo carreira, eu estava pronto para a missão longa e ansiosamente programada: escrever de cabo a rabo o copião do livro sobre o ano mais feliz de minha vida.

Embora jovem o bastante para não temer o futuro, eu ainda não estava maduro o suficiente para ter certeza de que, se não escrevesse, não as organizasse, as pérolas me escapariam, perdendo-se no chiqueiro do dia-a-dia. Talvez – imaginava – depois de escrever o livro, voltasse a me sentir livre para continuar vida afora disponível a novas e engrandecedoras aventuras, conhecendo um pouco mais do planeta e suas surpresas.

Não se tratava de *fome* de escrever um livro para tê-lo imediatamente publicado. Não. Era a necessidade de escrevê-lo, pura e simplesmente, antes que, pensava eu, tudo evaporasse.

Minha idéia era descobrir um refúgio tranqüilo no Sul. Esse meu desejo devia transpirar, pois minha irmã Iza e meu cunhado Agnaldo tinham, em seu círculo de amizades em Ipanema, um casal de amigos catarinenses, descendentes de alemães. E quando o casal soube que eu pretendia ir a um lugar ermo no Sul, prontamente indicaram familiares em Blumenau que poderiam me emprestar uma casinha de madeira numa praia do litoral do estado. Uma casinha de veraneio que pouco usavam.

Longe daqui aqui mesmo seguia fazendo uma boa carreira, o elenco excitado com a receptividade dos espectadores, e a cada noite uma festa. Mas meu jovem produtor não ficou nada feliz quando eu disse que ia para o Sul escrever um livro. Minha presença todas as noites no teatro significava uma espécie de temperança, uma vez que a animosidade no elenco era grande. Fiz meu produtor entender que se alguém tivesse que ficar tomando conta do espetáculo, que fosse o diretor ou seu assistente. E o administrador, principalmente. Nunca o autor. Sempre foi assim. E mais, expliquei que iria me ausentar não por mera curtição, mas para trabalhar. Com certeza, quando menos esperassem, eu estaria de volta. Só esperava que, até lá, a peça continuasse em cartaz.

Longe daqui tornara-se o *cult* do momento. Parecia que metade da platéia tinha cadeira cativa, isto é, voltava sempre. E o elenco tinha que inventar novidades a cada dia. Nessa época de ditadura era proibido dizer a plena voz uma série de coisas no teatro. Como não constasse nenhuma cláusula proibindo o cochicho, inventei uma cena em que os atores saíam do palco, escolhiam algumas pessoas na platéia e lhes cochichavam qualquer *mensagem*. É claro que, os atores cochichando apenas nos ouvidos de poucos, o resto da platéia ficava eriçada, sentindo um arrepio de subversão.

Dali a um mês e meio, segundo o calendário hippie, seria o pré-início da Era de Aquário, anunciando um novo tempo. Nesse dia eu estaria bem longe, no Sul, levando uma vida de eremita, escrevendo o meu livro. Combinei com o elenco para, na cena do cochicho, cochichar no ouvido de alguns, pedindo-lhes que depois cochichassem "secretamente" no ouvido de outros, na rua, na escola etc., que tal dia e tal hora estava marcado um encontro mágico no Parque Lage. Falei com José Vicente e pedi-lhe que fizesse o mesmo com o elenco e o público de sua peça, que estava com estréia marcada para dali a dias. E a coisa foi levada em frente.

Numa das tardes antes da minha partida, Odete convocou toda a equipe de *Longe daqui* para uma foto – elenco, equipe técnica, amigos, namoradas, namorados...

A essa altura de 1971, a "luta armada" agonizava. As Forças Armadas e o Esquadrão da Morte já tinham dado um jeito de minimizar o movimento, de modo que, fora os torturados, os mortos e os presos, uma quantidade relevante estava exilada fora do Brasil. Os líderes Marighela e Lamarca, certos de que estavam com os dias contados, avisaram aos últimos resistentes que dessem um jeito de salvar a pele caindo fora do país.

Nas agências bancárias, nos postes, nas estações ferroviárias e rodoviárias, aeroportos e escolas, em páginas de jornais, nessa época dois cartazes do governo faziam par. Um deles trazia a foto de Jimi Hendrix e Janis Joplin, ídolos juvenis, mortos vítimas de droga; o outro cartaz era do tipo PROCURA-SE e os procurados (por assalto a banco e outros motivos subversivos) eram os últimos revolucionários. O cartaz propagava-os "perigosíssimos" e estampava fotos de uns doze. Um desses procurados – e o cartaz indicava seus vários codinomes – era Carmen Monteiro, minha amiga desde a adolescência em Ribeirão Preto. Carmen, antes de pegar em armas para defender um ideal (era uma das mais atuantes da Ação Libertadora Nacional), tentara artes plásticas e arte dramática. Insatisfeita com os resultados, Carmen tornara-se guerrilheira. Nos assaltos a bancos era uma das mais destras. Carmen era uma pura. E nessa tarde, antes de minha ida pro Sul, quando Odete convocou todo mundo para a tal da foto, recebi um telefonema de Fauzi Arap dizendo que Carmen tinha aparecido e que, coitada, estava em má situação. A gente precisava ajudá-la com algum dinheiro, para que ela fugisse do Brasil o mais rápido possível – passaporte com nome falso ela já conseguira com o pessoal da luta armada.

Fauzi levantou um dinheiro e entregou-o a Carmen. Ela me ligou e combinamos encontro no Teatro Opinião, onde Odete Lara ia fotografar a turma.

E lá estávamos, a família toda reunida, inclusive o companheiro de Nélia Paula, que era do Esquadrão da Morte. E chega a Carmen. E Odete mandou que todos se juntassem mais, pra que ninguém ficasse fora do quadro. De um lado era Carmen, nem imaginando que aquele que abraçava Nélia era do Esquadrão da Morte, e este nem sonhando que ali, mãos dadas comigo, estava uma das mais procuradas pelo Esquadrão, viva ou morta. E Odete gritou:

– Atenção!

Todos exibiram o melhor sorriso *giz*. Odete clicou.

Depois da foto, quando o grupo dispersou, combinei com Carmen viajarmos juntos para o Sul. Eu tendo como parada Santa Catarina e ela, rumo a Buenos Aires.

Nessa época os ônibus interestaduais paravam muito. E as paradas, por causa das subversões, eram muito policiadas. E, em cada parada, aqueles dois pôsteres incômodos: o das fotos de Janis Joplin e Jimi Hendrix, alertando para o perigo das drogas, e o PROCURA-SE, no qual constava a foto de Carmen. Por isso, antes de deixarmos o Rio, convenci minha amiga a se disfarçar. E fantasiei-a de hippie: vários colares, brincos de pingentes, lenços multicores, numa alegria psicodélica mensageada de paz e amor. E nas mãos um livro com o título *TRATADO GERAL DE MAGIA PRÁTICA*. E lá fomos nós. Nas paradas do longo percurso ninguém desconfiava que aquela hippie espalhafatosa e mais de acordo com o cartaz de Joplin e Hendrix fosse uma das terroristas mais procuradas do país. E Carmen, excitada com a louca escapada e com o fato de estarmos novamente unidos, ia me contando sobre ela e o movimento:

– Falhamos por culpa nossa e do próprio povo em quem confiávamos e para quem pensávamos estar trabalhando.

Carmen, desde que a conheci, sempre foi de falar muito alto, de um modo quase histérico, como se o mundo pudesse acabar antes de ela terminar a frase. Cutuquei-a pra que falasse mais baixo. Era noite alta e no ônibus, parecia, todos dormiam. Mas bem podia ter alguém acordado e qualquer descuido seria fatal. E Carmen, caindo em si, lembrando-se da filha única que nunca mais pudera ver (a criança morava com os avós, pais de Carmen), começou a chorar. E chorou tanto que a abundância de lágrimas obrigou-a a tirar as lentes de contato.

Em Santa Catarina nos separamos. Fiquei em Blumenau e Carmen seguiu para a Argentina. Saturada dos anos de vida dura como militante da ALN, Carmen desejava, saindo do Brasil, passar algum tempo distante de militantes similares.

Da Argentina iria para o Chile. E me perguntou se eu tinha algum conhecido não-engajado em Buenos Aires. Eu tinha uma, Mercedes Robirosa.

Mercedes, que eu conhecera no ano passado em Londres, era modelo no eixo Paris-Milão-Roma-Londres-Nova York, desfilando para estilistas famosos e aparecendo nas páginas de revistas internacionais de moda. Entre uma coleção e outra, férias na capital portenha onde nascera e onde viviam seus pais. Escrevi um bilhete pedindo a ela que desse uma ajuda a Carmen. O resto deixei que Carmen lhe contasse pessoalmente.

Cerca de um mês depois, eu recebia de Mercedes uma carta, onde ela misturava espanhol, português e inglês:

"Mi querido Antonio, sua amiga pasó dos dias aqui en mi casa. Fue tan incrível cuando llegó a la casa de mis padres a las siete de la mañana y alguién me despertó diciendo que venia enviada por usted. Me dejó un tratado de magia practica. Espero que las cosas se solucionen para ella que fue al Chile. Estoy ahora en una casa maravillosa, con grandes ventanas al rio y muchíssimo espacio, con amigos y pienso muito en usted. Estoy leyendo aqui un livro de un inglês, David Cooper, *The death of the family*, que nos interessa mucho. Usted volverá a Londres cuando? Yo pienso que en dos o tres meses mas. Aqui es una bad trip, la gente y el modo de vivir. Hay mucha politización con mas esperanzas que en el Brasil, creo, pero no hay intentos de cambio a otros niveles, solo loquísima gente. Yo creo en la comunicación de ondas, toda la gente se encontrará en algun lugar, no? Antonio, venga a Buenos Aires if you can. Muchos besos para usted, da Mercedes."

8

Quase lá mas ainda não

Em Blumenau, a família alemã-brasileira que me hospedava era de gente simples e hospitaleira. O casal tinha dois filhos, um rapaz e uma moça – ele servindo o exército e ela terminando o ginasial. O pai era mestre de tecelagem em uma das malharias locais.

No domingo, depois do almoço, acompanhei os pais na visita ao sítio dos Z., seus compadres. O carro (um Fusca) foi por uma estrada de terra batida e não demorou muito chegamos.

Gansos, patos e marrecos, perus, porcos, galinhas, abelhas zumbindo, uma dúzia de cabeças de gado e a cachorrada; altas árvores, abacateiros, nespereiras, macieiras, pereiras, laranjeiras e o aroma forte misto de esterco e flores. E no silêncio espaçoso, distante da barulheira da cidade, mesmo sem buzinar, a chegada de um automóvel é sempre motivo para que todos saiam de dentro do casarão gesticulando alegria no estilo rural alemão. À frente vem a senhora Z., mãe natureza em pessoa, gorda, avermelhada de sol, sorridente, contentíssima. Reconhecendo os compadres, ela dá um grito de alegria. Nunca vi tanta saúde. E o marido, sr. Z., e a filha professora, o filho caçula (no começo da adolescência) e o filho do meio – um touro de moço, figura rústica de beleza renascentista e heróica, dourado de sol e cabelos compridos de puro ouro, e, eu soube depois, atravessando fase conflitante com a família, principalmente com o pai, porque, como qualquer jovem, fumava maconha e desejava cair fora do emprego na fábrica e sabia-se lá mais o quê ("Parece que ele está andando com *uma dessas gurias*", disse o sr. M. no fusca, quando voltávamos da visita).

"Que gente mais bonita!", pensei, excitado. E saio com os homens para admirar os porcos. Quando voltamos, o belo Sérgio – o filho problemático – já tinha escapado para a cidade.

Tirando sarro de meu cabelo comprido, a sra. M. pergunta à sra. Z.:

– Você vai cortar o cabelo dele, Selma?

A sra. Z. só fez gargalhar enquanto no fundo as galinhas se agitavam. A filha professora e o caçula ouviam a conversa séria das senhoras M. e Z., que falavam em alemão. A todo momento eu entendia, em português, mas com sotaque, a palavra "maconha", dita tanto por uma quanto por outra em tom grave e melodramático. Será que estavam falando do rapaz que saiu ou de mim desconfiadas? Ou de ambos, nos comparando? Os maridos tinham escapado para conversar lá fora e eu me sentia meio ambíguo na cozinha. Mas daí a senhora Z. falou em alemão pro caçula me levar pra sala. E enquanto as mulheres conversavam na cozinha e os maridos conversavam lá fora, fiquei na sala com o adolescente assistindo à televisão em preto-e-branco domingueiro.

E na despedida, muito cordial, o sr. Z. disse pra mim:

– Volte quando quiser e venha passar uns dias conosco.

Há dias hóspede da família M., me afligia ficar procrastinando a ida ao rancho à beira-mar e fazer o que eu devia: escrever o livro. Uma noite, depois o filho me chamou:

– Vamos sair.

Pegou o fusca do pai e fomos, debaixo de muita chuva, para eu conhecer a zona. Luminosos tremeluziam nas fachadas dos puteiros (também em estilo germano-catarinense): Dakar, Tabu, Tango, Lapinha... Entramos em cada um dos quatro. Todos vazios, por causa da chuva, do frio e da terça-feira. No Tabu, trocamos beijos e apalpos com algumas meninas.

Trocava alguns beijos com a "Gansa" quando fui chamado pela "Galega", enquanto H. estava aos beijos e afagos com outra guria, parando de vez em quando para ver como eu estava indo com as duas. A "Galega" enfiou a mão na minha gola e puxou para ver o que eu trazia na correntinha – uma medalha de São Cristóvão, o protetor dos viajantes, que ganhara de Terry, um amigo *hell's angel*, num pub na estrada entre Glastonbury e Londres, meses atrás, quando caroneava na Inglaterra.

A "Galega" soltou a medalha ao perceber que H. já me esperava na porta da saída. Do lado de fora do puteiro, H. me diz que as mulheres do Tabu são malandras e me aconselha a não pagar mais que dez cruzeiros por uma metida. No fusca, H., me vendo meditabundo, pergunta:

– Pensando em quê? Na vida?

– Nada – respondi, enquanto ele estaciona o carro na frente de outro puteiro, o Tango.

Entramos, passando por duas putinhas pouco mais que adolescentes, de short e botinhas acima da canela, sob a marquise aguardando fregueses. Tocava um bolero. H. encontrou alguns colegas do serviço militar. Ficamos um pouco na rodinha conversando e saímos. H. me disse que no Tango é onde mais se pegam doenças venéreas. Caminhamos até o Lapinha, o mais descontraído dos quatro puteiros. Ali H. encontrou um amigo visivelmente aborrecido e com razão. Ia ser incorporado ao serviço militar dali a cinco meses e por isso nenhuma firma lhe dava emprego. Deixamos o Lapinha, os três, enquanto chegava uma horda barulhenta de rapazes do serviço militar. Entramos no fusca. H. resolveu dar uma carona ao amigo e ambos se queixaram da vida e das dificuldades de se conseguir logo o que se quer. H. deixou o amigo num ponto de ônibus e este se despediu dizendo como que para si mesmo:

– Foda-se.

A caminho de casa, H. me disse:

– Amanhã a gente volta à zona pra fazer programa.

– Amanhã estou pensando ir para o rancho na praia – respondi. – Tenho muito que escrever.

– Mas você já vai amanhã?! – perguntou H. entre surpreso e decepcionado.

– Foi pra isso que vim. Quando terminar o livro, eu volto e aí a gente se diverte.

Em casa, o sr. M. já dormia enquanto a sra. M. e a filha assistiam à novela das dez. H. foi dormir e fui ficando ali um pouco mais com as duas, esperando o intervalo para manifestar minha vontade de ir para a casinha na praia. Mãe e filha mostraram a mesma surpresa de H. ante minha brusca decisão. A sra. M. disse que na manhã seguinte falaria com o marido. E desejando-lhes boa-noite subi para dormir um dos sonos mais tranqüilos de minha vida.

9

Enfim só

Bem que estava precisando da tranqüilidade de um refúgio como este para gozar um tempo na solidão. Durante todo o percurso de Blumenau até a praia, a sra. M., com a psicologia dos modestos, para que eu não me decepcionasse depois, vinha me dizendo que a casa da praia estava meio abandonada, que eu não ia gostar e nem me sentir bem nela. Mas é claro que adorei, desde o instante em que o sr. M., estacionando o Fusca, disse: "É aqui".

Entramos. Emocionado, eu estava ansioso pra que eles voltassem logo a Blumenau e eu pudesse ficar só e desencadear a alma. E enquanto a boa senhora varria a casa, trocava a roupa da cama de casal, eu a seguia dizendo: "A senhora não precisa fazer isso, estou acostumado a varrer casa, arrumar cama, tanto tempo me hospedando em casa dos outros...". O sr. M. chamava-me a sair com ele. Ia mostrar-me o lugar e com quem eu poderia contar, se precisasse.

Como a casa ainda não tinha água encanada e nem bica, fomos primeiro encher as latas no casebre do sr. Nestor, a uns cem metros dali. O sr. Nestor e família eram pretos. As filhas apareceram na janela e eram negras retintas, viçosas e matutas, sorridentes (dentes perfeitos de uma brancura de marfim polido). A tudo o que o sr. M. falava, elas respondiam: "Nhor sim", como quem diz "Sim senhor". O sr. M. pediu licença para apanhar água da bica. E elas consentiram com mais um "Nhor sim". E fomos. Do fundo do casebre surgiu o irmão das moças, que se apresentou: Neuci. Enorme, sorriso tão perfeito quanto o das irmãs e de uma submissa doçura, tão grande quanto seu tamanho. Mostrando-me o chuveiro ao ar livre, no quintal, disse:

– Quando você quiser tomar banho pode vir aqui.

Colocamos as duas latas de vinte litros e o garrafão cheios d'água no Fusca e fomos até o único bar do lugar, perto da praia, o Amilcar Restaurante, do *seu* Quéca – homem simpático, gordo, loiro de olhos azuis. O sr. M. nos apresentou e combinamos horários e preço das refeições. E voltamos à casinha onde o sr. e a sra. M. me deram as últimas orientações sobre como abrir e fechar portas e janelas. E voltaram a Blumenau.

A casa é de madeira. Tem uma pequena sala, dois quartos, uma cozinha espaçosa e, bem longe no quintal, uma privada de fossa, já que na casa não tem água encanada. O assoalho range quando ando. Enfim, um milagre: uma cabana confortável e recôndita, lugar ideal para passar tudo da cabeça para o papel!

Entretanto, para começar, era necessário antes de mais nada estabelecer uma disciplina. A casa dispunha de eletricidade, mas as lâmpadas todas eram muito fracas. Uma noite tentei escrever à luz de um lampião, mas logo percebi que tal sofisticação não cabia ali. Optei pelo bom senso: dormir assim que a noite se fizesse, despertar ao raiar do sol e trabalhar só à luz do dia. Escolhi a cozinha como local de trabalho porque era o ambiente mais claro e arejado e sua porta abria para o quintal, cujo limite era um belo riacho – largo porém raso – de águas límpidas e leito arenoso. Nenhum vizinho no perímetro e a natureza ainda não de todo despertada para a primavera. Época do ano em que o litoral deserto não dá sinal de veranista. Além disso, ventava e chovia e o sol só dava a cara em períodos esparsos, pouco motivando idas à praia e outras tentações pagãs.

Assim que de manhã acordo, ainda um tanto sonado, abro a porta da cozinha e, nu e descalço, dou um mergulho no riacho para despertar para o trabalho. A água às vezes é doce, às vezes salgada, devido à proximidade do mar, devido às marés. De manhã, na maré baixa, é doce. E fresca.

Depois do mergulho, me enxugo e visto a mesma roupa de todos os dias: calção e camiseta. E preparo o café-da-manhã: café, biscoito, frutas secas, nozes – as provisões que a sra. M. preparou para a minha temporada. Decidi não ser guloso para que as provisões durem o máximo. E estou pronto para o trabalho, não sem antes dar algumas tragadas no baseado do dia. (No meu plano de trabalho estabeleci apenas um baseado por dia, a ser fumado em etapas: depois do café, depois do almoço e após o jantar.)

Não trouxe a *Olivetti*, escrevo a mão. Prefiro, vou mais rápido. Sentado no banco corrido, na mesa o caderno grande e grosso, esferográfica *Bic* e pronto. Sobre a mesa, diários, cartas, recortes, anotações – a matéria-prima referente à aventura que vivi e que agora começo a narrar. E o trabalho sendo um grande prazer faz a inspiração jorrar espontânea. Quando acontecimentos e personagens colidem, embananando a narrativa, dou um tempo, uma volta até o riacho. Se aberto o céu para o sol, um mergulho, uma féria de meia hora para refrescar a cabeça, nunca pondo os pés fora do meu território, embora imaginando encantos fora dele. Mantenho também um diário, ainda que nada aconteça digno de registro.

E assim os dias passando, o trabalho progredindo satisfatoriamente. No segundo dia, surgiu uma companhia, um camundongo esperto e fraterno. Assim que o vi, me assustei. A primeira reação foi subir no banco – ele apareceu na cozinha enquanto eu escrevia. Mas logo desarrepiei-me ao ver que se tratava de um camundongo e não uma ratazana.

Não demorei para entender que se tratava de um camundongo muito querido, o "Arnold" – personagem principal de uma história que meu amigo Bruce Garrard, de Wiltshire, Inglaterra, escrevera para mim, *The adventures of Arnold, the mouse*. Bruce fazia parte do rol de pessoas sobre as quais eu escrevia. Estivera com ele a última vez não fazia nem cinco meses e, nesse ínterim, ele me presenteara com os originais de seu livro. E no livro de Bruce, "Arnold", o camundongo, encontra um viajante de uma terra distante, a quem dá o nome de "Quillbeam", que significa o brilho da pluma de escrever. "Quillbeam" era inspirado em mim – Bruce me contou numa carta.

Um lado meu acreditava que o camundongo que surgira na cozinha era "Arnold", enquanto um lado mais racional dizia que não, que era apenas um camundongo. Mas como era simpático e nada arisco, decidi fazê-lo sentir-se em casa e à vontade, tratando-o como se de fato fosse o "Arnold". Para começar, ofereci-lhe uma noz. Que ele aceitou de bom grado. E enquanto eu escrevia ele ficava ao meu lado, no banco, roendo a noz. Passou a vir, todos os dias. Comia a noz sem pressa e só se retirava para seu buraco quando eu, dando por finda mais uma jornada de trabalho, levantava-me para ir fazer outra coisa.

Do diário: "Faz uma semana que cheguei. Ontem choveu o dia todo. Só deixei a cabana mais ou menos às 18h (não tenho relógio) para ir jantar no *seu* Quéca. Apesar de ter recomendado à cozinheira (a mulher do *seu* Quéca) que na minha temporada só quero comer peixe, foi-me servido um enorme filé malpassado. Já de menino não me apetecia carne vermelha, e agora, mesmo comendo o que me é servido, continuo não sendo fã. Após a janta, permaneci um tempo no bar – que também é uma construção de madeira –, mais para ver um pouco da gente local: pescadores bebendo cachaça e assuntando. O televisor ligado na novela das seis. Quando deixei o bar chovia e estava uma noite bem escura. Andando pelo caminho enlameado, sob o guarda-chuva quebrado que achei na cabana, vejo um vulto parado lá na ponte por onde tenho que passar. Me aproximando, cumprimento o vulto com um 'ôi!', nem imaginando quem seria. 'A gente ia falar com você' – pela voz de menino reconheço Onésio, de onze anos, um dos poucos com quem troquei meia dúzia de conversas desde que cheguei. Fico imaginando que 'gente' será essa que queria falar comigo. 'Fui jantar no *seu* Quéca', esclareço. E atravessamos a ponte. Do outro lado estavam os outros: Sueli – uma mocinha de catorze anos; Cardo, seu irmão, um ano mais novo; e Cirene, de sete anos, irmã de Onésio. Eu não ia ficar ali na chuva e no breu conversando com eles. Convidei: 'Vamos lá pra casa?'. E a Sueli: 'A gente não vamos atrapalhar?'.

E eu, insistindo: 'Claro que não!'. E chegamos. Abro a porta e acendo a luz: 'Entrem e fiquem à vontade'. Eles entram, os quatro, encantados e temerosos. Sueli, bastante desinibida e curiosa, foi dar uma espiada nos cômodos, enquanto eu, Onésio, Cardo e Cirene vamos pra cozinha. Não contei nada sobre o camundongo – que também não deu as caras. Sobre a mesa, a papelada de trabalho espalhada. Vem a Sueli e pergunta – certamente depois de ter ido atrás de algum retrato, alguma dica: 'Você não tem namorada?'. E eu: 'Agora não, tô sem tempo'. Sueli sorri: 'Estou doida pra ir embora daqui, aqui tem nada pra fazer'. Imagino. 'Vocês querem chá-mate?', pergunto. 'A gente estamos acostumados a cafezinho', diz Onésio. 'Tomei um agorinha pouco', acrescenta Sueli. Encho d'água a chaleira. 'Não precisa ter trabalho', diz Cardo. 'Não é trabalho nenhum', respondo. Sueli ri. Não sei por que, ela acha engraçado tudo que falo. De repente, do lado de fora, uma voz de mulher brava grita por Onésio. É a mãe dele com um bebê no colo. 'Que é que vocês estão fazendo aí dentro?', pergunta. 'Estou fazendo chá-mate, a senhora não quer entrar?' E ela: 'Não, muito obrigada', e direta, ao filho: 'Que é que você está fazendo aqui? Vamos pra casa'. E Onésio: 'Deixa a gente ficar, mãe. Daqui a pouco a gente vamos!'. 'Vocês não estão atrapalhando o moço?', a mãe pergunta, me olhando. 'Claro que não! Fui eu quem os convidou.' E a mãe: 'Então podem ficar um pouquinho, mas ela vem'. Cirene, que, mais que todos, queria ficar, chora, implora à mãe que a deixe. Mas a mãe a leva embora olhando feio para Sueli, como que acusando-a de *biscate*. A água leva tempo para ferver no fogareiro elétrico. Onésio e Cardo, que nunca tinham visto um fogareiro elétrico, estavam deslumbrados com a espiral vermelha. Chá e bolacha, conversa-fiada e Onésio puxando assunto pra feridas, cicatrizes, cortes e machucados. Combinamos, assim que eu tiver adiantado o meu trabalho, fazer uma caminhada pelas redondezas. Cardo tem a língua presa e é quem mais fala. Conta que no mato, num morro um pouco mais longe, mora uma mulher sozinha, e que ela é metade mulher e metade homem, e que o nome dela é Arlindo, mas quem a conhece a trata de Arlinda. Cardo conta que nunca ninguém viu a Arlinda, só Manoel, o pescador, de dezesseis anos. De vez em quando, o Manoel vai lá, é amigo da Arlinda. Cardo conta que o Manoel contou pra ele que a Arlinda fica pelada enrolada num tipo de teia de aranha. Cardo e Onésio começam a rir, cúmplices, enquanto Sueli, injuriada, faz que nada sabe dessa história. Cardo, com a língua presa, me sussurra que Arlinda tem uns peitões mas também tem pinto. E que tem também uma bocetinha – ele me conta baixinho, para a menina não ouvir. Mas que ele nunca viu (insiste), só o Manoel que sabe o caminho. Mas o Manoel nunca leva ninguém junto porque a Arlinda não gosta. 'Vocês estão na escola?', pergunto, mudando de assunto. 'Eu estou', responde Onésio. Sueli e Cardo detestam escola e estudo. Onésio começa a ler a abertura do meu livro. Falo que estou escrevendo um livro e eles me perguntam como é que é escrever um livro e eu dou uma explicação simplificada. Sueli é a mais entediada. 'Vamos embora, gente', ela os chama, 'a gente estamos atrapalhando o moço, ele tem que trabalhar.' Não insisti pra que ficassem. Se são crianças, também tenho que zelar para que o menino em mim não escapula. Mas não preciso zelar muito, porque ele está em fase mais zelosa que nunca, entretido na aventura maior que é levar o livro a bom termo. À noite, enquanto esperava o sono chegar – e pra mim o sono vem logo –, fiquei pensando na relação amorosa entre o narrador e aquilo que narra. E na maior simplicidade. E, pensando em outra coisa – pois o sono estava demorando um pouco –, lembrei-me que se aproximava o dia do encontro mágico no Parque Lage: a abertura da primavera, o prenúncio da Era de Aquário. Mas aqui no Sul, pensei, também esse dia haverá de ser memorável. E como o sono insistia em não vir – que coisa! –, pensei naquilo que não queria pensar: na Arlinda hermafrodita e no Manoel, o pescador adolescente. Serão amantes?"

Do diário (semanas depois): "O livro progride notavelmente e por isso não me sobra energia para incrementar o vago interesse de sair por aí em busca da magia local. Duvido que, se fosse verão, eu conseguisse trabalhar com o mesmo afinco. No verão, segundo me disseram – e não é difícil imaginar –, isto aqui fica assim de veranistas, vindos, muitos, da Argentina, e o rio do meu quintal fica tomado por famílias inteiras de banhistas. Mas estou quase terminando o primeiro tratamento. Também já faz quase um mês que estou aqui! Daqui a dias, conforme previamente combinado, o sr. M. virá me buscar. Ele bem que podia não vir, demorar uns dias mais, para eu me dar férias, andar por aí, freqüentar o mar – tão perto aqui da cabana, nem trezentos metros! –, desligar... (O tempo melhora sensivelmente.) Mas eles são alemães, aposto que o sr. M. virá no dia marcado. E com aquela praticidade de estontear".

10

Pescaria

Bem no dia da Primavera apareceram o sr. M., o filho H. e um tenente amigo da família. Vieram dar um passeio e me levar embora. Quando chegaram, eu estava comportadíssimo, barba rasputínica e cabelo ombro abaixo, sentado no banco à mesa da cozinha, escrevendo furiosamente. Até então, "Arnold" estivera ao meu lado, no banco, comendo a noz do dia. Quando ouviu o Fusca estacionando, o camundongo saiu feito bala levando entre os dentes o resto da noz e metendo-se rapidinho em sua toca. Foi a última imagem dele que registrei.

Ficaram contentes me encontrando bem, aparentemente calmo, escrevendo. A casa em ordem, um dos quartos e a sala do jeito que a sra. M. os tinha deixado. No quarto em que eu dormia, a cama com a coberta ligeiramente esticada. Eu só usava o quarto para dormir. Nem de dia tirava soneca, pra que à noite, exausto, dormisse um sono só, nunca depois das 21h. A cozinha sim, estava com cara de uso. Mas como eu só fazia café e escrevia, estava nada bagunçada. Enfim, ambiente mais espartano os três não encontrariam.

Saíram *seu* M. e o tenente. Eu teria preferido que H. tivesse ido com eles, pois eu estava em pleno trabalho criativo e, se não colocasse no papel um pensamento que a chegada do trio cortara, perderia aquele ramo da meada. E escrevia furiosamente, com o H. ali de pé me *sacando*. E como o pensamento era gongórico, H., irritando-se repentinamente, disse, brusco:

– Pára de escrever, ô cara! A gente vai sair de barco com os pescadores, vamos pro mar.

"Que remédio", pensei, fechando o caderno e me levantando. Fui do jeito que estava: descalço, calção e um chapéu de palha – o dia era de veranico, um sol de cegar. Já na dobrada, encontramos o Neuci, inocentão aos dezenove anos no seu metro e noventa de negritude retinta que só um jogador de basquete! Mas Neuci, nesse fim de mundo, nem sabia o que era basquete. Adiante encontramos mais dois garotos, um deles o famoso Manoel pescador, dezesseis anos, o tal que era o único a freqüentar a toca da mítica Arlinda, a hermafrodita. Manoel me pareceu forte, saudável, seguro de si e bem-humorado. Os outros pescadores já estavam preparando a baleeira.

Éramos um grupo de sete rapazes. Um deles explicou, quando já estávamos em águas, que geralmente saíam em cinco. H. e eu éramos *extras*.

Quase fim de dia, céu azul, nenhuma névoa, sol ardente. O mar, de uma calmaria laguna. A rede fora lançada na véspera, os peixes a essa altura já estariam presos. No universo desses pescadores até as redes têm nome, e o da nossa turma era "Feiticeira". E eles repetiam muito: "Feiticeira pra cá, Feiticeira pra lá", enquanto conversavam. Um dos rapazes dirigia a canoa e os outros remavam, menos H. e eu, que éramos *convidados*. Daí matutei uma lamentada rápida:

"Bem que eu poderia ter saído mais com os pescadores. Fiquei um mês aqui e só hoje, quando estou indo embora..." e "Perdi o mar, perdi a vida..." Mas não de todo, pois ali estava, a plenos pulmões.

E Manoel remava, ria, orgulhoso de si, tirava sarro dos outros à frente, sentados nos bancos improvisados. Eu ia sentado ao seu lado, e o Manoel gozando do Neuci, e o Neuci rindo, todos rindo, pois a espontaneidade nativa e galante do rapaz era irresistível. Às vezes, só pra nos meter medo, balançava a canoa pros lados. – A canoa vai virar... – falei. – Isso aqui não é canoa, é baleeira – e balançava a baleeira. Cheiro de peixe curtido. – Não faz isso, Mané – retrucava Neuci, entre sério e sarrista –, tem gente que não sabe nadar!

– Tu sabes nadar, Bivar? – perguntava Manoel, que já tinha aprendido meu nome de tanto H. repeti-lo. – Claro que sei – respondi, acrescentando: – desde que a distância até a terra não seja quilométrica. Daí não posso te dizer, porque nunca fui tão longe. – Não faz isso, Mané, desse jeito o barco vira e aí fica difícil – gritou o comandante, tão jovem quanto eles. – Todo mundo aqui sabe nadar – respondeu Manoel. E assim a baleeira chega onde a rede fora lançada na véspera. Eu diria alto-mar, embora continuasse a calma de lagoa.

Puxamos a rede e os peixes foram colhidos. Vivos. Corvinas, violas-do-mar, cações, peixes-espadas, pernas-de-moças, linguados. Os peixes foram jogados no fundo da baleeira até que a rede ficou limpa. E a "Feiticeira" foi novamente lançada ao mar para ser recolhida na tarde seguinte.

De repente, o tempo começou a virar. Foi H. quem viu primeiro e nos chamou a atenção: no horizonte, atrás do mar e às nossas costas – estávamos voltando para a terra –, uma chuva desenhava um arco-íris vivíssimo. E agora, o barco mais pesado por conta dos peixes, eu ajudava a remar, no remo de Manoel.

Sempre, no caminho de volta, há grandes momentos de silêncio e introspecção. Mas Manoel nos despertava inventando piadas, pregando peças. O mar, agora encapelado, exigia força total. Remando, arfando, Manoel disse:

– A novela tá ficando forçada.

A chuva, rápida e de pingos grossos, nos alcançou e nos ultrapassou, chegando à praia antes que o nosso barco. Uma forte rajada de vento levou o meu chapéu de palha, que, boiando nas ondas, perdeu-se ao longe. A praia vai chegando e Manoel recomeça a balançar a baleeira. Alguns outros o imitam e o bote quase vira. Manoel, num jogo destro, segura-o em tempo. Mas não podia mesmo virar, assim tão cheio de peixes. Teria sido um desperdício. E fomos tomar uns tragos no bar do *seu* Quéca.

11

The Buenos Aires connection

Minha missão – redigir o copião do livro – fora por mim previamente estabelecida para durar dois meses. Tendo dado conta da missão em menos de um, sobrava-me um mês de lambuja. Resolvi esticar minhas impressões do Sul, descendo até Buenos Aires para uma rápida visita à querida Mercedes Robirosa. Meu dinheiro dava contadinho para chegar e voltar. Primeira parada, uma noite em Porto Alegre, onde visitei uma carioca conhecida dos meus primeiros anos de Rio e que agora vivia e trabalhava na capital gaúcha. Dormi na casa dela. Na manhã seguinte, tomei o ônibus para Montevidéu. Ao meu lado sentou-se um inglesinho. Conversa vai, conversa vem, decidimos dividir o mesmo quarto no hotel, assim economizando. A gente não tinha muito assunto e nem fiquei sabendo o que ele ia fazer em Montevidéu.

Sob uma chuva de granizo, Montevidéu me fez lembrar um pouco Dublin: pobre mas de uma austeridade civilizada. Sem indústria automobilística, o que se via na rua eram poucos carros e os que havia caíam aos pedaços. Mas esse vazio de tráfego e poluição nenhuma só faziam aumentar o prazer de estar na capital uruguaia.

Talvez pelo charme de um passado mais altaneiro – o gabarito de sua arquitetura eclética – e o passeio à beira do Prata com as gaivotas colaborando para uma atmosfera evocativa, se mil vidas eu tivesse, uma delas gostaria de viver em Montevidéu.

Hospedei-me com o jovem inglês em um apartamento confortável num hotel enorme, decadente e praticamente vazio. Mas três dias de Montevidéu, por enquanto, já bastavam para levar uma primeira impressão simpática. Despeço-me do inglês e tomo um barco para Buenos Aires, rio da Prata acima.

É um rio de proporções amazônicas, tanto no volume de água quanto na distância de uma margem à outra. Um verdadeiro rio-mar. Ao menos ali, no estuário. Viagem de noite inteira, gente barulhenta, revolucionários fugindo de um país para outro, gente recomeçando a vida, brasileiros, argentinos, uruguaios, paraguaios, bolivianos, chilenos. Durante todo o percurso conversei com um senhor argentino distinto que, como eu, não bebia.

E de repente eu estava em pleno centro de Buenos Aires, manhã brumosa, sozinho à cata de um hotel barato. Encontrei o interessante Hotel Londres, numa das transversais da Calle Florida. Nos espelhos da Calle Florida percebi que minha figura estava um tanto exagerada. Não se via homem de cabelo mais longo e nem de barba assim tão solta. E as botas marrom de cano longo e salto alto que comprara em Glastonbury fazia nem sete meses brilhavam tanto quanto na vez que as avistara na vitrine da sapataria Avalon. Os espelhos com os quais dava de cara me faziam sentir um misto de cavaleiro medieval com uma criatura absurda vinda de algum espaço. Além de minha figura nos espelhos das ruas, duas outras coisas me impressionaram: um poncho bem tramado e coloridíssimo em degradê arco-íris vestindo um manequim numa galeria, e, pendurada em todas as bancas de revistas, Mercedes Robirosa, a própria, na capa do número 4 da revista *Gipsy*.

Comprei a revista. Era uma publicação contracultural, conforme a moda. E dentro, Mercedes entrevistada contava da nossa turma em Londres, Nova York, Paris, dos desfiles e de sua aparição em *Clowns*, uma das mais recentes fitas de Fellini. E que, de todas as suas experiências com o *underground* do circuito internacional, os brasileiros se provaram os mais vivos.

Fazia uns dez meses que eu não via Mercedes, desde aquela noite em Londres, na véspera de minha viagem a Nova York. Mas escrevíamos um ao outro. Como estaria ela em Buenos Aires? Decidi não procurá-la, ainda. Queria colher primeiro minhas impressões independentes de uma cidade onde jamais antes estivera.

Achei Buenos Aires menos pobre que as capitais brasileiras e muito mais civilizada. Ninguém jogava papel no chão e até nas bancas de revista os homens usavam terno e gravata. O centro era preservado e os edifícios de notável gabarito. Parecia Europa mas também não era Europa. No que tangia aos últimos gritos internacionais, alguns sinais a apontavam como cidade mais avançada que Rio e São Paulo, mas em outros o Brasil estava na dianteira. Curto de grana só gastei em revistas e jornais brasileiros que fui ler no gramado de um dos parques centrais. A revista *Manchete* trazia matéria sobre "o início da Era de Aquário" no Parque Lage. Dava para sentir pelo texto e pelas fotos coloridas que o encontro, idéia (anônima) minha, foi um sucesso. Umas três mil pessoas – um número bastante razoável, se levado em conta que a mídia não divulgara e que tudo acontecera por divulgação boca a boca. Todo mundo ali era hippie, cabelos compridos, batas indianas, flores nos cabelos, um micro *Woodstock* sem popstars nem palco mas flautas doces aqui e ali. Nem a imprensa nem ninguém sabiam explicar o que era aquilo, quem promovera, com que finalidade. Os questionados davam respostas deliciosamente vagas: "Não sabemos", "É um encontro mágico", "Ouvimos o chamado", "Fomos transportados", "Hoje estamos celebrando o sexto dia da criação, dia do nascimento de Vênus, a deusa do amor", "Hoje é o início da Idade de Aquário, o dia da unificação de todos os seres do Universo".

Nas fotos eu não conseguia enxergar ninguém de *Longe daqui aqui mesmo*. Nem a Nélia, nem o Rubens, nem o Mário e nem mesmo o Paulo Sack. Mas de repente, virando a página, descobri o Pêssego em Caldas e a Leda Zeppelin numa foto em meio a um grupo. Em compensação, o elenco de *Hoje é dia de rock* estava lá, todo sorridente e na onda hippie. No texto ficava claro que a peça de José Vicente estreara e fazia sucesso. Mas o que mais me desgostou foi ler n'*O Globo*, na coluna de Nina Chaves, que rolava arranca-rabo nos bastidores de *Longe daqui aqui mesmo* entre Nélia Paula e Leda

Zeppelin. Intuí que aquilo podia significar, para qualquer momento, o fim abrupto da carreira da peça.

Passei três dias em Buenos Aires. No segundo dia, liguei para Mercedes. Eu não escrevera que ia, nada, tudo de surpresa. E já que o meu tempo ali era curtíssimo, Mercedes tratou de fazê-lo render ao máximo. Levou-me a um antipsiquiatra amigo dela, discípulo seguidor das teorias praticadas por David Cooper. E enquanto o aguardávamos – Martin atendia uma antipaciente –, Mercedes e eu púnhamos em dia nossas *paranóias*. A excitação do reencontro era tamanha que falávamos tão alto a ponto de Martin ter de interromper a anticonsulta e vir nos dar uma bronca, dizendo, num tom de voz sussurrante, que nossa conversa alta parecia "tambores na selva".

Achamos melhor irmos passear. Na Calle Florida, quando mostrei a Mercedes o poncho multicolorido que me deslumbrara, ela, vendo o brilho de desejo nos meus olhos e sentindo minha penúria, não pensou duas vezes. Comprou-o e me deu de presente. Mas me fez prometer não usá-lo em Buenos Aires.

Passei minha última noite no apartamento de Mercedes. O dia despontava quando nos despedimos, ela triste e eu mais ainda. Enfim, era a vida. Nos encontraríamos em outros lugares ou ali mesmo, em Buenos Aires, por que não? De repente, umas férias mais longas...

Na rodoviária me dei conta de ter esquecido no criado-mudo ao lado da cama de Mercedes a corrente de pescoço com a medalha de São Cristóvão que há meses ganhara de meu amigo *hell's angel*, o Terry, naquela viagem de carona entre Glastonbury e Londres. Que Mercedes a conservasse, pensei. Afinal, São Cristóvão era protetor dos viajantes e Mercedes também viajava muito.

12

Ziguezagueando

Rodoviária de Buenos Aires, seis da manhã. Ônibus para Porto Alegre. O motorista e cinco passageiros: um militar brasileiro de média patente, sua mulher e o filho de quatro anos, eu, e que coincidência – um argentino que conhecia de vista no Rio. (Estivera no *loft* dele armado nos escombros daquele hotel que nunca saiu, o Panorama Palace, no alto do Cantagalo, voltado para Ipanema e Lagoa.) Ele estava com uma maconha *do outro planeta*. Sentou-se ao meu lado e deu a dica: ele ia na privada do ônibus fumar e deixava o cigarro apagado para mim atrás da descarga. O ônibus mal deixava a província de Buenos Aires quando ele foi ao banheiro. Ficou lá uns cinco minutos, voltou, e fui eu. A porta da privada devia ficar sempre fechada e a janela escancarada para mandar embora o cheiro da erva. Assim, se o militar fosse ao banheiro, não sentiria o cheiro, fortíssimo. Porque estávamos numa época de grande repressão, tanto na Argentina quanto no Brasil, e "com militar", pensei, "não se brinca". Mas o militar era de bons bofes, moço simpático e comunicativo. Logo puxou assunto, animadíssimo.

O argentino deixava eu e o militar conversando e voltava ao banheiro para dar mais um *tapa*. Depois eu deixava o argentino papeando com o militar e ia dar mais um. Lavava as mãos com sabonete, entre os dedos impregnados do cheiro do fumo, a boca, e engolia um pouco d'água, molhava o rosto, fazia hora e saía. E o resto da viagem foi agradabilíssimo. Pedi licença aos dois e peguei um banco só pra mim. Meus olhos viajavam nos pampas e eu me abstraía numa boa.

Em Porto Alegre, como que despertado bruscamente, me senti perdido, não sabendo que rumo tomar. Precisava ficar só para decidir. Me despedi do militar e do amigo argentino. Este foi de uma generosidade ímpar: presenteou-me com cerca de cem gramas da excelente maconha.

Para quem, como eu, não era exagerado, enrolando e fumando um cigarro por dia, aquilo duraria meses. Resolvi ir para São Joaquim, Santa Catarina. Tomei o ônibus. Tudo muito lindo, adoro o campo. E assim, subindo a serra, me veio o título para o livro: *Verdes vales do fim do mundo*. Várias homenagens no título. Homenagem ao filme *Como era verde o meu vale* – não lera o livro mas assistira ao filme na infância, e, mais que o filme, o título permanecera. E *fim do mundo*, porque os apressados-apavorados diziam que o fim estava próximo; mas *fim do mundo* principalmente porque o melhor deste mundo, os *verdes vales*, fica sempre longe, lá no fim do mundo, onde, aparentemente, a terra acaba.

Romântico, sim, porque estar num ônibus e depois em outro e mais outro (por causa das baldeações), subindo, descendo e contornando serras e montanhas rumo a São Joaquim me parecia, então, o ápice do romantismo. Sabia que em outubro não caía neve, mas que frio! Do banco da frente, uma garota se volta e pergunta:

– Você é hippie?

Para não desapontá-la, respondo que sim. E ela, contente:

– É o primeiro hippie que conheço. Tinha muita vontade de ver um, de perto.

Tá. Em São Joaquim, levado por um vento varredor que mal conseguia parar algum transeunte e pedir informação. Devo ter conseguido, pois fui parar num casarão de madeira tido como hotel barato. Bati à porta e surgiu um homem de uns 35 anos, cara marcada pelas intempéries (ali em São Joaquim devia acontecer muitas intempéries), faces sulcadas, fustigadas, olhos brilhantes, dentes de ouro. Ele sorria apertando a coronha da pistola socada na cintura. E eu ali parado, figura angélica mas não menos curtida, tiritando ao vento e ao relento. O homem abriu caminho para que eu entrasse e, uma vez dentro, acertamos o preço da diária com refeições.

O quarto, no andar superior, era um cubículo cheio de frestas por onde o vento zunia ameaçador. A cama, um estrado de tábuas emendadas e um colchão de palha. Uma janelinha de pau. E coragem para descer? Com aquele homem lá embaixo, cara de mau, dentes de ouro e revólver no cinto! E eu com os cem gramas de fumo na mochila! E se enquanto estivesse passeando o homem subisse para dar uma olhada na minha mochila, encontrasse a maconha e me denunciasse à polícia?

Resolvi sair, enfiando no bolso a maconha. O poncho de cores vivas, as botas inglesas da terra do Rei Arthur, o cabelão e a barba eriçados, estava uma figura! Tipo Clint Eastwood na fase *spaghetti western*. Lá embaixo a família do homem ao me ver perdeu a fala. Fui objetivo. Disse que voltaria para a janta e saí sob olhares de desconfiada perplexidade.

Dei apenas uma voltinha, porque o vento mal deixava dar um passo. Na manhã seguinte, fui embora no primeiro ônibus que me levasse a alguma parada onde pudesse pegar outra condução para Blumenau.

A família M. se mostrou contente com a minha volta. Eu, apesar de *diferente*, era gente boa, simples, não pesando em nada. Ao contrário, minha presença contribuía para uma certa leveza naquele ambiente alegremente germânico. Eu já era tão de casa que minha volta foi tipo volta de filho pródigo.

No dia seguinte, resolvi procurar o poeta Lindolf Bell (que eu sabia ser casado com uma Hering, e agora atuando como uma espécie de patrono das artes no Estado). Bell, o belo, na primeira metade da década de 60 fizera muito sucesso em São Paulo, participando de um movimento de jovens poetas, Os Novíssimos.

Bell foi gentilíssimo (me conhecia de nome). Surpreso e contente de me ver em Blumenau, inventou toda uma programação para os meus dias ali. Num dia, Bell me levou para visitarmos o prefeito em seu gabinete. O colunista social e o fotógrafo do jornal *A Nação* estavam lá, e na primeira página do dia seguinte saía assim, em manchete: *Visitante Ilustre* – e a legenda sob a nossa foto: "Evilásio Vieira, prefeito municipal de Blumenau, recebe a agradável visita de Antonio Bivar, festejado autor teatral...".

No lar dos M. todos ficaram orgulhosos por eu ter saído no jornal com o prefeito. Mas o mote de programação cultural no qual Lindolf Bell me incluía já estava me exasperando. Juntei minhas tralhas, despedi-me da querida família M. e tomei um ônibus para Joinville e dali outro para São Francisco do Sul, perto.

A cidade, ainda que um tanto abandonada, me pareceu muito charmosa, mal vivendo do porto, o qual mui raramente recebia cargueiros. Atracado havia um único navio, chinês.

A moça que cuidava da recepção do Hotel Boa Vista, o único hotel da cidade – um deselegante casarão de madeira perto do porto –, me contou o que todos contam: é uma das cidades mais antigas do Brasil, fundada em 1504 por um capitão francês, um tal de Paulmier de Gonneville. Floresceu no século XVIII, donde as boas construções, as ruelas estreitas, as ruínas tombáveis e restauráveis.

Apesar de minha figura esdrúxula causar impacto e eu receber de volta olhares secativos, em São Francisco do Sul me senti eu mesmo. Não precisava disfarçar que era pobre, estava num hotel barato e com dinheiro para ficar sete dias. Resolvi até mudar a aparência. Rapei a barba de meses, deixando um bigodão que ia de suíça a suíça, tipo cigano.

Cidade pequena é aquela coisa: o forasteiro chega e senta-se em um banco da praça da Matriz e logo faz amizade. Na praça Nossa Senhora das Graças, dois rapazes desajustados, sonhadores e honestos, se ofereceram a me levar para conhecer a redondeza. Alírio, moreno, tinha uma figura bonita e maus dentes. Mário, apesar de menor de idade, já trabalhara no mar, tendo ido a Santos e voltado, num cargueiro. Infelizmente havia um senão: a polícia. Os policiais – se não era um era outro – cismaram com minha figura e dia sim dia não algum me parava na rua para perguntar quando eu ia embora. Cuidava de responder educadamente, dizendo aos policiais ainda não ter decidido quando partiria.

No dia combinado em que Alírio e Mário iam me levar à praia dos sambaquis, a dezesseis quilômetros, nós três esperávamos a jardineira quando um dos policiais com uma viatura nos deu uma blitz e nos levou para a delegacia. No percurso, num tom ciumento, o policial repreendia o Mário, de quem era vizinho, dizendo:

– Seu pai sabe com quem você anda?

"Meu Deus", pensei, "ele está me tomando por um tipo suspeito e perigoso!"

De fato, havia um detalhe, um detalhe que poderia ser fatal. Mas eliminei o detalhe do pensamento e me fiz como que acima do Bem e do Mal, rosto sereno e sem culpa.

Na delegacia logo dispensaram o Mário, que era conhecido do policial. Alírio também não demorou a ser liberado. Era da cidade. De modo que só eu, forasteiro, fui mantido para *averiguações*, aguardando o subdelegado. O escrivão, moço novo e ligado, aproveitou uma saidinha do vigia e veio me aconselhar:

– Esconde tudo de feio que você possa ter e só mostre o bonito.

Nisso chega o subdelegado. E vai logo exigindo:

– Documentos.

Eu nunca andava com documento e deixara os meus na mochila, no quarto do hotel (apesar de o bolso direito da calça estar inflado com o pacote de maconha – eu agora o sentia).

– Mas o senhor pode acreditar, sou escritor – argumentei, acrescentando: – Em Blumenau fui recebido pelo prefeito e saí ao lado dele na primeira página...

– Então prove – cortou o subdelegado.

Poderia provar, se o jornal estivesse na mochila, mas já o havia mandado, lá de Blumenau mesmo, pelo correio, para o meu pai, para ele ficar tranqüilo imaginando que eu estava até me comportando bem na viagem.

O subdelegado, então, disse que, já que eu estava sem documento, ia mandar uns guardas lá no hotel para procurar nas minhas coisas. Não demorou e os guardas voltavam com uma ficha, a que eu preenchera ao entrar no hotel.

– É você? – perguntou o subdelegado me estendendo a ficha.

– Ué, como essa ficha veio parar aqui?! – perguntei, sonso.

O subdelegado riu de minha estupidez e me dispensou.

Na rua, sensação de liberdade, eu mal acreditava no milagre. Eu com os [quase] cem gramas da maconha do argentino no bolso e nem me revistaram! E nem quis pensar no que teria acontecido se me tivessem revistado. Estaria até hoje atrás das grades lá em São Francisco do Sul. Deve ter sido o santo que dá nome ao lugar e do qual sou devoto quem lá de cima me livrou de uma fria.

Cheguei na praça onde Alírio e Mário me esperavam com um monte de laranjas que Mário apanhara em seu quintal para a gente ir chupando no caminho e na praia dos sambaquis. Só que estava muito quente para caminhar os dezesseis quilômetros. Andamos um pedaço até sair do centro. Chegou a jardineira e fomos. Chegamos. Praia deserta. Eu nunca tinha visto um sambaqui. Gostei. E catei uma lasca como relíquia. Tá com a família até hoje.

13

Recordações anotadas

Meu endereço mais *fixo* neste planeta era seguramente a casa de meus pais em Ribeirão Preto. E assim, de novo no aconchego do lar, abri a correspondência que se acumulara enquanto estivera fora. E precisava voltar ao Rio, e, antes do Rio, passar alguns dias em São Paulo. Assim que cheguei ao Hotel Amália, quase amanhecendo, Gustavo, o velho porteiro da noite, me recebeu como se recebe um hóspede de certa constância, e, sabendo que a surpresa me faria feliz, disse que José Vicente também estava no hotel.

De novo estávamos sob o mesmo teto, ainda que em andares diferentes. E que delícia para os dois – Zé e eu éramos os melhores amigos, portanto eu tinha certeza absoluta de que ele ficaria tão feliz quanto eu. E nesse reencontro só nos separávamos quando tínhamos que atender a compromissos. Em São Paulo carregava comigo meu diário. Uma noitinha, José Vicente e eu fomos presos. Do diário:

"Estamos presos em uma das delegacias de São Paulo. Cela pequena, amontoadas umas 36 pessoas que não choram, não lamentam, mas cantam, contam piadas e se provocam. Forte cheiro de urina. O vaso sanitário é aqui dentro mesmo. O chão da cela todo mijado. Como a maioria, estou sentado em urina depois de resistir horas de pé ou agachado. Ninguém sabe o que vai nos acontecer. José Vicente e eu fomos presos. Caminhávamos na Ipiranga, conversando alegremente, esquecidos do mundo, quando uma viatura nos pegou para as especulações de praxe. Eu estava sem documentos mas, numa boa, convenci os policiais que era autor teatral levando-os a uma banca onde peguei o jornal *O Estado de São Paulo* e fui direto ao anúncio de uma peça de minha autoria em cartaz. Meu nome constava no anúncio (nome que já tinha dado a eles). No entanto o Zé Vicente, que estava absolutamente legal, isto é, portando os documentos dele, arrogou-os nas fuças dos dois policiais. Estes, insultados, para deixar claro quem ali podia mais, nos empurraram camburão adentro rumo à cadeia.

"E aqui estamos. Um ex-expedicionário canta canções da velha guarda e diz que mais vale ser covarde vivo que herói morto. Malandro, ele. 'Já tô pronto pra bucha de canhão', ele diz e volta a cantar. Os outros fazem 'chuu' pra ele ficar quieto, porque é proibido cantar na cela. 'Nós vamos sair esta noite sim, porque ninguém tem culpa no cartório', continua o ex-expedicionário. 'Só quem tá sendo preso pela primeira vez é que tem medo.' Alguns dormem, outros, mais resistentes, continuam de pé para não sujarem as calças no cimento urinado."

E mais detalhes de somenos, que salto para continuar:

"Não acontece nada de interessante aqui na cela, mas ouvimos gritos histéricos na cela feminina ao lado. Por que será que, juntas, as mulheres fazem tanta algazarra? Zé Vicente lê uma revista, *Intervalo*, que um preso passou pra ele. O ex-expedicionário aponta um dos detentos e diz: 'Vai ver esse aí já matou dois'. Os dois discutem (representam). Zé Vicente me mostra uma página da *Intervalo* com uma foto minha e um pequeno texto, eu dizendo 'Como entender a incoerência humana?'. O ex-expedicionário ensaia uns golpes (baixos) de judô com um criolão e ambos caem em cima da gente e pedem desculpas esfarrapadas ante as broncas e reclamações dos detentos atingidos. Horrível cheiro de chulé de um cara que tirou o tênis. O criolão me traz palavras cruzadas para eu preencher: 'Quero vê se tu sabe mesmo das coisas ou tá atacando de faroleiro'. E fico ali de castigo, tentando. Chego à metade de uma. Sem saco, devolvo-a ao negão com sorriso de meia modéstia."

Soltos pela manhã, Zé e eu engolimos sanduíche de provolone e suco de laranja na primeira padaria que encontramos. Estávamos revoltados. Uma experiência sem nenhuma revelação, a não ser a de que eu, que até então já tivera umas cinco passagens pela cadeia, todas por motivos absurdos, jurava agora a mim mesmo (mas em voz alta para José Vicente ouvir) que aquela seria a última. E fomos para o hotel, cada um para seu quarto tomar banho – e as roupas diretamente para a lavanderia.

Resolvi ir visitar Leilah. Ela me recebeu em seu apartamento em Higienópolis. Vestia um multicolorido *djelaba* marroquino. E enquanto sorvíamos leite quente com mel ao som do último *Jethro Tull*, Leilah desfolhou toda a perplexidade que a acometera desde que chegara do estrangeiro, onde passara um ano. Estava impressionada com o fim de mundo que era isto aqui, em 1971. E sendo você pessoa sensível e voltando ao país sob a pressão esmagadora de uma ditadura castrativa, você certamente se apavorará com o horror, sendo muito natural que até caia adoentado, fechando-se e só se comunicando por telefone ou recebendo em casa, como Leilah.

Por outro lado, assumindo um lado fútil, Leilah entusiasmava-se com a idéia de ir morar uns tempos no Rio. E preparava a nova peça. "Uma peça mental", segundo ela. Falamos de transformações: primeiro era o macaco, depois o homem, e, ainda num futuro distante, uma outra coisa além do homem. Estávamos confusos mas sem fazer real drama disso. Víramos tanto, constatáramos tanto – e ainda continuávamos vendo e constatando –, que a essa altura já sabíamos que a última conclusão seria sempre demolida pela próxima.

E nessa passagem por São Paulo ia também ao apartamento de um velho e querido amigo, Alcyr, em um prédio *art déco* na Praça da República. Excelente médico (dermatologista) e boêmio brilhante, seu apartamento – um quarto e sala – era um oásis *sui generis*. Pensamento sofisticado, ao mesmo tempo cínico e mordaz em sua crítica, dr. Alcyr era freqüentado por artistas, intelectuais e jovens de várias cepas. Um toca-discos, com agulha gasta e discos arranhados (mesmo os novos), substituía o piano dos salões de outras épocas. A freqüência heterogênea gerava em resultados sempre imprevisíveis. Do apartamento de dr. Alcyr saíamos a bater calçada. Obrigatória uma passada pela São João com a Ipiranga, subindo até virar na São Luís e acabar na Galeria Metrópole – lugares já bem decadentes, mas ainda mantendo muitas de suas antigas atrações.

Alzira Power continuava em cartaz, ocupando em São Paulo o palco do Teatro Oficina e fazendo boa carreira. Enquanto isso, também em São Paulo, José Vicente preparava a próxima peça. Em dois anos alcançara a glória máxima, com sucesso unânime junto à crítica e à classe teatral por *O assalto*, e agora o sucesso de público e a devoção deste por *Hoje é dia de rock*, que no Rio era um verdadeiro milagre teatral. Mas o Zé estava enfastiado com o sucesso. Dizia-se decidido a abandonar tudo por outra coisa. E para que ele próprio desse por cumprida sua missão teatral só faltava uma peça, já que as duas acima citadas foram montagens perfeitas. Agora era preciso não um texto demolidor (*O assalto*) ou edificante (*Hoje é dia de rock*), mas um antitexto, veículo para um espetáculo que, este sim, por si se demolisse, e, por tabela, demolisse o próprio José Vicente. Algo para a crítica arrasar e o público detestar. Em uma noite escreveu *A última peça*. Estava ansioso para que estreasse logo e ele pudesse viajar para o Peru. Mas como estava demorando, ele ia viajar antes.

Mas ainda tínhamos dois dias de São Paulo. Uma tarde, ele vindo de um lado e eu de outro, colidimos na frente da Biblioteca Municipal Mário de Andrade. Ele me pegou pelo braço e foi me levando a uma banca de jornal, dizendo: – Com a foto que saiu n'*O Globo*, desta vez eu viro mito! – rindo gostosamente da inflexão que dava à palavra "mito" – um jeito todo seu de tirar sarro da própria pretensão.

Pediu licença ao jornaleiro para me mostrar o jornal, já com chamada na primeira página. E foi direto à primeira página do caderno de variedades. E a manchete: *JOSÉ VICENTE ABANDONA O TEATRO PELO MISTICISMO*.

Fomos tomar um café. José parecia repentinamente deprimido. A consciência da vaidade. Eu não dramatizava tanto as coisas. E depois, éramos jovens, a vaidade ainda era viva em nós. Tão viva quanto o misticismo pelo qual ele iria abandonar o teatro. Depois do café nos despedimos por algumas horas, tomei um táxi e fui à redação da *Folha de São Paulo*. Ivo Zanini, editor do caderno de artes e espetáculos, com bom humor acompanhava as nossas carreiras cheias de traquinagens inventivas. Propus e ele topou eu sentar à máquina e me auto-entrevistar. Fui fotografado, com o bigodão de orelha a orelha, imagem que estava mantendo para impactar o Rio na minha volta e depois raspar. Em meia hora enchi quatro laudas com perguntas e respostas. Era uma oportunidade de contar minhas observações sobre a recente temporada no Sul, de Santa Catarina a Buenos Aires e a volta a São Paulo. O título da matéria também foi meu. Um *beatnik* eu mesmo desde que tivera notícia de Kerouac no final da década de 50, e influenciado por São Francisco de Assis desde que os hippies o promoveram na década seguinte e eu lera *O pobre de Deus* do grego Nikos Kazantzakis, e transfigurado pelo *insight* franciscano firmara voto de desapego, dei à auto-entrevista o título de *ANTONIO BIVAR ON THE ROAD*. Publicada dali dois dias.

14

Este Rio que eu amo

Calculei o horário de minha viagem de São Paulo ao Rio para, direto da rodoviária, chegar ao Teatro Opinião de mochila nas costas e com a figura flamejando a prodigalidade dos meses ausentes, e a novidade de meu bigodão de lóbulo a lóbulo.

Fui recebido com alegria pelo elenco. Faltava ainda uma hora para o primeiro sinal. Rubens sempre muito alegre; Pêssego em Caldas aguçado; Mário, o eterno garotão, ainda mais inflado pelo seu sucesso junto ao público jovem feminino; Paulinho cumprindo seu papel duplo de produtor e ator estreante, parecia já amadurecido com a experiência, graciosamente *blasé* com o resultado; Reyzinho, o diretor-assistente, visivelmente apto a ser convocado para cargo de ainda maior liderança; Ronaldo, o músico, como todos os músicos, chegou depois, já quase pra começar o espetáculo; Nélia estava no camarim sendo entrevistada. Só quem não chegara era Leda Zeppelin.

Em seu camarim Nélia se maquiava falando e ouvindo, mais falando, porque Ester Tarcitano, que fora sua colega nos áureos tempos do teatro rebolado e que agora era locutora da Rádio Mundial, a estava entrevistando. E enquanto Nélia falava ao microfone da Tarcitano, os meninos me passavam as últimas. Para começar – e isto o Pêssego me contou em *off* –, o "marido" de Nélia havia sido preso, manchete de primeira página naquele jornal do qual se dizia que espremendo saía sangue, assim como noticiários nas páginas policiais dos jornais mais distintos. Da cadeia, e quase com a mesma assiduidade daquela dos tempos de ensaio da peça, ele enviava rosas vermelhas para a dama que imaginava triste.

– E como está a Nélia?

E Pêssego em Caldas (sempre em *off*):

– Por um lado aliviada, mais calma, mas também emocionalmente ainda um tanto abalada com tudo. Mas o sucesso da peça, a casa sempre lotada agora na temporada popular, o público aplaudindo e voltando, e Nélia, sem dúvida a estrela do espetáculo, tudo isso está fazendo um bem enorme a ela.

– E a Leda Zeppelin?

Quando os outros me ouviram citar o nome de Leda, até a Ester Tarcitano automaticamente desviou o microfone da boca de Nélia para ouvir o que cada um tinha para contar da estrelinha.

Em suma: assim que viajei para o Sul, Leda Zeppelin resolveu fazer valer seu nome artístico. Se o espetáculo tinha algum problema, o problema era ela. Sempre *no barato*, teve um dia que faltou à matinê (e nessa época não se usava ter *stand-in*) e a casa estava repleta. Chegou depois, fazendo cara de apavorada: – Esqueci que tinha matinê e dormi até agora!

Matinê de quinta-feira é sessão para dona de casa que sai às compras e dá uma esticada ao teatro quando a peça tem algo que a instigue. E *Longe daqui aqui mesmo*, título pra nenhuma dona de casa botar defeito, era programa instigante. E mais instigante ainda porque era, em grande estilo para a época, a volta triunfal de Nélia Paula, que fora uma das mais *faladas* no tempo delas de solteiras. E graças ao público de donas de casa das matinês de quinta, o fã-clube sufragista de Nélia ia se tornando legião. Isso despertou despeito em Leda Zeppelin, que, sendo décadas mais jovem que Nélia, era também décadas imatura. Nas matinês a torcida de Nélia fazia perder a torcida de Leda. Esta, transformada da noite para o dia, pelo *star system* alternativo, em ninfeta da hora, tal transformação foi-lhe massageando a vaidade com mãos de padeiro, o que, segundo um dos colegas de palco, afetou de tal modo o comportamento da garota, levando-a a soltar frases tipo "Eu sou a bilheteria".

Profissional, Nélia fazia um gargarejo, quinze minutos antes de começar o espetáculo.

Já dado o primeiro sinal, chega a Leda Zeppelin. Com a mesma cara de sempre. Mas no que me viu, por uma fração de segundos transformou-se na doce garota que era, antes da invenção do nome artístico e da criação da *persona*.

E o espetáculo?

Um estouro. Ovacionado nos seus momentos de pico. E fui para o apartamento do meu produtor onde meu quarto continuava meu. Paulinho e Odete permaneciam "casados". Ela no apartamento dela e ele no dele. Odete sempre gostou de cama espaçosa e Paulinho mandara fazer no quarto dele uma cama tão exageradamente espaçosa que ocupava praticamente todo o espaço, que, sendo o prédio antigo, era bem grande. Às vezes a Odete pernoitava lá. Quando não, ele no apartamento dela.

No Rio tinha cartas para mim de vários países e em vários endereços. Uma das cartas era de Ruth Mautner. Ruth e Jorge Mautner estavam numa fazenda no Novo México. E num guardanapo de papel do *Kentucky Fried Chicken*, Ruth escreveu: "Bivar querido, me lembrei de você agora, na incrível cidade de Los Alamos. O lugar é um deserto de verdade. A população é composta de índios, brancos, mexicanos e, naturalmente, hippies. Se um dia você quiser vir aqui, terá hospedagem numa casa maravilhosa entre o Grand Canyon e o Vale da Morte. Beijos enormes e até breve, Ruth."

E, ao canto, um recado do Jorge: "Bivar, breve estarei aí. E o verão, como vai ser? Verão Infernal? Assinado: Satã Mautner."

Também carta de Norma Bengell, num papel de seda azul: "Meu amor Bivar, tenho me lembrado muito de você sempre que consigo dizer alguma coisa engraçada neste escuro que tenho dentro de mim". Norma terminava a carta tratando do assunto que a obrigara a escrever: como tantos outros artistas brasileiros cuja postura antiditadura os forçara a se exilarem no exterior, Norma e Gilda Grillo, que no Brasil tinham um grupo teatral, tiveram que se mudar para Paris, lugar que encontraram para continuar fazendo teatro. Agora elas se programavam para estrear, no ano seguinte, uma montagem da peça *Os convalescentes*, de José Vicente, que no Rio, em 1970, Gilda dirigira.

Certas de que tão cedo não poderiam voltar a trabalhar no Brasil e acreditando que este trabalho vingaria na capital francesa, as duas tratavam de encaminhar outros projetos que pudessem dar continuidade ao trabalho delas lá fora. Então, na carta, Norma pedia que eu lhe enviasse duas peças minhas atualmente interditadas no Brasil: *Cordélia Brasil* e *A passagem da rainha*. Norma sempre dizia "Fui eu que lancei o Bivar" (por *Cordélia Brasil*, peça que ela protagonizara e pela qual fui várias vezes premiado como melhor autor do ano em 1968 até ter sido interditada pela Censura Federal). Quanto a *A passagem da rainha*, Cleyde Yáconis ia encená-la em 1970, quando a censura também a vetou por tempo indefinido.

Enquanto isso, nestes tempos de exílio, uns iam e outros voltavam. Estavam para voltar, e definitivamente, Caetano Veloso e Gilberto Gil. O sinal já apontava verde para eles.

No Rio surgira uma imprensa alternativa cobrindo o *underground*. Dois tablóides surgiram praticamente ao mesmo tempo: o *Flor do Mal* e o *Presença*. O *Flor do Mal*, sob a batuta de Luis Carlos Maciel, era publicado pelo *Pasquim*. Textos de Hélio Oiticica, José Simão, Novos Baianos, Chacal, Jorge Mautner, Waly Salomão, José Vicente etc.

Num dos artigos José Vicente se expressava assim:

"Alguma coisa mudou no planeta. De repente, fez clic e despertaram os mágicos, místicos, andarilhos, *freaks*, pirados, *hell's angels*, superstars, *heads* e hippies. Festivais secretos onde tem fadas nos botões dos jardins, toda uma festa de milhares de iniciados no *underground* do planeta. É pedra rolando, é *let it be*, *let it go*. Mudou. *Aquarius* já começou. É ser universal, fazer do planeta sua casa e se descontrair irradiando *good vibes*. É renascer, criançar, simplificar, namorar, passear, dormir, ser ingênuo até certo ponto e definitivo nunca. Quem dentre os homens for o mais homem não tá com nada. Rio de Janeiro, cidade das mil maravilhas, setembro de 1971, Zé Vicente."

E Caetano Veloso (em texto enviado de Londres): "(...) mas nem morta. Corta essa retórica e recomeça legal (...) Nem uma palavra em inglês, nem uma palavra *whatsoever*, (...) o tropicalismo é um neo-romantismo. (...) o que mais me interessa é a música de João Gilberto, eu queria escrever um livro sobre ele. Mas eu sou muito desorganizado e escrever um livro pede um mínimo de disciplina. E também um número razoável de conhecimentos. Eu sou muito ignorante. Eu sou mais ignorante do que a média dos intelectuais brasileiros. Eu sou mais ignorante do que a média dos meus amigos. (...) Não é nada disso."

E Cláudio Lysias: "(...) não é legal usar a sua idéia fixa de colocar todos em alguns devidos lugares. É chato, por exemplo, chamar uma pessoa de 'careta'. Pois aí as coisas se fecham e acabamos todos no bem e no mal."

No segundo número de *Flor do Mal* saiu um artigo meu, *Teatro do ridículo*, que, como a maioria dos artigos, começava brilhantemente para se perder no meio do caminho.

Flor do Mal tinha também fotos de Miguel Rio Branco, desenhos de Rogério Duarte, Edinízio e outros. E divulgava a antipsiquiatria de David Cooper e R.D. Laing, teosofia, magia branca e negra, androginia, Norman O. Brown, Artaud, William Burroughs, Santo Graal, Bashô e dra. Nise da Silveira.

A outra trincheira da imprensa alternativa era o tablóide *Presença*, editado em Ipanema pelo capixaba Rubens (Rubinho) Manoel Gomes. O *Presença* era mais puro que o *Flor* e generosíssimo em números de páginas, fotos e ilustrações. Textos de Hélio Oiticica e de uma nova geração talentosa que despontava nas letras: Joel Macedo, Euclydes Marinho, Luís Gleizer, Graça Motta, seu irmão Nelson Motta, Aline Bittencourt, Silvia Sangirardi, Torquato Neto, João Gilberto Noll, Fred Sutter, Isabel Câmara etc. e também José Vicente ("O estranhamento não é outra coisa que sinônimo de perplexidade").

Isabel ainda não fizera uso de sua passagem Air France pelo Prêmio Molière de melhor autora teatral do ano passado, no Rio, por sua peça *As moças*, e o artigo dela no primeiro número do *Presença* tinha pérolas assim:

"Não aceitamos o *the dream is over* de John Lennon, porque nosso sonho sequer começou. Enquanto vocês viajavam lá fora, lá longe, eu adiava sempre o meu dia para o dia seguinte. E ainda, sim, estou viva, apesar do horror. A travessia no deserto ainda salvará muitos de nós. Tudo está começando. É tocar o barco."

No primeiro número saiu também uma carta que escrevi de São Francisco do Sul para o Pêssego em Caldas, que a entregou ao *Presença*, que a publicou na íntegra. Tinha frases-constatações do tipo "Pingüim nos trópicos é alimento para urubu malandro".

Presença divulgava Andy Warhol, Zé do Caixão, Alan Aldridge, R. Crumb, Frank Zappa, numerologia, sutra, duendes, naturalismo, Allen Ginsberg etc.

Em um dos números este artigo extremamente sensível, de Joel Macedo: "Já não é preciso ser milionário para dar a volta ao mundo. A estrada está aberta para todo mundo. Já é toda uma geração que está viajando *no dedo*, com uma mochila nas costas e muito pouco dinheiro no bolso. A estrada é uma linguagem, tão importante quanto qualquer das linguagens que vêm sendo experimentadas pela nossa geração."

15

A sabedoria da Odete

Nessa fase, entre as pessoas de nosso meio, rolava também uma onda inquietante, pondo meio mundo insatisfeito. *Longe daqui* também ia terminando a temporada e Paulo Sack já dava por finda sua experiência de produtor e ator, abandonando para sempre o teatro. Abujamra entendia-se com ele na compra da produção do espetáculo, que o diretor queria encenar em São Paulo. Do elenco carioca, Abujamra levaria apenas a Nélia Paula, que afinal era a "Estrela".

Odete, num rompante típico dela nessa época, resolveu ir embora para Paris dar uma oxigenada. Paulinho ficou desolado. O romance dos dois era de fato muito tocante. Tentando elevar o moral dele, eu dizia:

– Paulo! Daqui a pouco a temporada acaba e você pode ir ao encontro dela. Ou então, depois de dar uma respirada funda lá na Europa, a Odete volta. Vocês foram feitos um para o outro!

Mas a verdade é que ele também se preparava para tomar outro rumo. Preparava-se para a experiência de *easy rider*, ele mais o Clóvis Bueno (da Leilah) e outros. Iam subir de motocicleta as Américas, Sul, Central e Norte, até o Canadá.

Odete, no mesmo rompante que resolveu ir, resolveu voltar. E voltou decidida a começar logo a construção da casa no terreno que tinha no Condomínio Joatinga, onde Florinda Bolkan já tinha a dela construída, assim como Regina Rosemburgo, Noelza Guimarães, Justino Martins e outros poucos, mansões de madeira de lei arquitetadas pelo célebre Zanini. No alto do morro e frente pro mar.

No circuito alternativo a paranóia se instaurara. Com profetizadas bobagens do tipo "o Rio sucumbirá à grande maré", as conversas acabavam sempre em torno de lugares mais seguros. Quem tinha dinheiro comprava terras [ainda] baratas nas redondezas de Friburgo. Outros pensavam em mudar-se para Brasília – por dois motivos: o primeiro, que, fincada no planalto central, Brasília estaria bem distante da tal maré; e o segundo (e talvez mais importante, já que mais absurdo), que talvez algum disco voador os arrebatasse da Terra para outro planeta (havia gente que dizia ter visto OVNIs perto do DF).

No Rio é que não dava para continuar. Uma tarde de sábado, um grupo de jovens viajando de ácido me levou a um passeio de carro pela Estrada das Canoas, Alto da Boa Vista e caminho do Corcovado. Num lugar de vista aprazível estacionamos para apreciar a paisagem e fomos impactados por dois cadáveres já *verdes* abraçados. Saímos de lá feito bala, apavorados. Telefonei a Odete, que ligou para um ou dois jornais, e no dia seguinte ficávamos sabendo pelos jornais tratar-se de mais dois eliminados pelo Esquadrão da Morte! Estava se tornando comum: saia-se em busca do bucólico e deparava-se com o terror. A única aragem era trazida por cartas. Do Peru me escrevia José Vicente:

"Bivar, *honey*. No primeiro dia de altiplano perdi o controle da respiração e fiquei de cama, socorrido por nativos. Quem nasceu para planície precisa subir as montanhas com um pé atrás. O Peru inspira muito mais, o vento limpa minha cabeça de todas as idéias. Outra coisa é que o império Inca acabou no século XVI e, dada a minha falta de realismo, esperava encontrar reis e príncipes. Os tempos por aqui também estão *pesados*. Voltarei breve, pelo rio Amazonas."

E ali fiquei, imaginando o Zé, de Cuzco, Peru, a caminho da nascente do Amazonas, onde o grande rio começa modestamente frajola, brotando entre pedrinhas, batalhando seu caminho entre montanhas e florestas. E eu, sentindo falta do meu amigo, também estava de saco cheio do Rio, do Brasil, a alma impacientando-se, todo o meu ser tomado pela paixão da liberdade, essa nova vida de viagens, descobertas, explorações ao deus-dará. E registrá-las no papel enquanto as estava vivendo, isso sim dava gosto. Teatro ia tornando-se apenas um meio de vida de que ainda dispúnhamos para ganhar uns trocos que nos possibilitassem prosseguir o outro trabalho que, embora parecesse a despeitados mera vagabundagem e boa-vida, era para nossas mentes e corações infinitamente mais importante.

Mesmo rendendo muito menos que os *royalties* teatrais, o jornalismo de experiências de viagens também poderia ajudar nas despesas dessas travessias rudimentares e econômicas. O sempre inovador Samuel Wainer estava agora no comando do primeiro jornal em papel *couché* no Brasil, impresso a cores. Tinha como braço direito editorial a bonita, inteligente, simpática e esperta Marta Alencar. Fui entrevistado por Vera Sastre para o primeiro número. Vera me disse que Marta mandara recado para eu ir lá conversar com ela e colaborar no *Domingo Ilustrado* (o nome do jornal, que era semanal). O *DI* era uma publicação Bloch. Daí, um dia, fui almoçar no restaurante do novo e vistoso prédio da *Manchete*, na praia do Flamengo. Nesse dia o Samuel não estava, mas Marta me apresentou ao Adolfo, jovial e contente, cujos famosos cães de guarda eu acabara de cruzar ao entrar no edifício. Depois do almoço, à mesa de Marta Alencar na redação, ficou combinado o seguinte: de onde eu estivesse, fosse onde fosse, eu escreveria em quatro laudas semanais o meu *Diário de Estrada*.

E comecei. Mas, depois da décima crônica, quando o *Diário de Estrada* realmente ia ficar interessante (eu me preparava para ir embora do Brasil) – o *Domingo Ilustrado* acabou.

16

Despedidas de um solteiro

Voltaria à Inglaterra. Lá na "minha terra mágica", onde o verão é curto, o inverno longo, a primavera inenarrável e o outono de beleza não menos indescritível. Lá, onde fora transfigurado por visões da eternidade. Na Inglaterra estava o alimento do qual, então, eu mais precisava. E já que ficaria bastante tempo longe, fui passar o máximo do que me restava com a família, em Ribeirão Preto. Na casa de meus pais, sendo o único solteiro dos cinco filhos – todos morando em suas próprias casas –, eu tinha o meu quarto. Às vezes acompanhava minha mãe à feira semanal a poucos quarteirões de casa. A verdura viçosa – alface, almeirão, rúcula –, o arroz-e-feijão, a comida de minha mãe era para mim a melhor do mundo e tão cedo não voltaria a saboreá-la. A geléia de jabuticaba que ela fazia, assim como a deliciosa limonada que preparava – tão suave que mesmo ficando a seu lado assistindo-a prepará-la, perguntando e ela ensinando, nunca consegui fazer outra de mesmo sabor.

Mas a maior parte do tempo esquecia do mundo, encerrado em meu quarto, *furiosamente* datilografando o *Verdes vales*. Sempre fui exímio datilógrafo. Datilografando meu livro era como se eu fosse um pianista no teclado de minha *Lettera 22*. Meus ouvidos acompanhavam o ritmo de meus dedos na pura sinfonia do meu suingue narrativo. Por isso grudava um aviso do lado de fora da porta: "Não insistam, estou trabalhando". A casa vivia cheia de sobrinhos e enquanto trabalhava não queria ser perturbado. Fechava à chave a porta. Mas Nor, um de meus sobrinhos, por ser tão criança (não tinha nem cinco anos) e não compreender a ordem expressa, pulava a janela e se divertia com a minha cara de bravo. Para ele eu era um tio legal e ele queria ficar perto de mim. Nor, curioso, sabia puxar assunto e eu acabava amolecendo. Depois de ouvir minhas explicações sobre meu trabalho e em que consistia escrever um livro, o menino fazia uma expressão reveladora de quem achava escrever livro uma coisa chata. Vencido por sua insistência, eu abandonava o serviço por uma hora ou duas e saía para a rua com ele, para um sorvete ou uma ida até o bosque ver o leão e os bichos.

Terminei de datilografar o livro antes do Natal. Passado o Natal em família, ia tomar o ônibus para o Rio quando, sem ter avisado que vinha, surge à porta da casa de meus pais ninguém menos que Leda Zeppelin. Ela chegou trazendo o último *Pasquim* onde eu aparecia, entrevistado por Odete Lara.

Que horror! Odete como entrevistadora era fogo. O que ela conseguia arrancar do entrevistado! E a foto ilustrando a entrevista! Eu de braço dado com o Pêssego em Caldas! Fotografados também por Odete.

Em dezembro de 1971, mesmo passada a fase dourada, o *Pasquim* ainda era o único tablóide de oposição e humor no país. Continuava bem distribuído e ainda era o mais lido. De modo que, com eu nas bancas e a presença de Leda Zeppelin na cidade, ela que recentemente aparecera pelada no próprio *Pasquim*, Ribeirão Preto não me pareceu preparada para tanto *underground* duma vez. A cidade, que não é arejada, tornou-se repentinamente sufocante e o jeito foi pegar a Zeppelin e com ela tomar o ônibus para o Rio o mais rápido possível.

No Rio a passagem de ano foi agradável. Em Ipanema, noite tépida, e a praia, entre as ruas Teixeira de Melo e a Farme de Amoedo, nas já tradicionais *Dunas da Gal*, a areia iluminada por velas, amigos e conhecidos chegando de festas e confraternizando: Odete Lara, Antonio Guerreiro, Nevile de Almeida, Liège Monteiro, Ezequiel Neves, Ariclê Perez, Antonio Pitanga, Vera Manhães e tantos mais. José Vicente ainda não tinha chegado de sua viagem ao Peru – ou, se chegara, não dera notícia. Talvez estivesse passando as festas em São Paulo, com a família.

Depois da passagem de ano, fui para São Paulo decidido a marcar a passagem em um navio espanhol, destino Lisboa, com saída para logo depois do carnaval. E fui para Ribeirão. O fato de que em breve estaria viajando para longe me tornava já saudoso de refeições na hora certa, assim como do café-da-manhã e do horário do lanche. Minha mãe, preocupada com o tempo em que eu estaria ausente, entregue às vicissitudes, tratava de me fortalecer. E cartas não paravam de chegar. De Leilah, do Zé Vicente...

José Vicente acabava de comprar um pequeno dúplex no Tambá, em um dos dois prédios estilo neo-Niemeyer, para onde estavam se mudando artistas, modelos, transeiros e jornalistas. E escreveu-me uma carta, datada de 23 de janeiro de 1972.

"Bivar, depois de tanto tempo nem sei em que tom devo impostar esta. Enfim, opto pelo tom equívoco, pra não dizer duvidoso. [Pêssego em] Caldas está ao meu lado lendo sobre aquela que atende pelo sobrenome de Cooper [Alice], enquanto a mesma canta '*You got me nervous*'. Transei, por assim dizer, um apartamento dúplex, todo branco, e que promete ser uma espécie de endereço permanente. Pelo menos não terei de contar com a caridade pública carioca e este é o único *relax* desta carta. Ultimamente tenho me sentido, para ser franco, muito confuso, pra não dizer desorientado. Acho que é o castigo por ter levado o Pink Floyd tão a sério. Moro de frente pro mar e, imagine você, a Gal [Costa] será minha vizinha. Quando abro a janela do meu quarto dou de cara com uma favela, o que me faz colocar na vitrola não só a [Aretha] Franklin como também a [Tina] Turner. Voltei ao *soul* [music]. Pra te ser sincero, só o *soul* me alivia um pouco. Acho que é a hora e a vez do *soul*. Minha viagem ao Peru foi tão forte e tão marcante que desta não me recuperarei jamais. Depois do Peru, realmente não tem mais nada. Fiquei apaixonado pelo Peru. Pra mim agora é Deus no céu e o Peru na Terra. Estou preparando o meu trabalho pra 72, ano da vingança, do meu ponto de vista. Tenho ido ao cinema todo dia. Só sinto prazer no cinema. Tenho visto filme até da Angie Dickinson – ontem mesmo vi um, no Metro Copacabana. O Rio está em pleno verão. A Farme [de Amoedo] é a praia, digamos, *in*. Durante o ano tudo acontece, vira apocalipse, panfleto, movimento. Mas é chegar o verão e o velho charme vem e vence. Tenho falado muito, eu sinto. Mais por nervosismo que por vontade. Falo que falo e não digo nada que se aproveite. Só agora entendi o significado de um título como *Trash*, eu que era o próprio *Flash*. Sobre o que vou fazer? Terminarei a peça que comecei a escrever no Peru, chamada *Atacama* (título provisório) e para a qual pretendo convidar gente inesperada. Uma das minhas neuroses do momento é que quando escrevo qualquer coisa não consigo dar um tom íntimo, fico no público. Por outro lado, a convivência e até a comunicação com o povo é um verdadeiro martírio. Quando fico no cara-a-cara com alguém, às vezes desejaria que a terra se abrisse e me escondesse, tal o medo que sinto. Estou te contando esses sentimentos porque imagino que você esteja passando por problemas do gênero. Minha vida está um desastre cotidiano e constante. Estou, a bem da verdade, curtindo uma de horror. A pobreza me cansa cada vez mais, você sabe, sempre aquela confusão entre simplicidade e simplificação. Minha casa começa a ter vida e calor. Se você quiser vir para cá repousar, venha. Você poderá obrigar a empregada a fazer tudo aquilo que tua 'vontade de poder' ignora (ainda). Me escreva agora, morro de saudades tuas. Se você quiser um prefácio que te bote nas glórias, convide-me. Z."

E a carta da Leilah:

"Mas você e o Zé Vicente ficaram muito sofisticados! Vocês esqueceram o português! Em cada artigo que leio e nas cartas que vocês escrevem, noventa por cento das palavras são *inglesas*. Que coisa mais feia, meninos! Parece caipira deslumbrado com a *capitar*. As coisas mais fortes que vocês têm são as raízes interioranas. Apesar d'eu também ser muito fútil e ter lá o meu *savoir faire*."

E Leilah continua: "Estou com uma idéia maravilhosa, de trabalhar no Rio como vedete de teatro rebolado. No duro! Daquelas da mais baixa categoria. Já pensou a curtição? Eu ontem quase fui, aqui em São Paulo, ao Teatro Natal fazer teste. Mas não dá, que em São Paulo eu sou de casa e o pessoal me conhece, ia virar folclore. E eu quero trabalhar a sério mesmo, entrar na vida deles, ser vedete no duro, pra marinheiro ver e tudo, provocar a platéia, bater aquele texto declamado, com aquela falsidade maravilhosa! Vai ser uma experiência fantástica. Não conte pra ninguém por enquanto, porque não é charme, não! Dos meus planos, esse é o mais importante."

Pena esse teatro não existir mais. Leilah teria que reinventá-lo. Ficou só na idéia.

O carnaval de 1972 começava mais cedo e faltavam ainda uns quinze dias. E eu embarcaria para a Europa quatro ou cinco dias depois. Assim, meu tempo de Brasil ia encurtando. Mas ainda dava para ficar um pouco mais com os meus em RP e ir passar o carnaval no Rio, não pelo carnaval em si, mas para matar a saudade que sentia de José Vicente e a dele por mim. Conheceria o dúplex dele, conversaríamos sobre o futuro próximo, ia ser ótimo. E tomei o ônibus.

No alto do morro do Vidigal, todo envidraçado e voltado para o mar, o pequeno dúplex do meu amigo proporcionava uma vista espetacular. Mas José parecia duvidar que seu lugar fosse ali. Quanto ao carnaval, foi como um retiro espiritual.

Fizemos nada, apenas saímos pra bater calçada. No centro e em Copacabana. A única pessoa, das conhecidas, que visitamos foi nosso amigo Roberto Franco, o ilustrador. Morava com os pais no Posto 4, num apartamento de vastidão palaciana. Os pais estavam ausentes, em Petrópolis. Sereno, criado como um príncipe (era filho único), Roberto revelou-se um encanto de pessoa – o fato de estarmos só os três e nenhum dos três ser de espírito carnavalesco só fez nos aproximar. Nenhum de nós era de beber, de forma que só bebemos água. Agora, fumar, fumávamos. Não apenas cigarros convencionais mas também alguns baseados. Que liberavam totalmente nosso humor. A atmosfera na sala de Roberto Franco era principesca no bom sentido. Cada um em uma poltrona. Conversa agradável. Roberto Franco, que agora era o ilustrador das capas dos livros da editora Civilização Brasileira, não pensava em exílio. Só lhe acenavam os fiordes da Noruega. Mesmo assim, muito vagamente. Estava bem onde estava. Nascera em Copacabana e ali, tranqüilo, estava em casa, por sinal muito bem instalado. Saímos. Copacabana não exatamente deserta mas serena, sentamos em um bar com mesas na calçada, gente passando...

17

Te perdiste lo mejor

De modo que ali estava eu, em Santos, pronto para o embarque. Era a última sexta-feira de um fevereiro bissexto. O calor me fazia lembrar de Robert Mitchum no filme *Macau*. Hotel de quinta, frente para o mar, só que num quarto de fundos dando para uma parede. Sem ar-condicionado nem ventilador, nem televisão, nem telefone. Uma cama de solteiro, uma toalha limpa porém esgarçada de uso. Um guarda-roupa, mesa com cadeira, um copo e uma pia. Um espelho acima da pia.

Deixo a mochila e desço. Vou à telefônica e ligo para o apartamento de Roberto Franco, no Rio. José Vicente também está lá, conforme combináramos. E eles me dão uma grata notícia: a crítica teatral na véspera me elegera "melhor autor" do ano. Prêmio em dinheiro a ser entregue futuramente em solenidade. Segundo meus cálculos, quando eu voltasse o dinheiro do prêmio daria para me segurar nos três primeiros meses. Esperava voltar dentro de um ano, certamente milionário de experiências e sem um tostão furado.

Mas o telefonema era pra que eu fornecesse dados concretos sobre o navio, a que horas chegaria no Rio, para José Vicente e Roberto estarem lá me esperando e a gente se despedir em grande estilo. O nome do navio era *Cabo San Vicente*. Depois do telefonema passei numa banca e comprei a *Folha de São Paulo* para ver se saíra alguma coisa.

E saiu: *OS MELHORES DO TEATRO NO RIO*. Duas fotos ilustravam o texto do Prêmio Governador do Estado. A foto maior era a minha, melhor autor. E em foto menor, Raul Cortez, melhor ator. Também premiados (mas sem fotos) Tonia Carrero, melhor atriz, Rubens Correa, melhor diretor. Eu realmente estava na moda.

Comi um sanduíche de salame com provolone, tomei um suco de laranja e fui dormir.

Às nove horas da manhã, três horas antes do horário marcado para o navio zarpar, eu já estava no porto entre outros passageiros, gente aparentemente muito simples e de todas as idades, de bebê de colo a macróbio em maca, todos aguardando a abertura do portão de embarque.

O buque *Cabo San Vicente*, da Ybarra, e o seu irmão, *Cabo San Roque*, eram popularíssimos entre a *geração cabeça* por serem os mais baratos. O preço da passagem turística de terceira classe só ida era US$ 239. Para o brasileiro, em 1972, isto equivalia a menos de dois salários mínimos. O navio, haviam me dito, era metade de passageiros e metade cargueiro. E eu, levando sempre o mínimo de carga: a mochila, a Olivetti portátil, três LPs que comprara recentemente (os últimos Pink Floyd, Traffic e Led Zeppelin) e um único livro, *The Lord of The Rings*, que, por ser muito grosso (mais de mil páginas), eu o vinha lendo aos poucos fazia um ano.

O portão foi aberto e entramos. Minha cabine, 263-V, era para quatro pessoas e tinha dois beliches. O primeiro dos três colegas que conheci foi o seu Manoel, um velhote português, baixinho, animado, gorducho e rosado. Setenta anos – ele já foi logo me dizendo a idade. Logo depois entrou o segundo colega, *señor* Carlos, espanhol, tão idoso quanto o seu Manoel só que alto, magro, infeliz, mal-humorado e reumático; e por fim o terceiro dos meus colegas de cabine, Francisco, espanhol como *señor* Carlos, e mais jovem que eu. Digamos, uns 21 anos. Cara de operário, jeito de seminarista.

Aliás, falando em idades, eu já vivia o inferno astral do meu trigésimo terceiro aniversário, dali a um mês. Era considerada a idade da razão, a idade em que Jesus fora crucificado. Mas, mesmo não querendo solenizar a data, mesmo vivendo a real irrealidade de uma adolescência tardia, esperando que ela se estendesse para além dos limites biológicos estipulados, às vezes não dava para fugir da paranóia dos 33, quando esta pintava na forma daquilo que no *underground* se convencionou chamar de *bode*. Ainda bem que em mim essa paranóia baixava mui raramente.

Navio sempre demora a sair (descobri depois, viajando em outros). E na espera a gente sobe deque, desce deque, explora cantos e recantos até que estou lá junto às cordas perto da proa. De repente me vejo assediado por dois garotos, pouco mais que adolescentes:

– Oi, Bivar, você por aqui! Que barato!

Assustado (estava com o pensamento alhures), os encaro. Não me lembro de os conhecer, mas, levando-se em conta ser eu próprio já bastante conhecido, fiquei frio. Convidaram-me a fumar um baseado e não recusei. Era uma tarde linda, quase crepúsculo, e eu, agora de cabeça feita e o navio em sua tranqüilidade transatlântica lançando-se ao mar cortejado por gaivotas assanhadas, compreendi que tínhamos largado.

A viagem seria maravilhosa durante e inesquecível depois. Os dois garotos me tomaram por íntimo e contaram que estavam levando quatro quilos de maconha escondidos em sacos de café. Era para tráfico e sustento deles nos primeiros tempos de Europa.

Salto do beliche antes do amanhecer porque sabia que o buque passaria pelas águas de Ipanema com o sol nascendo, e por nada eu perderia o visual. Depois do lauto desjejum, estávamos todos lá, espalhados pelo convés, pelos deques e *promenades*, realmente maravilhados com aquele cartão-postal maior que a vida. Minha atenção estava ligada num bando de peruas argentinas ensandecidas ante a visão do Cristo no Corcovado, de braços abertos para a Guanabara. Mas daí o navio fez a curva e entrou na baía, atrás do Pão de Açúcar, e a visão do Cristo *se fué*. Nisso chega uma argentina retardatária e esbaforida, louca para saber *lo que pasaba*. Teve que ouvir de uma colega, falando por todas:

– *Te perdiste lo mejor*!

O que era pura verdade. Mas que delícia! Dava pra avistar José Vicente e Roberto Franco lá embaixo, junto aos que recebiam o navio. E que maravilha, Odete Lara estava com eles! De chapéu de ráfia, abas largas!

Depois da praxe alfandegária, fui ao encontro do trio. Agora quarteto, manhã de domingo, cidade vazia, deixamos o porto e fomos caminhando até um bar de calçada na avenida Rio Branco, onde nos sentamos. Tínhamos umas três horas para rir, conversar e vibrar com o tipo de vida que a gente levava. Odete admirada, achando romântico e corajoso eu metido numa terceira classe. E Zé Vicente me surpreendendo com um presente de cem gramas de maconha sarada, do Norte, que, segundo ele, um "fã" me mandara.

– Que fã?! – fiquei curiosíssimo. Jamais me imaginara com fãs tão generosos. E o Zé:

– Um fã que prefere ficar no anonimato. Disse que uma vez você foi muito "legal" com ele. É para você navegar de cabeça feita.

Quando alguém faz uma viagem especial, os mais chegados, mesmo ficando no porto, como que viajam junto, em sonho e imaginação. Idéias pipocando e Odete surgiu com uma: ela e eu manteríamos uma correspondência que seria publicada na revista *Rolling Stone* versão brasileira, cujo número zero acabava de ser lançado, tendo Ezequiel Neves, um dos editores, como nosso contato imediato. Eu escreveria para Odete, contando do além-mar, e no número seguinte ela me responderia, contando do Brasil. Ficou combinado assim.

E toca voltar pro navio que era hora de zarpar. Odete, Roberto e José subiram comigo – era permitido uma visita rápida. Odete, ainda em fase de fotógrafa, trazia sempre uma Pentax a tiracolo e me fotografou num recanto bem típico do navio, no meio das cordas enroladas. O alto-falante anuncia a partida e pede que as visitas se retirem da nave. Meus amigos se vão e fico tristíssimo. Dali para a frente o desconhecido, entre calmarias e tormentas. O navio singra e minha alma sangra.

18

Marinheiro marinheiro

Dois dias e duas noites navegando ao largo do litoral entre Rio e Salvador e eu já não queria outra vida. Me lembrava de quando criança muitas vezes ter ouvido adultos viajados contando animados a outros que nunca tinham estado no mar que viajar de navio era como estar numa cidade flutuante. Mas para mim, agora que vivia a experiência, viajar de navio era mais, era estar num PARAÍSO flutuante.

Primeiro que não era preciso gastar um centavo a mais além do gasto com a passagem, e esta incluía tudo, inclusive as refeições. Só gastaria se fosse de ficar fazendo compra na butique ou daqueles que não podem ver um bar aberto que já descolam cadeira cativa, ou do tipo festivo que adora uma festa-baile na boate do transatlântico. Nenhum dos três fazia meu gênero. De modo que até o ponto final da viagem, catorze dias depois de ter embarcado em Santos, nem lembrava que estava viajando com mil dólares.

Quanto às refeições, sendo o navio espanhol, o cardápio era nessa língua. No *desayuno* (desjejum), ao amanhecer, servido no salão El Comedor, podia-se sentar onde bem quisesse, mas nos almoços e jantares cada um tinha seu lugar e o meu era à mesma mesa com os dois garotos dos quatro quilos de maconha, Cleonice (que embarcara no Rio e já namorava um deles), Adriano – um mocetão português de temperamento primitivo e voltado para os elementos vitalizadores e que em São Paulo, durante um certo tempo, fora professor de educação física sensorial (que eu não entendia exatamente o que fosse, mas, vendo o comportamento peculiar de Adriano no navio, dava para imaginar) – e Mário, um paulistano louro, estilo limpo, clássico, cabelo curto, queixo quadrado e olhos de humor inteligente atrás de óculos de aro grosso, bela voz de locutor, Mário cursara até o segundo ano de engenharia na Póli e trancara a matrícula para viajar.

O fato de sentarmos à mesma mesa todos os almoços e jantares fez com que, já no segundo dia, nos sentíssemos todos íntimos e muito amigos, apesar do excesso de vitalidade de Adriano e do constante baixo-astral de Cleonice.

Cleonice era uma moça de olhar redondo feito dois botões. Era de natureza dramática. Antes de embarcar, mexia com batique. Agora estava indo procurar trabalho na Europa. Iniciada nas vibrações apocalípticas, Cleonice era bastante pessimista não só quanto ao futuro do Brasil mas também do planeta: "O povo está triste" e "As pessoas estão sérias, fechadas" eram frases típicas do repertório dela, que as emitia esperando que concordássemos. Mas era difícil. Ali no navio ninguém (além do *señor* Carlos) me parecia assim tão pra baixo. Nem a própria Cleonice, que afinal nem bem embarcara e já logo descolara um "bofe", como ela mesma disse.

A piscina em dias de sol causticante, os salões de jogos e recreações, a biblioteca, a tabacaria e, para quem quisesse, a butique – que vendia de *recuerdos* a sal-de-fruta. À noite, depois do jantar, cinema ao ar livre, no convés, cada noite um filme diferente. Passava fita até da Sofia Loren. Mas eu não perdia tempo no cinema, a viagem já era um filme.

O quinto parágrafo dos estatutos do navio explicitava: *Ningún pasajero podrá subir al puente reservado al oficial de guardia, a quién no se distraerá de sus servicios. Tampoco podrá bajar a las máquinas.*

Se eu estivesse realmente viajando sozinho e fosse sorumbático feito o *señor* Carlos – o velho espanhol, um dos quatro que dividiam a minha cabine e que não conversava com ninguém –, talvez atravessasse o Atlântico sem meandrar pelo buque. Mas eu era moço, vivo e curioso. E tendo os dois garotos da maconha por guias, e fazendo parte do grupo que os seguia, em pouco tempo já conhecíamos tudo o que tinha para conhecer no navio. Especialmente os lugares não permitidos.

Devido à irresistibilidade de nossa energia alternativa, éramos aceitos não só *"en el puente reservado al oficial de guardia"* como, com idêntica freqüência, *"bajávamos a las máquinas"*. E no meio da noite, enquanto os passageiros convencionais dormiam, nós, conquistada a simpatia do guarda da adega, descíamos ao porão para buscar mais jarras do *Viño del Panadés* diretamente dos barris. Mas eu mesmo bebia muito pouco.

Na Bahia o navio atracou ao amanhecer, para carregamento, descida de alguns passageiros e subida de outros. A água do porto, constatei, era azul e transparente. Mais limpa que a água dos dois outros primeiros portos. Foi a minha primeira impressão de Salvador.

Teríamos duas horas para dar uma girada pela cidade. Os dois garotos da maconha já conheciam Salvador e me convidaram a ir com eles até o Largo de São Francisco, onde conheciam uma ótima boca-de-fumo. Catei os cruzeiros que me sobravam e fomos, caminhando, do porto até lá. Seria interessante experimentar a santa erva que servia a Bahia, pensei.

Chegamos a um botequim no largo e no mesmo instante surgiu o transeiro. Mal ele pegou nosso dinheiro e saiu para buscar a erva, levamos uma blitz de três policiais à paisana. Um dos policiais exigiu nossos documentos. Os garotos estavam com os deles mas eu, que tenho por hábito não andar com documento para não perdê-los, deixara os meus no navio. O policial-chefe disse, sardônico:

– Ah, então você não vai viajar, não!

Nisso, o tempo passando e eu já imaginado, destino cruel, que a minha viagem ia terminar ali mesmo. Falei pro guarda:

– Se o senhor quiser, podemos ir juntos ao navio pegar o meu passaporte.

Mas ele parecia não querer. E só no último minuto, quando eu já tinha quase certeza de que minha viagem a partir dali seria outra, a de encarcerado em Salvador, ele me liberou.

Lamentando a perda do dinheiro, descemos os três ladeira abaixo rumo ao porto. No caminho encontrei por acaso uma conhecida, a bem-nascida paulistana Renata Souza Dantas, de pai embaixador e mãe várias vezes eleita pelo colunismo social uma das dez mais elegantes do Brasil. Renata, agora hippie dos pés à cabeça, alta, morena, exótica e linda, estava vivendo numa comunidade em Arembepe. Cinco minutos de prosa com ela e toca correr pro navio, que já apitava nervoso, pois só faltava a gente.

E adeus, Brasil. Navegando agora em águas internacionais, o *relax* era total e o cotidiano se abria num leque de alternativas. A esta altura nosso grupo ampliara-se e contava com novas adesões: duas lésbicas andarilhas e muito cultas (uma, polonesa, psico-alguma-coisa, e a outra, inglesa, estudante de literatura); elas vinham de um percurso pela América do Sul e voltavam à Europa com a idéia de se fixarem em Paris; e também dois rapazes canadenses tipo gay barbudo que depois de rodar as Américas atravessavam o oceano. E várias outras pessoas, inclusive, em seus momentos de folga, os três mocinhos espanhóis que tocavam no conjunto que animava os bailes a bordo. Um deles me contou que na verdade faziam parte de uma banda de rock baseada em Madri. Mas, com a ditadura de Franco e a Espanha atrasadíssima, eles se viram obrigados a abandonar temporariamente o rock progressivo e topar o emprego de viajar tocando sucessos de todos os tempos na orquestra do navio. A vantagem era que, bem pagos, os três juntavam grana para a compra de equipamento de primeira. Esta seria a última viagem que fariam. E ele me contou também que, além de tocar na orquestra, tinha outra função, a de disc-jockey do navio.

Surpreso com esta revelação, contei-lhe que tinha comigo três LPs novos. Os olhos dele brilharam de volúpia musical ao ouvir os nomes dos grupos. Desse dia em diante, por todos os deques e recintos do navio – corredores, elevadores, bares, salões, torre de controle, casa de máquinas, lavanderia, proa e popa, ou apreciando o mar de uma escotilha –, os passageiros e a tripulação não ouviam outra trilha sonora que o irregular *The low spark of the high heeled boys* do Traffic, o *Meddle* do intergaláctico Pink Floyd e o misto de acústico medieval com *hard rock* que era o *Led Zeppelin IV*. Nessa época a juventude do mundo inteiro estava enfeitiçada pela exuberância selvagem do rock inglês, como a dessas três bandas de estilos tão diversos.

Mas à luz da boate, a orquestra tocando *Besame mucho*, eu podia avistar seu Manoel, o velhote português, e um dos meus companheiros de cabine, baixinho porém rechonchudo, elegante no seu terno e gravata, dançando com alguma das coroas disponíveis. Ninguém diria que o homem tinha setenta anos nem que viajava de terceira classe.

Mais tarde, com a luz de nossa cabine já apagada, enquanto os nossos dois outros companheiros – o espanhol novo e o espanhol velho – dormiam, *seu* Manoel e eu comentávamos como fora o dia, ele na parte de baixo do beliche e eu na de cima. E ele, sapeca, me contava que levara a conquista desta noite, uma santista cinqüentona, a um furtivo passeio ao tombadilho e que ali, entre a popa e o mastro de mezena, ela permitira que ele enfiasse a mão pelo decote e trouxesse fora um dos seios.

Uma noite em que todos dormiam menos eu, despertou-me a sede. Nesse dia fumara muita maconha e excedera no vinho tinto. Garganta seca, saltei do beliche direto à pia, sem acender a luz para não despertar os companheiros de cela. No escuro, tateando, encontrei um copo sobre a pia e o enchi d'água. Quando, já na metade, o entornei, caiu na minha boca um objeto estranhíssimo. Identifiquei-o sem dificuldade: era a dentadura do *señor* Carlos. Não gritei. Fiquei frio, devolvi-a ao copo e ao lugar onde estava. Enxagüei as mãos, a boca, e com as mãos em concha bebi da torneira a água que precisava. E subi ao beliche enfiando-me sob o lençol. O sono não demorou a voltar. Adormeci sorrindo, achando graça do incidente, doido pra que amanhecesse para contar à turma, no café, que quase engolira a dentadura do *señor* Carlos.

Todos os dias havia uma hora em que a única coisa a fazer era passá-la nos salões de jogos e recreações. Essa hora era depois do almoço, no *Salón Mirador*. Fazer a sesta seria o aconselhável, mas quem queria tirar soneca sabendo que tantas outras coisas estariam despertas no social a bordo? O meu salão preferido funcionava duplamente como gabinete de leitura (onde alguns escreviam) e sala de jogos silenciosos (baralho, damas, dominó, gamão, xadrez). Neste salão era tudo quieto, só cabeça. Quando se conversava, o tom era quase sussurrante. Neste salão um dia fui convidado a uma partida de xadrez. O convite veio de um louro muito jovem, americano de Oklahoma e inteligência afiada. Jeff era do tipo nascido para vencer. E eu, para início de conversa, sempre detestara competições. Porra de jogo nenhum. Sem saco para me concentrar, perdia sempre. E já que ia perder mesmo, para que começar?

De qualquer forma, aprendera as regras básicas de xadrez com os sobrinhos, em Ribeirão Preto. Daí que, quando Jeff me convidou, topei. Mais por sentir pena dele, decididamente carente de um parceiro. E perdi, mal começamos. E perdia sempre, porque o irritante Jeff continuava insistindo pra que eu jogasse com ele naquela hora que não se tinha mais nada para fazer. E a coisa se tornou um hábito: ele ganhar e eu perder. E ele nem ligava de acabar o jogo rapidamente. Queria só me vencer e pronto. Era também o primeiro a se retirar. E logo vinha outro me tirar para jogar. Este era o Pablo, um espanholzinho de catorze anos. Pablo viajava com a família inteira. Foram em férias visitar parentes na Argentina e agora voltavam para casa, na Galícia. Jogar xadrez com o espanholito era menos desagradável que jogar com o americano. Com Pablo eu mais perdia que ganhava, é verdade, mas meu QI nivelava com o dele e de vez em quando eu ganhava. Pablito no mínimo servia de treino inconsciente para, quem podia saber?, um dia eu ganhar do Jeff. E assim, depois de jogar ora com um ora com outro, perdendo sempre para o americano e eventualmente vencendo o espanhol, eu me sentia energizado o bastante para sair à procura do Mário e convidá-lo a um pingue-pongue. Mário topava e rumávamos a passos largos para a sala de pingue-pongue.

De todos os companheiros de viagem, Mário era quem mais se aproximava de meu ideal de perfeição viril. Tivesse eu que escolher alguém como modelo para ser outro que não eu, esse alguém seria o Mário. Não que ele próprio se sentisse parecido com algum herói, era inteligente o bastante para não se iludir quanto a isso. Também não tinha nada de anti-herói. Mário era simplesmente ajuizado, por isso eu o achava perfeito. Sempre bem vestido – roupas clássicas, feitas com tecidos corretos. Ele despertava em mim o desejo de cortar os cabelos e voltar a usar paletó. Para mim, ser *careta* como o Mário parecia a coisa mais de acordo com a harmonia do planeta. E para ele, dos alternativos, eu era o mais original e internacional. Daí que brotou essa cumplicidade entre nós. Uma certeza mútua de que éramos muito bons naquilo que éramos.

Mas melhor ainda que jogar pingue-pongue com o Mário eram os meus momentos de solidão na proa. A proa era o meu recanto favorito. Havia uma placa proibindo o acesso de passageiros nela, por isso nunca ninguém ia lá, exceto alguns de nossa turma, quando o mar estava calmo. Ali fumávamos o nosso baseado à luz da lua e sonhávamos acordados prazerosamente vendo golfinhos e espertos peixes-voadores de asas transparentes e luminosas. Mas eu voltava ali sozinho várias vezes, dia e noite, estivesse o mar calmo ou agitado. Numa noite de lua cheia, o oceano calmo parecia uma infinita pista iluminada pelo canhão lunar. Em noite sem lua mas de céu estrelado e o oceano ainda calmo, nas águas de um azul profundo resplandeciam focos fosforescentes e misteriosos. Em noite de mar bravo antes de borrasca, o navio, feito um cutelo, subindo e descendo, cortando sem piedade ondas imensas e tormentosas, os elementos como que se atracando em luta titânica, eu, fascinado, ali permanecia, na proa, mãos grudadas no parapeito.

Uma noite estava eu lá, o oceano revoltado, apareceu o Adriano, o ginasta sensorial. Sem pedir licença à minha presença concentrada em outra transcendência, ele, feito lobo-do-mar ensandecido, começou a uivar ante a magnitude cósmica do perigo. E assim como a nave, tão pequena e frágil comparada a tal magnitude, Adriano sentia-se também possuído de uma força descomunal.

E à noitinha, depois do banho, no salão El Comedor o jantar era servido. Menu do dia: *Crema de guisantes o consomé*, seguido de *Salmón a la plancha*, após o qual era servido *Ragout a la francesa*. E *Viño del Panadés*, sempre. E uma viçosa cesta de frutas.

As cestas de frutas eram generosíssimas no café-da-manhã, no almoço e no jantar, e sempre apanhávamos algumas para deixar em nossas cabines. Caso desse aquela fomezinha entre uma refeição e outra, antes de dormir ou no meio da noite, havia sempre à mão uma banana ou uma suculenta maçã.

O último dia de pleno verão foi o que antecedeu a passagem do cabo do Equador. O pior de todos os dias foi o da passagem. As águas, como se mal-humoradas, castigavam o navio e não davam sossego aos passageiros. Jogando de um lado ao outro, o navio trepidava, parecendo que ia capotar a qualquer instante. Mesmo não tendo sido servida *paella* no almoço, os passageiros apavorados, agarrando-se aos corrimãos, às paredes, enjoados até o esôfago, iam vomitando as tripas pelos corredores, uns nas caras dos outros, no chão, no tapete, no linóleo, onde pintasse o súbito. Nesse dia eu me senti totalmente atarantado.

E paranóico. Achei que para aquilo se acalmar talvez fosse preciso o sacrifício de uma vida. Será que o oceano não estava clamando para que lhe fosse atirada uma criatura? Não teria de ser eu essa criatura? Em breve eu não ia fazer 33 anos? Não era essa uma idade *metafórica*?

Encucado com os reveses, achei melhor me agrupar aos que procuravam se divertir na matinê à fantasia nos arredores da piscina. Festa à fantasia durante a travessia da Linha do Equador é coisa tradicional em viagem de navio, por isso muitos passageiros já vêm prevenidos, trazendo de casa a sua. Mas para quem não traz, a butique do navio, com bastante antecedência, põe à venda um estoque de papel crepom, agulha, linha, tesoura e outros itens necessários. De modo que a maioria das fantasias era improvisada com crepom. A nossa turma preferiu não se fantasiar. Achamos mais engraçado observar o comportamento dos fantasiados.

Passada a tormenta da travessia do Equador, o oceano voltou ao normal e as paranóias, como que por encanto, se esvaneceram. Mas o tempo também mudou e os dias de verão eram agora águas passadas. Acabaram-se as manhãs e tardes de cueca *samba-canção* na piscina – a pele, a olhos vistos, ia perdendo o dourado. Nós nos aproximávamos do outro lado do Atlântico onde ainda era inverno. A princípio estranhava-se a mudança, mas como cada dia de navio valia uma eternidade, no dia seguinte já estávamos aclimatados. Foi então que me dei conta de não ter trazido agasalho. Dois jeans, várias camisetas, um sweater surrado, dois lenços, poucos pares de meias, três cuecas samba-canção, um sapato e uma sandália havaiana. Só.

Chegou também o dia de disputar a decisiva partida de xadrez com Jeff, o americano. E para não deixar humilhada a minha origem, enrolei um baseado do tamanho de um bonde com a erva que José Vicente me entregara no Rio e fui fumá-lo na proa. Enquanto a trilha sonora provida pelo meu amigo disc-jockey tocava *Stairway to Heaven*, invoquei os deuses do teatro. Implorei-lhes que me ajudassem, que fizessem com que a malícia feminina me acudisse e que, através da Rainha, eu vencesse ao menos aquela última partida contra o americano metido.

Não deu outra. Surpreendentemente o venci. O americano ficou pasmo. Mas em vez de perder as estribeiras, afinal não era nenhum *cowboy* e sim um rapazola moderno e pré-universitário, convidou-me – na certeza de que eu toparia –

a baldear com ele em Tenerife e dali seguir em outro buque até a Mauritânia.

Era uma idéia. Mas não para agora. Ele foi procurar outro. E deve ter conseguido, pois depois de Tenerife dei por falta de várias pessoas. Em Tenerife – uma das Ilhas Canárias – baldeou muita gente e embarcou outro tanto. O que finalmente me fez constatar que o *Cabo San Vicente* era um navio circular.

O porto tenerifenho, quando atracamos, parecia festa. Nunca vi tanta gaivota. Nisso avistei um correio. Comprei meia dúzia de cartões-postais e os enviei, para que Zé Vicente, Odete, Leilah, a família e a imprensa ficassem sabendo que eu passara por Tenerife, um lugar por onde, desde que viagem por mar se tornara coisa obsoleta, pouca gente passava. E o fato de eu ter passado por ali soaria interessante. Afinal, olhando a arquitetura, as ladeiras de ruelas estreitas, as construções rudimentares, tudo arrumado para cartão-postal, concluí que a cidade devia ser tão antiga quanto o tempo das grandes navegações. O próprio padre Anchieta, não consta ter nascido em Tenerife?

O *Cabo San Vicente* deixou Tenerife e o próximo porto a atracar já seria no continente: Vigo, Espanha. Chegamos quando a noite mal acabara de engolir o dia. Os dois garotos da maconha e Cleonice despediram-se da turma e adentraram a Europa via Galícia, prontos para vida nova no velho continente, levando como garantia de sustento o que restava dos quatro quilos da erva.

O navio pernoitava em Vigo. Mário, Adriano e eu seguimos um bando que ia para a zona. A zona, logicamente situada adjacente à região portuária, espalhava-se em ladeiras de ruas estreitas, casas velhas, portas e janelas abertas, muita luz vermelha em salas e quartos, e as putas, espanholíssimas: cabelos longos e bastos, caras pesadas, roupas decotadas em cores fortes, predominando o vermelho e o negro. Mas se as cores eram quentes, o tédio a tudo vencia. De modo que só demos uma passeada e voltamos para o navio, mil vezes mais divertido. Na manhã seguinte, fomos ao castelo e, depois, sozinho, fui "ruar". Encantou-me ver ruas inteiras arborizadas de laranjeiras carregadas. E, tendo o hábito de cantarolar quando sozinho, quando percebi estava cantando uma antiga rumba de Ernesto Lecuona, *Para Vigo me voy*. Meu Deus, estou em Vigo!

Agora na cabine só restavam eu e seu Manoel. Mais meio dia e uma noite navegando e pronto: Lisboa e fim de uma viagem por mar que durara catorze dias. Gostei tanto que por mim continuaria navegando eternamente. Seu Manoel, velhote pimpão, depois de duas semanas de paquera e conquistas em alto-mar, estava pronto para enfrentar familiares que há muito tempo não via. Missão cumprida, décadas e décadas de Brasil, onde criara padarias, filhos, netos, bisnetos, voltava, viúvo e aposentado, para a terrinha. Na despedida me presenteou com uma simpática relíquia, um velho relógio de algibeira, dizendo:

– Não funciona mais, é para você guardar de lembrança.

19

O terceiro homem

Do diário: "Lisboa, 14 de março de 1972. Divido um quarto de pensão com Adriano e Mário, dois de meus companheiros de navio. A pensão, no bairro de Alfama, fica perto do Castelo de São Jorge, que visitamos. A cidade é linda e limpa. As casas, pintadas de novo. Lisboa me parece uma cidade parada. Mas também, Salazar está no poder há tanto tempo! Os jovens ou vão para a guerra nas colônias (agora mesmo está tendo uma em Angola) ou escapam do serviço militar indo trabalhar, serviço pesado, na França e na Alemanha. Informaram-me que saem cerca de quatrocentos portugueses por dia. Descobri que em Portugal não se usa gerúndio! Os *cabeças* lisboetas dizem, por exemplo, 'eu estava a tripar'. *Tripar*, de *trip*, viajar de ácido. Hoje à noite, que coisa insólita, Juliette Greco, a antiga musa do existencialismo, estará cantando na eleição de Miss Portugal. Certa estava a Amália Rodrigues quando disse: 'Chegada para mim é véspera de partida'. Vou-me embora amanhã, de trem até Paris. Sinto ter que me separar de Adriano e Mário. O último, então, tem sido tão camarada que, me vendo tiritar de frio, até me cedeu um de seus paletós, certamente o que ele gostava menos, padronagem *pied-de-poule*. Vestiu bem e tem me aliviado bastante do frio que ainda faz. Mário e Adriano ficarão mais alguns dias em Portugal.

"Dia seguinte: agora escrevo da minha cabine no trem, da Companhia dos Caminhos de Ferro Portugueses, que da Estação Santa Apolônia me leva a Paris. Tenho já pronto um baseado que acenderei mais adiante, caso continue, como estou agora, sozinho na cabine. Da janela avisto hortas, vinhedos, olivais, chaminés, fumaça... Portugal é um belo país. Camponeses, enxadas, velhas de preto, muitos castelinhos, pinheiros, capinzais, flores silvestres... Brilha um sol perfeito. Nem quente nem frio. É a primavera que está chegando. E o trem segue... Diminuiu a velocidade. Parece que estamos chegando à primeira parada, uma cidade de nome Azambuja. Passou direto, não parou. Ouço violões e cantoria vindos da cabine ao lado. Reconheço a música, *Reason to believe*. Fui dar uma olhada. São dois tipos anglo-saxões: um loirão encorpado e com cara de quem vem de longa temporada em algum mar ensolarado, pés enormes metidos em tamancões holandeses; o outro, também marcado pelo sol, não é loiro mas também não é moreno, e de ossatura menos desenvolvida. Pensei em convidá-los a fumar comigo o baseado, mas estão concentradíssimos na música. Nem ousei interrompê-los. Os corredores deste e dos outros vagões estão lotados de portugueses de pé. Será que é menos caro viajar de pé? Sim, porque a minha cabine, que é de segunda classe, continua ocupada só por mim. Ou talvez eles prefiram ficar ali no corredor, feito sardinhas enlatadas, trocando idéias e informações sobre a vida que levarão longe da terrinha. São operários migrando, indo trabalhar fora para ganhar muito mais. Voltei à minha cabine e, solitário, acendi o charo. A maconha com que meu 'fã anônimo' me presenteou e que José Vicente me entregou no Rio vai se tornando mais e mais forte à medida que vou me distanciando mais e mais do Brasil. Coisa de louco! E o cheiro, então! Tive que escancarar as janelas da cabine porque, se a polícia desconfia e me pega, tô mais é frito! Por outro lado, me deu um sono! Acho que vou tirar uma pestana.

"Continuando (certo tempo depois da queda): daí, no barato, vencido pelo torpor, antes de despencar no sono, achei melhor cerrar as cortinas, pois sol na cara realmente atrapalha a sesta. Fiz isso do lado esquerdo e melhorou. Mas ainda assim continuava penetrando luz pela porta, que é metade envidraçada, e fica do lado direito. Avistei, acima da porta, uma maçaneta tão convidativa que, no ímpeto das últimas forças, levantei-me, fui até lá e puxei o que, supunha, fosse a última cortina a me encerrar no breu total. Só que não era o puxador da cortina. Mal puxei a maçaneta, dela se deslocou uma pecinha soldada que, ao bater no assoalho, emitiu um som característico de chumbo. Levantei os olhos para ver de onde o chumbo se deslocara e foi aí que me dei conta de ter puxado o ALARME! O trem, numa brusquidez solavancada, brecou instantaneamente. Minha primeira reação, assim que o trem solavancou e parou, foi: 'Não é que funciona?!'. Mas a seguir, caindo na real, pensei 'Estou frito'. Entreguei a Deus. E Deus me fez pensar assim: 'Se o Eu Distraído acionou o alarme, o Eu Superior não deve dar bandeira de ALARMADO!'. Relaxei. Abri cortinas e janelas. O trem parou no meio do nada ao sol do meio da tarde. Calmamente saí da cabine. A multidão de operários portugueses atravancando o corredor do vagão, assim como os outros nos outros vagões, estavam todos com as cabeças fora das janelas num zumbido de enxame. Dramatizando a parada inexplicável, tinham certeza de que o incidente fora sabotagem ou coisa pior. Nesta época acontecem coisas impactantes a toda hora e o terrorismo corre solto na Europa. Calmo, voltei para meu lugar para aguardar. Mas não aguardei muito porque logo entraram dois guardas, um do trem e o outro da polícia. O guarda do trem apanhou do chão a peça de chumbo que se deslocara da alavanca, prova concreta de que fora eu o criminoso – além do que, suponho, lá na cabine do condutor algum painel eletrônico deve ter acusado de onde se originara o sinistro. Santo – porque minha intenção ao puxar o alarme não fora outra que puxar a cortina –, tentei com doçura explicar a eles a minha distração. Mas os guardas, empedernidos, não se deixaram sensibilizar. Um deles disse:

"– O senhor não viu escrito ALARME?

"E o outro, não conseguindo disfarçar a profunda irritação:

"– As coisas não vão ficar assim. Em Paris o senhor será encaminhado para averiguações.

"Exigiram passaporte e passagem e tive de pagar multa de cem escudos (não chega a quatro dólares). E saíram para comunicar ao condutor que tudo estava sob controle e que o comboio podia seguir bitola em frente. No instante seguinte à retirada dos guardas, minha cabine superlotou de operários portugueses e fui transformado em celebridade instantânea. O trem seguindo destino e eu tendo que contar aos operários quem eu era, de onde vinha, para onde ia e de novo explicar que puxei o ALARME por pura distração. Eles riam, porque operário acha tudo engraçado, mas queriam mais história. Me senti como que dando uma entrevista coletiva. Só que em vez de jornalistas pálidos e subnutridos, estes operários brilhavam de tanta saúde, sol, vida. Brilham os olhos, brilham os dentes (inclusive os de ouro), brilha a pele, o cabelo, brilham as cicatrizes e marcas de tanta exposição às intempéries. Daí, esgotada a minha passagem pela berlinda, foi a vez deles. Agora eram eles as estrelas e eu o entrevistador. E toca perguntar da vida deles: para onde iam, fazer o quê? Uns iam trabalhar na indústria, outros em obras. Quanto iam ganhar, eram solteiros, casados? Alguns eram casados, outros recém-casados. Solteiros, poucos. Mas todos deixavam família, namoradas, noivas, esposas, filhos pequenos ou ainda na barriga. Ficarão tantos anos fora, férias só de tantos em tantos anos, o máximo de hora extras e o dinheiro guardado, cada centavo, até a volta, que, eles esperam, será glorificante, no sentido de conquista da independência financeira, construindo suas casas próprias, abrindo seus negócios, de preferência comprando cada um a sua quinta. Fatigado de tanta conversa, peço licença a eles, inventando estar apertado e necessitado de ir à privada. Ao passar em frente à cabine dos gringos, cujos violões e cantoria não tinham parado nem quando o trem o fizera, tomo coragem, entro e elogio a música dizendo ter ouvido da minha cabine. E contei a eles o incidente com o alarme. O loirão, que estivera todo o tempo concentrado no violão, finalmente desperto diz, como que tardiamente dando-se conta de que algo de inusitado ocorrera:

"– É verdade, o trem parou de modo incomum. Foi você?
"– De onde vem você? – interessou-se o outro. E eu:

"– Do Brasil.

"– Brazil? Such a long way! – exclamou o loiro. Relaxamos. Apresentações: o louro, Blue, galês; o outro, Jim, americano. E voltaram à música, homenageando-me com um repertório que devia ser a idéia que faziam de minhas origens: *La bamba*, *Blame it on bossa nova* e até *Hernando's hideway*. Blue, o troglodita celta, vinha de uma temporada de cozinheiro no iate de um milionário alemão no Mediterrâneo; Jim vinha de serviço temporário semelhante.

"Passagem de tempo. Há horas que penetramos na Espanha e agora o trem parou em Salamanca. Na fronteira entraram mais portugueses e espanhóis, estes também migrantes operários. E um bando de jovens portugueses lotou a minha cabine fazendo a maior algazarra. E a viagem arrasta-se a noite inteira. Agora o trem está parado em Hendaye, França fronteira com a Espanha. É manhã e o sol brilha que é uma coisa! Blue e Jim apearam para tomar o ramal de Biarritz, de onde pegarão um barco para Southampton. Subiram seis hippies. Daí o comboio chegou a Paris e ali, em Austerlitz, dos passageiros que apearam fui o único a ser detido e entregue à alfândega por causa do incidente com o ALARME. E ali estou, entregue às autoridades francesas, para ser averiguado. E, dependendo, revistado. Mas o encarregado da revista é um velhinho simpático. Muito me admiro dele ainda não estar aposentado, pois tem idade para ser bisavô. Ele começa a revista pelas capas dos três LPs que trago à mão. O velho identifica-se com o ancião com o feixe de lenha nas costas na capa do *Led Zeppelin IV*. Olha nos meus olhos, sorri, me percebe um sonhador e não me revista mais. Deseja-me boa sorte. Saí aliviado. Só faltava ser preso e deportado – não por ter acionado o alarme, mas por estar carregando maconha. Era hora de muito movimento e na saída da *gare* eu não sabia o que fazer para pegar a primeira condução que me levasse até outra *gare* onde pudesse tomar o primeiro trem para Dieppe. A fila de táxi era quilométrica, pois era hora de pico. O dia morria. Nisso, a Providência Divina me faz avistar um rosto na multidão. Era ninguém menos que a Glorinha! A Glorinha, que em São Paulo fora administradora de teatro e que, envolvida na militância de oposição, teve de, como milhares de outros, cair fora do Brasil! Pois era ela, a Glorinha! Fardada de guarda de trânsito na estação de Austerlitz! E eu:

"– Glorinha!

"E ela:

"– Bivar!!!

"E eu:

"– Glorinha, tô perdido. Como faço pra chegar a Dieppe o mais rápido possível? – E ela, sempre a mais eficiente também em Paris, passou-me à frente de todo mundo, enfiou-me no primeiro táxi, dando ao motorista a direção: Gare de Saint-Lazare. Chego lá, compro minha passagem e corro porque o trem está saindo. Procuro minha cabine e, ao abrir a porta, adivinha quem já não está nela? Blue e Jim!

"– Ué, vocês não tinham descido em Hendaye? Não iam para Biarritz tomar o barco para Southampton?!

"– Não. Não deu certo, lá.

"Resumindo: juntos, nós três, ficava mais fácil a gente se arranjar ao chegar em Dieppe.

"Chegamos. Dieppe à noite era cidade fria e fantasmagórica. Não se via ninguém nas ruas. E nós três atrás de uma hospedaria. Por causa da hora, todas com placa de lotadas ou de expediente encerrado e 'não insista'. Jim e eu já queríamos desistir, sugerindo passar a noite em alguma sala de espera do cais. Mas Blue, obstinado, estava decidido a encontrar uma hospedaria que nos aceitasse. Blue justificava-se dizendo que havia três noites não sabia o que era uma cama. E assim, depois de muito insistirmos, abriu-se uma porta e nos atendeu uma senhora magra que, apiedando-se do trio, disse dispor de um único cômodo, o sótão. E nele apenas uma cama, de casal. E que nada mais tinha a nos oferecer, nem banho. Só na manhã seguinte. Privada tinha, no andar de baixo. Ficamos com o quarto. Banho não tinha, a mulher explicitara, mas no sótão encontramos boa pia. Blue, que não tomava banho havia uma semana, ficou nu e lavou o corpanzil inteiro num banho de pia, molhando o assoalho. Seguindo o exemplo dele, também me lavei. O único que não tomou banho de pia completo foi Jim. Apenas lavou a cara, os sovacos, os pés, as mãos e escovou os dentes. E depois de repartirmos o que tínhamos de farnel, enrolei um baseado e fumamos. Entornamos o resto da garrafa de vinho de Jim e dividimos a última maçã. Jim deitou-se no extremo direito, Blue no meio e eu, apagando a luz, estiquei-me no lado esquerdo. E até o sono chegar, conversamos sobre o que esperamos da vida nos próximos meses.

"Dia seguinte. Que horas? Nem sei. Ainda dia claro, o nome do barco é *Chantilly* e já está longe em sua travessia do Canal da Mancha com destino a Newhaven. Sinto-me excitado e apreensivo. Estamos chegando. Blue me chama para trocarmos endereços. Jim tira sarro. Recusa-se a trocar endereço. Diz que estradeiro só se cruza acidentalmente e que para isso não é preciso endereço."

20

Em casa

Adentrei a Inglaterra por Newhaven e tomei o ramal para Shoreham Beach (subúrbio de Brighton). Chegando, peço informações e, corre!, lá vem o ônibus circular que passa perto da esquina do Andrew. Andrew Lovelock, agora com vinte anos, estuda na Universidade de Sussex. Matemática. Por isso mora aqui. Daí, que aqui estou. Ruas vazias, noite de sexta, oito, nove horas? Não tenho relógio. Estou em frente ao número 167 da Estrada do Velho Forte (Old Fort Road), um casarão com aspecto de nenhum trato, jardim matagoso, luzes apagadas. Toco a campainha, bato palma, abro o portão, bato na porta – nada. Estico o pescoço e vejo luz em um cômodo nos fundos. Contorno a casa. A luz é na cozinha. Tento a porta. Está aberta. Medo, suspense, estou invadindo uma casa. E se aparece uma pessoa que não me conhece? Entro. Fartura e bagunça. Engradados e mais engradados com garrafas vazias de leite; cereais, frutas secas, castanhas, provisões em grandes vasilhames de alumínio, pra mais de trinta litros cada, uns cheios, outros pela metade, nenhum vazio. Ração de estudante universitário.

Invado a casa. Acendo a luz da sala. Sofás, tapetes sobre o carpete, bagunça maior, discos fora de capas, objetos, livros. Subo. Acendo as luzes dos quartos. Mais discos, aparelho de som em cada quarto, mesas, pranchas, plantas gráficas, pôsteres, objetos... Será mesmo a casa do Andrew?

Depois de meditar um pouco chego à óbvia conclusão que, sendo sexta-feira anoitecida, estudante que saiu de sua república (pois o endereço de Andrew é uma república) só voltará bem tarde, domingo à noite ou na segunda. De modo que acho mais acertado deixar um bilhete sobre o fogão, dando como referência minha em Londres o endereço de um casal de amigos brasileiros lá residente. O casal saberá informar onde estarei.

Passagem de tempo. Quatro dias depois já estávamos reunidos, almoçando num bistrô – Andrew, sua noiva Jane e eu. Eles estão ótimos, não mudaram nada. E eu já estou instalado em um quarto em South Kensington. A localização é muito boa, o quarto mede uns quatro por quatro metros, tem uma velha poltrona de veludo verde-garrafa, armário embutido, mesa e cadeira, abajur, espelho de meio corpo na parede, cama de viúvo, pia e fogareiro. Andar térreo e de fundo, pouca luz natural. A zeladora é uma velha italiana, frágil e comovente, mrs. Terrosi.

Mas, como em nossas vidas tudo é provisório, vou caminhando até o apartamento que Maria Gladys divide com outros brasileiros. O apartamento é um *basement* (porão) e fica em Holland Park. É amplo, tem um espelho ovalado gigantesco na sala e de frente para esse espelho Gladys se sente rainha. Gladys é dona de forte personalidade. Não é bela, de acordo com os padrões convencionais de beleza, mas tem estilo. É magrela mas passa toda uma sensualidade que o cinema soube aproveitar (como no filme *Os fuzis*, de Ruy Guerra, feito há quase dez anos e do qual foi a estrela). Agora, em Londres, Maria Gladys vive o melhor momento de sua vida, como uma condessa. Noite dessas fui lá. Gladys trajava um vestido longo, descolado num brechó. E com a voz que fica grave quando o assunto é sério, voltou-se para o espelho ovalado e disse à imagem refletida:

– Quando, no Brasil, podia eu comer pão com manteiga?!

A inflexão característica da zona norte do Rio (tão bem expressa nas peças de Nelson Rodrigues, em algumas das quais, por sinal, Maria Gladys participara da primeira montagem, como *Bonitinha mas ordinária*, no papel de "Aurora"). Muita gente famosa, galã de novela, gente do batente e que de férias passam por aqui, muitos se hospedam no *basement* da Gladys. Também está aqui o filho dela, o Glayson. Está com a mãe, claro, pois só tem quinze anos. E sábado, na casa dela todos que lá estavam resolveram *viajar*. Menos o Glayson, que se recusou. E a Gladys:

– Ai meu Deus, será que meu filho vai ser *careta*?!

Glayson é um adolescente de personalidade firme, é radicalmente contra qualquer droga, por mais legal e expansora do consciente que seja. Mas, de tanto a mãe e todos insistirem, ele também tomou um LSD. Mas fez questão de não sentir nada! Enquanto todos tinham visões, revelações, alucinações, deformações, *bad trip*, enfim, todos os baratos que o LSD provê, com o Glayson nada. Em nenhum instante perdeu a lucidez nem permitiu que sua mente se expandisse, pelo contrário, mais radical que nunca, ameaçou:

– Vou denunciar todos vocês à polícia.

Foi muito engraçado.

21

Zé é um gênio

Vinte dias depois de instalado, recebi de José Vicente um envelope contendo um postal do navio italiano *Eugênio C* em que ele viajara do Rio a Barcelona e uma carta iniciada em plena viagem. A carta do Zé continuava em Paris na Sexta-feira da Paixão e terminava na Páscoa. Ao todo oito páginas. A seguir a edição concisa das últimas semanas de meu amigo, que escreveu:

"Imagine que, antes de viajar, dei, em São Paulo, uma entrevista de seis páginas para *O Bondinho* – acho que você não conhece, é uma nova revista, uma espécie de *Veja* mais atrevida e que acaba de sair. Contei coisas que agora é tarde demais para desmentir. A verdade é que por causa desta entrevista não poderei voltar ao Brasil tão cedo. E coisas que, se Deus duvida, imagine minha mãe. Mas enfim, repito, tarde demais. De qualquer forma, creio que ninguém mais está interessado em nossas aventuras, pois estão cansados de saber que nós sempre *excedemos*. Mas como estou mais pra *avis rara* que pra maritaca, ou seja, sem essa de remorso, tudo me parece um sonho grandioso, primoroso, infinito, inexplicável, e, às vezes, de um ridículo tão atroz que, confesso, não me sinto jamais preparado, tamanha a emoção e o espanto. Tudo que eu queria, te juro, era jamais sair de dentro de um navio, de luxo ou cargueiro, da marinha mercante ou da marinha de guerra mesmo. Adorei! Fiquei uma figura não só comentada como até discutida, pra não dizer desejada. E na truculência da passagem do Equador, me fantasiei de pirata, sambei, ganhei prêmio de originalidade masculina e me esbaldei. Chorei, fiquei triste e amei. Renasci, reconheci. Só faltou a tua cumplicidade para certos momentos hilariantes e excesso de vinho, posto que nossa diferença é sempre mais embaixo ou mais acima: ora é a vez do Peru (desculpe a insistência), ora a vez da Argentina. Ouso dizer, um Joyce não estaria preparado para tanto fluxo, seja do consciente, seja até, e principalmente, do inconsciente, pra não mencionar aquilo que eu realmente não posso, mas não posso mesmo. Agora só penso, só quero, só sonho com La Mancha. E cá estou, em Paris. Aquele papo que tivemos sobre *a idade das trevas* não era mais que *la vérité*. De qualquer forma, o planeta foi tomado por um negro véu e os tempos estão *heavies*. Tento dar um tom cotidiano e de bom senso pras coisas, mas certas diferenças são tão marcantes que, brincar, agora, do meu ponto de vista é brincar com FOGO. Sexta-feira da Paixão. Te escrevo após um *barato* que quase me sai caro. Hoje saí pela *première fois* e esse ar de *printemps* foi de uma doçura desconcertante. Ia hoje mesmo pra Londres mas os *affaires* me prenderão por mais uma semana. Minha peça está com estréia marcada para o dia 19 e terei que dar algumas entrevistas. Me sinto não na glória propriamente dita, como você poderia supor, mas tímido e perplexo. Estou com Norma [Bengell] e Gilda [Grillo] num maravilhoso *studio* com ar de Erik Satie, *fumée, vin*. Elas saíram, foram a um *salon* fazer *beauté*, enquanto outrossim mastigo uma noz e por vezes bebo um gole de vinho, vício que o navio me impingiu. Te saber a oito horas daqui (por terra e canal) ou mesmo o simples fato de saber que você existe já significa pra mim a alegria, o contentamento, a felicidade, e também a responsabilidade. Porque sei que você tem tanto desprezo por esta palavra quanto eu. Enfim, em termos práticos quero dizer o seguinte: estou aproveitando este tempo de 'convalescença' em Paris porque *profissionalmente* pintou uma chance de me exibir, satisfazer meu ego, brilhar, se é onde você pensa que quero chegar. O compromisso com Gilda e Norma. Até a Simone de Beauvoir já escreveu sobre a peça e o próprio Sartre se envolveu na transa e eu não posso agora dar uma de Verlaine e me converter assim sem mais nem menos ao *catolicismo*. Mas não vou ficar para a estréia, pois outra grande revelação que tive foi esta: temos que dar *a nossa criação*, não *a nossa vida*. Sem essa de fazerem (eles) da nossa pele tamborim. Pra quem está a fim de trabalhar, tudo continua. Mas *relax*, que agora é o teu tempo de descanso. Desabroche. De qualquer forma, sinto que a pintação, a premonição e a iluminação, já acontecidas, não passaram de aperitivo diante do que nos aguarda. Decidi esta manhã de domingo que na manhã de sábado chegarei aí. Te adianto que nossos trabalhos não terão 'interferências', posto que meu material difere do teu, vejamos... em termos de estilo sinto você gótico, enquanto estou mais para o bizantino. De qualquer modo, senti que, se ficar em Paris mais uma semana, poderei vir a ser um novo Cortázar, o que, de modo algum, me bota *up*, muito pelo contrário. E também porque meus *affaires* aqui acabaram e não quero sofrer mais do que já sofri por uma peça que, afinal, escrevi em 1969. Escrevo com tinta vermelha porque não sei até que ponto a notícia é uma notícia *bloody* (para você). Outra coisa é que a *subsistência* é um problema que não me aflige tanto, por graça da Providência, de modo que, juntos, poderá ser muito mais *easy* resolver aquilo que afinal será o pão nosso de cada dia. Mas deixemos isso tudo pra depois, porque também decidi não me meter assim no amanhã sem mais nem menos. Termino esta com um pensamento do *Tao:* 'A Fêmea Misteriosa dura perpetuamente; o seu uso, entretanto, jamais a esgotará'."

Dupla campestre

E assim, no sábado de manhã, chega José Vicente.

– Mas Zé, que loucura, sua peça estreando, você se tornando um autor internacional via Paris! Quantos não dariam o braço para estar no seu lugar? E você aqui, sem nem estar presente na estréia! Nem ficar lá nas semanas seguintes para sentir o efeito, para ler as críticas! Gilda deve estar magoadíssima com você! E com raiva de mim, achando que fui eu quem te arrancou de lá. Afinal, foi Gilda quem batalhou produtor, foi ela quem se virou para conseguir o transporte do cenário do Marcos Flacksman, pesadíssimo, todo em estruturas de ferro! Foi Gilda quem descolou o elenco francês, o teatro, o envolvimento de Simone de Beauvoir...

Zé riu da minha supervalorização da presença dele lá. Claro que Simone de Beauvoir escrevera o texto de apresentação da peça, mais persuadida pelo charme de Gilda que por real entusiasmo pela empreitada. Daí que, tirando de letra a minha supervalorização, Zé, no delírio do descompromisso, disse:

– Não faço a menor falta. A estrela do espetáculo é Norma Bengell. E como exilada política está recebendo cobertura completa da imprensa, tanto a da esquerda quanto a da liberal-central interessada nos passos da esquerda. Norma é reconhecida em Paris como estrela do Cinema Novo e também pelo seu passado no cinema italiano. Você sabe como intelectual francês valoriza cinema. Em Paris Norma Bengell é considerada. Consta até que lhe será atribuída a Légion d'Honneur.

– Ah, mas você lá, sua presença ajudaria a compor. Afinal, você é o autor mais premiado do Brasil neste momento. É jovem, brilhante, charmoso, arrogante, anarquista... E *Les convalescents* é um texto carregado de política, reflete o momento no Brasil, não reflete?

– Reflete.

– Então, você sabe mais que eu como os intelectuais franceses são fissurados nisso!

– Se te conheço bem, cinco minutos com esses intelectuais e você já estava não atravessando o Canal da Mancha, mas escalando o Himalaia pra ficar o mais distante deles possível. E depois, a Paris de 1972 não é mais aquela Paris que você gostaria que fosse, a Paris dos anos 20 e 30, ou mesmo a Paris do jazz e das caves enfumaçadas dos anos existencialistas, ou, ainda, a Paris dos musicais da Metro, ou mesmo a Paris da *Nouvelle Vague*...

– Eu sei. A última glória parisiense foi maio de 68. De qualquer modo, continuo com a sensação, desagradabilíssima, de que a Gilda em Paris está me culpando por você não estar lá.

– Ora, Bivar, se você quer saber, a Gilda tem pouco tempo para se preocupar conosco. Que tal se a gente saísse para uma volta, almoçasse e depois você me levasse na Gladys...

– Na Gladys a gente vai amanhã, que lá as domingueiras é que são o quente. Hoje vamos sair, ruas e parques, onde você quiser, que o dia está lindo e a primavera, com a tua chegada, esplendorosa.

E lá fomos. Zé e eu excitadíssimos com nossa felicidade. Mas daí ele me contou que ia se hospedar no apartamento de Molly Briggs em St. Albans.

– Quem?!

E José contou que a Briggs era uma inglesa amiga da Gilda.

– Aliás, daqui a pouco tenho que ligar para ela, pra dizer que cheguei.

E propôs que já na segunda-feira saíssemos à procura de um lugar espaçoso o bastante para o dividirmos. No domingo, ele veio da casa da Molly Briggs para irmos visitar Maria

Gladys. No caminho, pela Kensington High Street, avistei, atrás de uma banca de revistas, um grande cartaz do *Sunday Times* anunciando que neste dia publicava com exclusividade um capítulo inteiro da recém-lançada biografia de Lana Turner. Com cuidado desgrudei o cartaz, para levá-lo de presente ao ator carioca Carlos Guimas, um dos que dividiam o apartamento com Gladys. Guimas adorou o presente. Quem, de nossa geração, não era fã de Lana Turner? Gladys sugeriu que o cartaz fosse pregado atrás da porta do banheiro. E fomos para a cozinha, porque Gladys estava mais interessada em que Zé contasse de Paris e de como iam por lá os nossos exilados.

Na segunda-feira, Zé e eu já estávamos procurando casa. Idéia minha, combinamos o seguinte: uma vez que entre 1970 e 71 já tínhamos vivido muito em South Kensington, Chelsea e Notting Hill, que tal se a gente saísse destas áreas *fashion* e fôssemos procurar um bairro mais distante para explorarmos a vida suburbana inglesa? Zé achou a idéia viável. Fomos, então, a uma imobiliária na Oxford Street onde nos entendemos com uma inglesinha encantadora. E assim, neste e nos dias seguintes, íamos, Zé e eu, de metrô e ônibus, aos lugares mais distantes e distintos que a loirinha indicava, de Hampstead a Tooting Bec, de Richmond a Muswell Hill. Mas nenhum era ainda a morada que queríamos. E voltávamos à agência na Oxford Street. E a loirinha, risonha, divertida, nos recebia de volta e, na maior cumplicidade, sugeria:

– Tem um que talvez sirva.

E lá fomos os dois para Acton. Por mim ficaria nessa de procurar moradia muito mais tempo, pois além de ter-me tornado fã da loirinha, a coisa estava me divertindo e eu muito aprendendo da geografia londrina. Mas José Vicente já começava a dar mostras de irritabilidade. Num rompante disse que não dormiria mais uma noite na casa da Molly Briggs. De modo que em Acton a zeladora nos entregou a chave dizendo em que andar ficava o apartamento vago. Subimos, abrimos a porta e pronto: achamos o que procurávamos para o exercício da liberdade total: um teto que fosse só nosso.

23

Uma cabana no céu

Ao norte de Acton, subindo por uma rua frondosamente arborizada e ajardinada, acabava-se no topo de uma colina. E ali, cercado por um jardim bem cuidado, sem muro nem grades, impunha-se, solitário, um solar gótico. Eram três andares agora transformados em apartamentos e quartos individuais. O único apartamento disponível para alugar era o do topo, completamente independente. A porta de acesso ficava no segundo andar. Abria-se a porta e ali estava um pequeno hall com cabides para sobretudos, bengalas, guarda-chuvas e chapéus. Dali, puxava-se de um alçapão uma escada que ia dar numa pequena ante-sala de onde, à esquerda, viam-se as portas da cozinha e da sala. A cozinha, piso de linóleo, era ampla e servia também de copa. Fogão, geladeira, armários com pratos, panelas, talheres, copos e canecas, toalhas, etc. e uma grande mesa com quatro cadeiras. A sala, acarpetada (como os outros cômodos, inclusive o banheiro), tinha uma mesinha de centro, de mogno, um sofá e duas poltronas, em estilos e padronagens diversos – o que dava ao ambiente uma atmosfera de despretensioso aconchego em frente à lareira a gás, que por sua vez era encimada por um aparador generoso para nele se pôr enfeites, porta-retratos, postais, porta-incenso etc.

Voltando à ante-sala de entrada, tomando a direita, primeiro vinha o banheiro (com banheira); depois, o quarto com a janela dando para os fundos – quintais, pomares, jardins internos, predominando gramados e plátanos; vizinho, o outro quarto, este com a janela dando para a rua, uma rua limpa, bonita, arborizada e de pouco movimento. Cada quarto tinha sua cômoda, seu guarda-roupa, seu espelho, sua escrivaninha e respectiva cadeira. E as camas. No quarto da frente, cama de casal, e no do fundo, cama de solteiro. Até roupa de cama tinha, no armário de cada quarto.

Mr. Tofield, o proprietário, era um personagem típico de romance inglês antigo. Classe média e almofadinha, rechonchudo, coradinho, sorridente (dentuço), olhos azuis que não combinavam com o cabelo de um ruivo artificial, curto, liso e de fios grossos demais para serem verdadeiros, nenhum fio fora do lugar. Estava na cara que era peruca – estava mal acertada na nuca.

Mas se o locador era um personagem, a dupla candidata a locatária não deixava por menos. Ele nos sentiu exóticos, vindos de longe mas desembaraçados. Parecia orgulhoso do que tinha a oferecer, sua "penthouse" – porque ele assim chamava o apartamento na cobertura. José e eu, por olhares cúmplices, concluímos que de fato era uma *penthouse*.

Mr. Tofield lembrou-se de que tinha mil outros afazeres. Estipulou o preço, nada caro, acrescentando que dia tal, todas as semanas, passaria para receber o aluguel. José e eu telepatizamos que seria um transtorno receber mr. Tofield todas as semanas. Sugeri, então, e o locador topou, que o pagamento fosse mensal. José, que já estava com as oitenta libras no bolso, passou-as ao mr. Tofield, que de pronto as embolsou, dizendo que nem precisávamos voltar à Oxford Street, ele mesmo comunicaria o acerto à lourinha da agência. E passou-nos as chaves dizendo que dentro de trinta dias voltaria para receber o aluguel do outro mês. E despediu-se, todo pimpão. José e eu corremos para, da janela do quarto de frente, vê-lo saindo. Ele deixou a casa, atravessou o jardim e partiu no carro esporte vermelho. José decidiu ficar com o quarto que dava para a rua, o que achei ótimo, pois o meu sonho era o que dava para os quintais. E tratamos de na mesma hora fazer a mudança. José, feliz por não ter que dormir nem mais uma noite na casa da formal Molly Briggs, foi lá apanhar suas coisas, enquanto eu fui quitar o meu quarto em

South Kensington com a mrs. Terrosi. Dei ao José as quarenta libras – minha parte no aluguel. O endereço já estava decorado: Cumberland Park, número 26, cobertura.

Dias depois de mudarmos, já conhecíamos os macetes da casa e do bairro, e estávamos contentes com a escolha. Alto era o astral não só da *penthouse*, mas de todo o solar. O telefone comum a todos ficava no térreo em um canto junto à escada. José e eu decidimos dar o número a pouquíssimas pessoas para assim evitar incomodar os inquilinos lá de baixo, que teriam de atendê-lo – se bem que ao lado do telefone houvesse um painel para chamar cada apartamento.

Estávamos ali para nos afastar temporariamente de um mundo e curtir um outro, diferente. Era o isolamento longamente sonhado. Acton não era Mayfair, mas aquela parte do bairro era agradabilíssima, e a *penthouse*, a mais perfeita cabana no céu.

Sem nenhuma disciplina pré-estabelecida, éramos disciplinadíssimos na nossa total independência, sobretudo independência um do outro: José Vicente passava a maior parte do tempo em seu quarto e de porta fechada escrevendo *As chaves das minas*, que ele ainda não sabia se daria romance ou peça. E eu, a maior parte do meu tempo, às vezes de porta fechada mas geralmente de porta esquecida aberta, escrevia contos e cartas.

Eu não poderia dizer que em tal ou tal lugar vivi a época mais feliz da minha vida, porque foram muitos os lugares onde vivi épocas felicíssimas (apesar de momentos de profundo sofrimento e desgosto), mas tenho certeza de que, nessa cobertura em Acton, José e eu fomos muito felizes. Foi um período de crescimento espiritual, de concentração e de trabalhar pelo simples prazer de trabalhar, mas também um período de muito humor e intenso convívio social.

Para começar, antes da fase em que começaram a aparecer as visitas, e mesmo nos intervalos de suas aparições, José às vezes saía de seu quarto e eu do meu e, na cozinha preparando chá ou na sala sorvendo-o, tínhamos longas conversas filosóficas a respeito da vida. Partindo da premissa de que tudo era tentação, reconhecíamos que éramos frágeis para resistir a elas. Treinávamos diversos métodos de organização.

E, na cozinha ou na sala, depois de me oferecer um de seus cigarros Rothmans, José dizia:

– Na verdade, o teatro é uma experiência tão densa e recente que me é difícil dele sair, menos por suas virtudes que por seus vícios.

Sempre que saíamos de nossos respectivos quartos para minutos de chá, recreio e dedos de prosa, cada um vinha com uma "descoberta". Nesse dia, José veio com uma expressão de derrotado, porém ereto no senso de humor:

– Descobri que sou um equívoco.

Não tínhamos na sala nem televisão nem rádio, só um toca-discos de péssima aparência mas de bom som, que comprei por cinco libras de um feirante de verduras e legumes na Portobello Road. E ali estávamos no nosso recreio, agora na sala sorvendo um Earl Grey e o toca-discos tocando Syd Barrett, quando chamo a atenção de José para um refrão que dizia: "Você não devia tentar ser o que não pode ser". E o Zé:

– Era exatamente o que eu queria dizer quando te disse ter constatado que sou um equívoco. Decidi que vou mudar completamente meu estilo de vida. Quero tirar de uma vez por todas da minha cabeça essa coisa que aprendi desde criança, que *ovo* faz bem, que só com um ovo você pode passar o dia.

Mas aconteceu de um dia o gás deixar de funcionar. Pedimos socorro aos moradores. Veio a maioria tentar nos ajudar a descobrir o problema. Ninguém descobriu nada. Até que veio finalmente a zeladora, a sra. Orsmond, viúva, nascida na fronteira com a Escócia e por isso mesmo eternamente grata à vida, e, paciente, procurou, mexeu até que o gás voltou a funcionar.

O solar era assim dividido: no topo, José e eu; no andar abaixo do nosso, o casal Gerald e Evelyn ocupava um apartamento; Steve, um quarto independente, e Phil, o outro. No térreo, além do apartamento da sra. Orsmond, tinha o apartamento dos chineses – mr. e mrs. Min – e o quarto independente do Graham. No subsolo moravam a filha da sra. Orsmond, o marido e o bebê (que a sra. Orsmond cuidava, já que o casal trabalhava fora) – eram os Ackroyd.

De modo que, fosse noite ou dia, quando, no quarto abaixo do de José Vicente, Gerald e Evelyn trepavam, a casa, feita de matéria delicada, era toda sacudida ao compasso do entra-e-sai da penetração e a devida correspondência da penetrada. Portas abertas – de quartos, armários, guarda-roupas – batiam com tal fúria que éramos obrigados a ir correndo fechá-las. Quando quem trepava era o casal Ackroyd, lá no porão, a impressão era que a coisa vinha do fundo da Terra, mas ainda assim sacudia a casa inteira até o galo-de-vento no pináculo.

Excetuando os *caretas* – o casal chinês, a sra. Orsmond e os Ackroyd –, todos os outros habitantes da mansão eram *ligados*, de acordo com o *modus vivendi* alternativo em seu torvelinho de drogas leves, trabalho por sobrevivência e ócio.

A tônica geral da casa era respeitosa no que tangia à privacidade de cada um. Todos se cumprimentavam ejaculando duas ou três palavras e, quando preciso, prestavam um auxílio, davam uma informação. Se o telefone chamava, a consciência comunitária de quem estivesse mais próximo ou menos ocupado o levava a atendê-lo. Era, enfim, uma residência viva, feliz e serena. Drama, aparentemente, não havia. As únicas ações que literalmente sacudiam a casa, como já foi dito, só aconteciam quando um dos dois casais citados fazia amor. O sexo que estes dois casais praticavam, cada um no seu respectivo apartamento, era motivo de júbilo para os outros habitantes. Sempre que a casa trepidava, na manhã seguinte a viúva Orsmond era vista regozijada no jardim, como se a penetrada fora ela, como se o falecido a tivesse visitado em sonho. O amor ainda existia e havia quem o praticava com gosto.

24

Avalon chama

Já estava mais que na hora de começar a visitar meus amigos de Salisbury, de cujo círculo havia dois anos eu era parte, mesmo que agora nem todos continuassem vivendo lá. Desde que Angela Dodkins e Bruce Garrard decidiram levar adiante o namoro, fazia um ano que haviam se mudado para Glastonbury, a Avalon arturiana. Nos dois anos de nossa amizade a correspondência continuou intensa, daí que nada mais natural que eu retomasse minhas idas ao campo indo visitar a querida Angela – porque Bruce agora estava ausente. Nossa amizade era tão marcante que o levara a ir passar alguns meses em Portugal para estudar a minha língua. Tudo começou quando enviei a Bruce, pelo correio, uma cópia dos meus originais de *Verdes vales do fim do mundo*. Grande parte do livro era sobre Bruce, Angela e os amigos de Salisbury, de modo que, de todos, sendo Bruce o mais destinado às letras, ele decidira que se alguém da irmandade precisava aprender português para traduzir o que eu escrevera sobre eles, este alguém tinha que ser ele. Então, graças a uma bolsa de estudo que conseguira da Universidade de Essex, Bruce encontrava-se atualmente na Universidade de Cascais aprendendo português. Mas Angela continuava em Glastonbury cuidando da morada de ambos até a volta dele. E sendo ela tão minha amiga quanto Bruce o era, combinamos por cartas que eu e José Vicente iríamos visitá-la.

E lá fomos nós, eu e José, de carona, como nos velhos tempos. De Londres até Bath e de Bath até Shepton Mallet e dali, fácil, a Glastonbury, onde Angela nos esperava no lugar combinado, uma casa de chá. Um esmaecer de resto de luz diurna criava o clima. A primavera apenas começara – era 2 de maio de 1972. Do café até a habitação de Angela a distância era de uns três quilômetros. Ficava em um dos ramos da Estrada Godney. Chegamos. Eram três *trailers* desativados e sem rodas que os últimos ciganos deixaram para trás quando chegou o dia de o acampamento ir embora de Glastonbury. E ali, no meio do nada, à margem de um regato separando uma fazenda da estrada, os três *trailers*. O *trailer* do meio era o de Angela e Bruce. De um lado, o de Liza, e de outro, o de um jovem trabalhador atormentado (e que bebia).

Angela tinha um gato, o gordo Bilbo – homenagem ao "Bilbo Baggins", personagem de *O senhor dos anéis,* de Tolkien. O *trailer* era pequeno mas puro conforto. Tinha fogão a gás, pia, guarda-roupa, duas camas, e sob estas colchões para eventuais visitas; e janelinhas, livros, um rádio e até aquecedor – do contrário, como, no inverno, Angela e Bruce agüentariam as noites nevadas com temperatura abaixo de zero? E mesmo agora que o inverno se fora, as noites frias ainda pediam lareira acesa. A luz era de lampião ou velas. Durante nossa visita, Angela ficou com a cama dela e José com a outra. Me ofereci para dormir num colchão no chão, porque sinto mais conforto sabendo que os outros estão mais confortáveis que eu. Esta é uma das marcas mais características da minha natureza *franciscana*.

Tudo era limpo e simples. A mesma pia utilizada para lavar verduras, legumes e frutas, louça e panelas, servia também para lavarmos o rosto de manhã. Água de jarra.

A água. A água tinha de ser buscada numa fazenda cuja entrada distava uns oitocentos metros. Para mim era um prazer ir buscá-la, usando para o transporte um carrinho de bebê com espaço para dois galões. De modo que água para cozinhar, lavar panelas, lavar cabelo, beber e escovar os dentes nunca faltava, porque eu sempre voltava à fazenda para encher os dois galões. O passeio era delicioso. A estradinha curva, raramente passava algum veículo, eu ia assobiando, trauteando, filosofando, fosse dia nublado, garoento, ou dia claro de sol primaveril.

Uma vida verdadeiramente campestre e cigana. (As necessidades fisiológicas não perguntei a ninguém onde as fazer. Descobri, sozinho, explorando os arredores, um recôndito em um bosque avizinhado.)

Durante o dia Angela trabalhava numa loja de calçados num vilarejo perto. De manhã, depois do desjejum, José e eu a acompanhávamos pela estrada até o trecho onde ela ia para um lado e nós para outro. Depois, José e eu nos separávamos. Cada um ia para um marco místico diferente. O vasto parque fechado e todo gramado, com carvalhos gigantescos bem distantes uns dos outros, as ruínas da abadia medieval, o suposto túmulo do Rei Arthur. Ou a colina do Tor (a torre), fora da cidade, quase sempre sem ninguém – quando surgia algum vulto era geralmente algum peregrino de fora, em visita ao mítico lugar. No fim do dia, conforme previamente combinado, José Vicente e eu nos encontrávamos em um café e dali seguíamos pela estrada a caminho do *trailer*. Um dos quadros que mais admirávamos no caminho era um rapaz em roupas rudes, ele próprio rude, louro, ordenhando vacas com um aparelho de sucção. Acenávamos para ele, que respondia sorrindo e com um gesto amigo. Esse quadro, ao mesmo tempo que nos dava um prazer admirativo, deixava-nos também frustrados por não sermos ele e não trabalhar como ele num serviço de macho, ordenhando vacas numa fazenda. Mesmo sem aparelho de sucção.

Por volta das seis chegava Angela. Antes de mais nada preparávamos um chá e um lanche com leite, pão, mel, manteiga e geléia. E entre o chá e o jantar comentávamos o dia, onde José e eu tínhamos ido, que tipo de gente encontramos, o rádio ligado em um programa da música que fazia parte da nossa vida. E o jantar, como de praxe nesse tipo de vida comunitária, um dia era um que preparava, outro dia outro; José e eu respeitávamos o vegetarianismo de Angela – mas se ele ou eu sentíssemos necessidade de um bacon com ovos podíamos comê-lo no Abbey Café, ou, pra variar, um *fish & chips* em qualquer dos Fish & Chips do centro (isso durante o dia, nas nossas andanças).

Às vezes chegava visita de fora para pernoitar, nômades amigos de Bruce e Angela, como o Treebeard – uma figura grande, engraçada e gentil (apelido também tirado de um personagem de *O senhor dos anéis*, que era, no início dos anos 70, a *bíblia* de nossa tribo). Quando as visitas eram femininas, elas imperavam e a atmosfera tornava-se típica. Lynne chegou debaixo de uma chuva torrencial, vinda de Reading, enlameada e menstruada – será que Angela tinha um tampão extra? Liza, a vizinha, às vezes trazia uma travessa cheia de bolinhos que preparava em seu *trailer*, para saborearmos em mais um ritual de chá e conversa jogada fora.

Bolinhos de urtiga – um delicioso bolinho frito como os bolinhos de verdura que minha mãe fazia, de almeirão, de espinafre, quando eu era menino: pica-se bem picadinha a verdura, levando-a a um rápido cozimento, e depois coa-se para que saia a água; a seguir tempera-se a gosto, misturando um pouco de farinha de trigo e ovos previamente batidos; e, às colheradas, vai-se jogando na frigideira com óleo.

A urtiga inglesa pica de a gente se coçar à loucura. As crianças, quando esbarram em urtiga, choram de berrar. Mas Liza, a primorosa, com luvas, apanhava as folhas mais viçosas das urtigas que abundavam à beira do regato e fazia os bolinhos – tão saborosos que os devorávamos em segundos. E nas noites seguintes pensávamos: "Bem que Liza podia aparecer trazendo outra travessa de bolinhos de urtiga".

Liza, como todas as moças de Glastonbury, como Angela, era uma feiticeira do bem, familiarizada com os elementos. Tinha um filho, Luke, um bebê cujos dentinhos estavam começando a despontar. Liza punha Luke no carrinho e dizia:

– Vá aprender a língua do tio Bivar.

E lá íamos, só nós dois, eu empurrando o carrinho pelas curvas asfaltadas até a subida de um dos lados do Tor. Eu impulsionava o carrinho, soltava-o e ele ia rápido com Luke rindo dentro, e eu correndo para alcançá-lo. E conversava em português com o bebê, cantava, dançava, contava histórias. Luke, lógico, não entendia nada, mas prestava a maior atenção, às vezes até sério, querendo entender e até entendendo. E ria, ria.

Tão tranqüilamente animadas as noites no *trailer* que nem cogitávamos ir à cidade visitar, em suas residências, as pessoas que faziam parte do círculo de amizades de Angela e Bruce. A bem da verdade, com visita ou sem visita no *trailer*, cedo se dormia, porque éramos daqueles que seguem o preceito "quem cedo madruga...". Noites curtas mas sempre agradáveis. Até a polícia uma noite apareceu. Dois jovens policiais fardados e educados. Souberam que havia dois novos estrangeiros na cidade e vieram conhecê-los. José Vicente e eu desempenhamos à altura e eles, depois do chá, se despediram levando uma boa impressão. Não há quem não respeite escritores, mesmo que brasileiros – e o Brasil estava em alta, fazia nem dois anos da Copa em que o nosso escrete abiscoitara a *Jules Rimet*.

Uma noite, fomos jantar na casa de Jerry e Jill. O jantar foi ótimo, as crianças foram dormir cedo, o casal gentilmente ofereceu o banheiro para que José e eu nos banhássemos quando fosse preciso. E bem que já estávamos precisando, brasileiros, acostumados a banho diário, embora no campo inglês fosse mais comum tomar banho aos sábados. Por causa da natural oleosidade, lavávamos os cabelos dia sim dia não. Mas a cabeça a gente lavava lá no *trailer* mesmo, do lado de fora, Angela nos ajudando, jogando água da jarra, a gente ensaboando com xampu e Angela despejando água até desaparecer o último vestígio de espuma.

Na noite seguinte, que delícia, nada nos obrigava a ir à cidade, nenhum convite para jantar, nada. Íamos ficar no trailer mesmo, assuntando. Então aconteceu um episódio engraçado. Estávamos os três, Angela, José e eu, jogando conversa fora – eu mostrava a eles o antigo e belo relógio de bolso que *seu* Manoel português me dera de lembrança na despedida no navio e, não sei por que motivo, levara com minhas poucas coisas na mochila de Londres a Glastonbury – quando, no escuro, do lado de fora, uma voz clara de homem nos saúda. Sem esperar resposta a seu pedido de "com licença", ele entrou no *trailer*. A princípio imaginei que fosse algum conhecido de Angela, pois nem José nem eu nunca o tínhamos visto. Mas, pela cara de surpresa de Angela, ela pensava o mesmo: "Deve ser conhecido do Bivar ou do José".

Belo e elegante como se vestido para um casamento. Terno com colete sob o paletó, gravata, sapato lustrado, sorridente, ofereceu-nos um de seus cigarros mentolados, tratando-nos como se fôssemos todos velhos conhecidos.

Angela, José e eu olhamos um para o outro sem entender nada. O rapaz se apresentou: Tom. E enquanto acendia os cigarros que, perplexos, aceitamos, ia contando, com muita segurança no sorriso, que todas as tardes, pontualmente às cinco horas, José e eu passávamos por ele e, uma hora depois, às seis, passava Angela.

Nos olhamos intrigados e matamos a charada: Tom era o rapaz que todas as tardes ordenhava as vacas naquela fazenda do caminho. Assim, elegante, mal dava para reconhecê-lo.

Tom era também um solitário, e sua visita surpresa era uma espécie de proposta de amizade. Cavalheiro, vestiu-se para a ocasião. Vendo-me segurando o relógio do *seu* Manoel e, meio que para puxar assunto, elogiou-o. Daí eu disse que o relógio não funcionava e contei o episódio do navio.

– Mesmo não funcionando é uma beleza – disse Tom, e eu, num impulso de quem não vê outra forma de aceitar a amizade, dei o relógio para ele.

– Mas foi um presente que você ganhou! – foi sua resposta, como que o recusando.

– Gosto muito do relógio, *seu* Manoel era um velhinho encantador mas, faço questão, aceite-o. Combina mais com você.

Agradecidíssimo, Tom o aceitou. E nos convidou a sair com ele na noite seguinte, para irmos a um *pub* que ele freqüentava. Angela, adorando a idéia, respondeu por nós três que aceitávamos o convite. Mas Tom explicou melhor:

– Não, não. A noite de sexta é a noite dos rapazes.

E disse que em outra noite, sábado certamente, poderíamos ir todos, especialmente ela.

Tom ficou mais um pouco, aceitou o chá e, ao se despedir, sugeriu que eu e José passássemos às cinco horas qualquer dia antes de sexta para combinarmos a ida ao *pub*. Depois que Tom se foi, nós três continuamos um bom tempo perplexos. Angela comentou:

– Vocês não acham que ele quis insinuar alguma coisa?

Eu, que no princípio achara, acabei tirando minhas próprias conclusões. Essa coisa de noite de sexta-feira ser noite dos rapazes não era uma excentricidade inglesa, apenas. No Brasil, também, era comum a rapaziada bagunçar na sexta e reservar o sábado para sair com a namorada. Será que Tom estava interessado na Angela?

Naquela noite no *trailer*, quando ele perguntou a José e a mim qual era o nosso sustento, ante nossa resposta, com um sorriso de ótimos dentes e larga malícia benigna, brincou:

– Ah, vocês vão escrever sobre o rapaz que ordenha as vacas!

E assim passavam os dias em Glastonbury. Uma nova semana começava. De todas as minhas amizades femininas nenhuma suplantava Angela Dodkins no estilo totalmente natural e despojado. Nas nossas caminhadas pelos campos ela conversava com as vacas, conversava mesmo! Os bezerros vinham rápidos e realmente com expressões felizes, e ela, numa voz em tom de perfeita calma mas curiosa, perguntava coisas para eles e estes, depois de ouvi-la, respondiam na linguagem deles. À beira do regato ela me mostrava os girinos (que depois de crescidos viram sapos) e os pássaros, os animais, as plantas, as flores silvestres, tantas e cujos nomes ela sabia.

Na quinta-feira, 11 de maio, dia de Ascensão do Senhor, José Vicente, achando que já tivera o bastante de Glastonbury, decidiu voltar a Londres. A decisão brusca – como eram sempre as suas decisões – me deixou ligeiramente sem chão.

E assim, com José e depois sem José, desta vez fiquei ao todo catorze dias em Avalon. Era domingo, manhã. Depois de Angela ter me levado ao Jardim do Cálice, onde uma fonte milagrosa há séculos não pára de brotar, nos despedimos e minutos depois um carro branco e novo parou ao meu sinal pedindo carona. Uma jovem família londrina voltava das férias na Cornualha. O jovem pai, a jovem mãe e o filho de quatro anos. E eles contaram, principalmente ela, que as férias foram muito boas, mas que estavam felizes de voltar para Londres.

25

Cartas na mesa

De volta à *penthouse* em Acton, um monte de cartas me esperava sobre a mesa de meu quarto. Meu pai me enviara um recorte d'*O Estado de São Paulo* com a crítica de *Longe daqui aqui mesmo* em sua montagem paulistana. Na nova encenação de Abujamra, do elenco original só Nélia Paula.

De Mariângela Alves de Lima, a crítica, transcrevo excertos que me tocaram fundo: "(...) Aspirações, angústias e atitudes da chamada geração dos anos 60. Grande parte dessa geração atravessou o limiar dos anos 70 consumindo aceleradamente sexo, drogas e rock'n'roll. Outras coisas aconteceram na face da terra, mas não estão incluídas na história de Bivar, permeada de sinceridade e uma poesia por vezes fácil. Mas, para aqueles que ainda não desacreditam do diálogo, a peça de Bivar funciona como um verdadeiro arsenal de informações. A confusão não é só de Bivar. Ela é nossa também, já que tão difundida. (...) A presença de Nélia Paula no papel de Estrela funciona como um contraponto humano e simpático, equilibrando o espetáculo, atenuando o tom deliberadamente frio das outras interpretações. A direção de Antônio Abujamra procura conservar o caráter de depoimento da peça de Bivar. (...) É preciso considerar que o texto de *Longe daqui* não é simplesmente uma história de meninos perdidos. Esses meninos sabem que estão perdidos."

As duas últimas frases me fizeram refletir. "Perdidos" em que sentido? E os que não estão perdidos, de acordo com o pensar da srta. Alves de Lima, onde chegarão? Não era muito cedo para classificar como "perdidos" os personagens de *Longe daqui*, e eu, entre eles? A resenhista, embora elegante e acurada, não seria ela muito jovem e pouco vivida para tão cruel veredicto? No meu ver "esses meninos" na verdade não se acham perdidos mas *em trânsito*.

Abri outro envelope, vindo do Rio. De Odete Lara.

Odete também revelava-se uma profissional de primeira, no que tangia à nossa correspondência publicada na revista *Rolling Stone*. Dentro do mesmo envelope, três cartas dela. Uma, pessoal, explicando as outras duas que também eram para mim mas para serem lidas pelos leitores da revista.

A primeira (pessoal):

"Bivar querido, saiba que nossas cartas estão fazendo sucesso. Estou te mandando o recorte da minha pois o Ezequiel [Neves] me disse que já te mandou o da tua. Estou enviando também a nova, que deve sair na próxima semana. Isto aqui continua uma bosta. Puta que pariu, nunca vi tanta merda junta. As pessoas estão começando a pirar. Quase ninguém mais se comunica. Ficam todos juntos se olhando sem falar. Parada difícil de suportar. Gostaria de saber se aí a barra também tá pesada. Muito amor pra você e pro Zé, Odete."

A seguir, a carta já publicada na *Rolling Stone*:

"Bivar, meu irmão: adorei ter recebido tua carta. Incrível, parece que foi ontem que fui até o cais ver você sair naquele cargueiro espanhol! Não sei se tenho tantas novidades para contar quanto você, porque as coisas por aqui praticamente não mudaram nada depois que você saiu. Tenho freqüentado os laboratórios do Fauzi Arap, que continua um apóstolo, ajudando a clarear a cuca dos desesperados e trazendo os pirados de volta à realidade, que, segundo ele, pode ser realmente modificada e não apenas no sonho, embora para isso seja necessário muita disciplina e paciência. Criança, nunca vi um verão mais longo que o deste ano. Teve um dia que me enchi tanto de verão que saí da praia, vim pra casa, liguei o ar refrigerado no último grau e me enrolei num cobertor só pra sentir um pouco da sensação do frio. Mas no momento minha vontade é ser itinerante. Agora estou vendo por que você se decidiu pela mochila nas costas. Nada vale o sacrifício de lutar a vida toda para conseguir a garantia da monotonia. Tenho tido uns toques incríveis de que talvez nada do que aconteça com a gente seja casual."

E agora a terceira carta de Odete ainda a sair na *Rolling Stone:*

"Bivar, não sei o que te contar. Por aqui as coisas não mudam mesmo, aliás, mudam constantemente, só que pra pior. A falta de acontecimentos aqui é tão grande que, se você der um arroto e no dia seguinte abrir o jornal, você o verá como artigo de algum colunista. Assim que abro as janelas da minha sala sou posta em nocaute pela exuberância da luminosidade do dia e uma hora depois me vejo na rua a esmo, procurando me banquetear na festa sugerida pelo sol, mas o que encontro é só desânimo e desesperança estampados no andar e nos rostos das pessoas. Recebi um cartão de La Bengell, de Paris. Parece um relatório de serviços prestados. Em vez dela me falar sobre ela, me relata apenas trabalhos que fez ou pretende fazer, não dando vez ao coração. Em compensação recebi uma carta do Bigode (Luís Carlos Lacerda), da Índia, em que ele rasga o coração dele. Não sei o que faz as pessoas serem tão diferentes umas das outras. Aliás, sei sim, mas pra explicar teria que lançar mão da enciclopédia psicanalítica que consegui arquivar na cabeça através de muita vivência e observação e, no momento, eu a estou usando com pessoas mais próximas necessitadas. Enfim, Bivar, descobri que viver é simplesmente se deixar existir sem medo. É ter consciência de que você é mas que também poderia ter deixado de ser, mas já que é, vamos procurar ser o mais próximo possível de Deus. Há inúmeros caminhos que levam a Ele, mas acho que o mais direto é o da simplicidade, da fidelidade aos princípios do respeito humano e total adesão (tesão também) ao amor, falei? Escreva mais falando de você e do Zé Vicente também. Ele está contigo? Carinhos sem fim, Odete."

Grande mulher, grande pessoa, grande amiga, a Odete. Mas eu tinha ainda outras cartas para ler. Da Vivenda Stoffel em Cascais, por exemplo, chegaram duas cartas de Bruce Garrard.

Como já contei, desde 1970, quando conquistei meu lugar na sociedade dos jovens salisburianos, a correspondência entre Bruce e eu vinha sendo, de todas, a mais profícua. E como tínhamos sempre muito o que escrever um ao outro, nossas epístolas eram imensas e semanais. Agora eu acabava de chegar de catorze dias hospedado em seu *trailer* (e de Angela, sua companheira) em Glastonbury, enquanto ele, tão jovem (vinte anos) e numa terra tão estranha – porque até me conhecer, Portugal jamais lhe passara pelo imaginário –, encontrava-se lá, na Universidade de Cascais, aprendendo português para traduzir a parte daquele meu livro que fala dele e dos amigos. Em suas duas cartas Bruce tenta escrever em português, mas logo desiste e segue em inglês, porque em sua língua o pensamento flui melhor e também a escrita. Aqui traduzo trechos de suas cartas.

"Bivar, irmão dos *Verdes vales,* que livro lindo. Tenho que te escrever e muito. E desculpe-me se o faço em inglês, mas é para evitar as dificuldades e deixar fluir a iluminação espontânea. Seu livro é um conto de fadas que realmente aconteceu e que você o escreveu como de fato aconteceu. É belo e importante. E adorável. Li as primeiras quatro páginas e depois fui correndo caçar nomes e coisas que eu reconhecia, mas hoje vou começar do princípio e lê-lo todo. Tem que ser traduzido para o inglês, para que os outros o leiam. Se você escrevesse em inglês, sua carreira literária estaria garantida. Eu nunca soube o que escrever significava. Agora entendo. Mas você fez mais, mundos além de palavras além de mundos. Mundos e palavras não têm fim. E estão o tempo todo ali, estrelas nas pontas dos dedos, só esperando que abramos nossos olhos para brilharem. Quando eu vivia na casa que você traz de novo à vida em seu livro, era divertido e também difícil. Depois que aquela época acabou, pensei que talvez algo de especial tenha acontecido a todos nós. Alguns disseram que criamos uma lenda. Uma pequena, mas uma lenda. Pessoas que nunca estiveram em Salisbury me perguntavam da *casa*. E a lenda está aqui escrita, no teu livro. Mas lendas não são o importante. Elas acontecem a todos que dizem 'Os melhores anos de nossa vida foram...'. Lendas são felicidades que causam grandes tristezas quando acabam.

Real é o que permanece. E talvez esse algo que permanece estivesse lá, na casa. E você o escreveu no teu livro. Éramos muito jovens – ainda o somos – e com tantos defeitos, mas você nos amou, a nós todos, e mais pelos nossos defeitos!"

E a outra carta de Bruce:

"My dear, dear friend Bivar. Estou sentado num parque belo e tranqüilo, em Cascais. Hoje está muito quente, mas à sombra está fresco. Vim aqui tentar escrever tudo o que tenho para você. Na carta anterior foram as minhas primeiras impressões dos *Verdes vales.* Agora já li metade do livro e tenho muito mais para escrever. Eu podia repetir tudo o que disse na outra carta e acrescentar isto: teu livro é uma revelação para mim, tanto que ele conta de mim, de você, de escrever e da vida. Não creio que ninguém, lendo-o, não se sinta transportado. (...) Ontem fomos a Sintra, nas montanhas, alguns quilômetros daqui. Lorde Byron chamou o lugar de 'Jardim do Éden'. Não visitamos o palácio real, que já visitara semanas atrás, mas fomos a lugares nas montanhas. Um lago, um cemitério no ponto mais alto e um lugar onde cinqüenta pessoas foram mortas durante um incêndio na floresta. Olhar a água, as árvores, as nuvens e o povo me levou a dançar o tempo todo. Gostaria de voltar a cavalo e lá permanecer dias. (...) Na Vivenda Stoffel temos muito pouca música e dos poucos discos um é do Leonard Cohen. Já o conhecia de nome, mas nunca o tinha ouvido. Ele é muito bom. 'I want to tell my story / before I turn into gold' é o que ele diz e é o que você fez no teu livro. Temos todos que fazê-lo, é como a larva que se transmuda em lagarto, que se transforma em borboleta. É doloroso, porque se queremos a ressurreição temos de antes ser crucificados. (...) *Verdes vales* me encheu de nova energia, especialmente para escrever. Penso que aqui em Portugal sinto algo semelhante ao que você sente na Inglaterra: no estrangeiro. Talvez por isso seja bom estar aqui, longe de casa, iniciando a tarefa de fazer do mundo inteiro meu lar. E novamente teu livro ajuda. A Torre de Babel tem de ser posta abaixo. Na grande biblioteca do céu deve haver milhões de livros tão belos quanto o teu, mas você conseguiu passar o

teu em palavras e pô-las no papel, aqui embaixo, para que possamos ler. (...) Em muitos sentidos Portugal é um lugar pesado. Existem os que voltaram paralíticos da guerra em Angola, existem os mendigos nas ruas, por todos os lados. Os ricos são muito ricos e os pobres muito pobres. Cartazes nos muros: 'Forças Armadas lutam pela paz!', 'Drogas: Loucura! Morte!' – coisas que me fazem sentir pesado. E os estudantes, eles tentam protestar e acabam apanhando da polícia. A polícia está em todos os lugares. Dois mil estudantes reuniram-se dia desses em Lisboa para planejar protestos. Eles são muito valentes. Mas o governo (o Sistema) encontra-se num enorme castelo e os jovens estão desesperadamente batendo nas muralhas. A muralha é coberta de azulejos e o Sistema fica furioso quando os azulejos são quebrados, e ao mesmo tempo ri porque sabe que a muralha não será tão facilmente posta abaixo. (...) Em algum lugar na Bíblia está escrito que precisamos da prudência do sábio e da curiosidade da criança. E eu, sentindo o aproximar deste ideal, me sinto bem. Ultimamente isso se resume em simplesmente viver um *duradouro agora*, o que faço dentro do bom senso, para que dure, e com curiosidade, para poder apreciá-lo. Tua descrição da casa, dos meus amigos (teus amigos também) e de mim me faz sentir tão feliz! Porque você viu isso em nós, mesmo tendo visto o potencial e não a realidade. Já traduzi um capítulo, meu favorito (quando você encontra Roger e ele te leva para a casa), para mandar para eles em Salisbury. Eles vão querer mais e assim o livro inteiro terá de ser traduzido. E será. Eu o farei assim que voltar à Inglaterra e você deverá me ajudar. Agora devo terminar esta. Estou orgulhoso de ser teu amigo. Deus te abençoe."

  E mais cartas. Inclusive do Blue, o loirão que tocava violão no trem, quando puxei o alarme e com quem, mais o Jim, passamos a noite naquele sótão em Dieppe. Todas cartas saborosas no seu direito. Mas agora vou parar com as cartas e correr com a narrativa, que o social, com o avanço da agradável estação, intensifica-se e ninguém escapa.

26

De volta a Salisbury com Andrew Lovelock

Estava há dois meses na Inglaterra e ainda não tinha ido a Salisbury. Mas agora já não era como há dois anos, quando bastava pegar o trem em Victoria, fazer baldeação em Basingstoke e chegar a Salisbury, e da estação ir caminhando até a casa na Saint Anne Street com a certeza de lá encontrar meus amigos. A casa agora era a moradia de uma família convencional que nada tinha a ver com a irmandade daquele tempo. Esta agora estava mais ou menos dispersa.

Mas a fraternidade continuava, por cartas e curtas temporadas com um e outro. E as visitas de Andrew Lovelock a Acton. Numa dessas visitas Andrew chegou com um grupo de colegas da Universidade de Sussex – três rapazes e uma garota. E Andrew, tendo feito meu cartaz com eles, de que eu era esperto no melhor de Londres, incumbiu-me de levá-los a um restaurante chique, eles pagavam a minha parte. E assim fomos, os seis, na velha van de Andrew para um bistrô gerenciado por brasileiros amigos meus, em South Kensington. Ganhamos uma mesa VIP, cercada por uma clientela sofisticada e seleta à luz de velas, *nouvelle cuisine* e vinho francês.

Andrew, por natureza mulherengo, estava começando a namorar a Sue. Acho que o jantar era para impressioná-la. Um dos rapazes, cujo nome e rosto minha memória não registrou, estava entrosado num papo-cabeça com Ralph, de Cardiff. E o fabuloso Jerry (que era do Norte, de uma cidadezinha perto de Manchester) se interessou tanto pelo que eu contava que, se estivéssemos só os dois em uma ilha deserta, certamente não nos faltaria assunto.

Depois desse jantar finíssimo, onde tudo deu certo e os rapazes dividiram a conta (a minha parte e a de Sue os rapazes fizeram questão de pagar), saímos contentes e fomos bater perna no Soho. Dois dias depois, Andrew voltou de surpresa convocando-me para lhe fazer companhia numa empreitada. E lá fomos os dois, na sua velha van, estrada afora rumo primeiro a Broadchalke (um vilarejo adjacente a Salisbury), casa dos pais, que o pai ia lhe passar umas incumbências. Chegamos lá tarde quente. O pai de Andrew, com uma tesoura de podar, aparava a cerca viva do jardim.

De James Lovelock, às primeiras impressões, posso dizer: voz metálica mas agradável, musical, jovial. Homenzinho (pela estatura) saudável, animado, Jim (como é tratado pela mulher, filho, noras, genros e íntimos) me recebeu como um de casa. Disse, sorrindo, parando de podar a cerca viva:

– Alô, Bivar, já tinha ouvido falar de você.

Me pareceu muito feliz consigo mesmo. Anos depois eu ficaria sabendo mais sobre James Lovelock através da imprensa internacional, famoso por sua "Hipótese Gaia". Cientista, inventor, artista, poeta, autor de *best-sellers*, sonhador, realista e otimista, a história do pai de meu amigo conta que em 1961, aos 41 anos, foi convidado pela Nasa, na pessoa de Abe Silverstein, para fazer experiências na primeira missão lunar instrumentada. E, creio, na época em que lançara a Hipótese Gaia (de que a Terra tinha vida para, no mínimo, quarenta milhões de anos), em 1974, a Nasa o incumbiu da invenção da aparelhagem para a detecção da possibilidade de haver vida em Marte, que a nave Viking ia lá conferir. Lovelock já tinha certeza de que não havia vida no planeta, embora Carl Sagan batesse pela hipótese de que talvez sim, em pequenos oásis. Lovelock provou por A mais B que em Marte não tinha oásis, mas que, em tese, era possível da Terra levar vida àquele planeta. Lovelock escreveu sua resposta à questão, no livro *The greening of Mars*, bem recebido pela comunidade científica e pelos fanáticos por ficção científica.

James Lovelock continuou podando a cerca – como perder a vida ao ar livre em um dia como aquele?! Andrew e eu entramos. Helen, a mãe de Andrew, bem mais alta que o marido, da estatura do filho, me recebeu entre bem-humorada e constrangida, tapando a face esquerda com a mão (Andrew depois me contou que ela levara um tombo e machucara o rosto). E ali ficamos, na sala adjunta à copa. A casa, antiqüíssima no exterior (século XVII, Andrew me disse), no interior era clara, moderna, confortável e prática.

Andrew preparou um rápido lanche para nós dois e foi conversar com o pai sobre o que tinha a fazer em Cardiff. E fomos para a capital de Gales, que também nem era tão longe, coisa de hora e meia, pela rodovia.

Na rodovia Andrew me contava que estava indo buscar o equipamento e o material de trabalho da demorada pesquisa que o pai fizera no Atlântico Sul, no navio especial de pesquisas, o *RV Shackleton*.

Em Cardiff, já de posse do material do pai, Andrew estacionou a van e me levou a duas repúblicas de universitários conhecidos. Uma garota galesa, uma das namoradas de Andrew, nos acompanhou nessa longa noite em Cardiff.

Quando finalmente deixamos a capital do País de Gales, o sol não esperaria mais que uma hora para raiar na estrada aberta. Em plena rodovia, eu começava a cochilar quando algo me tocou lá no fundo do consciente para que eu me certificasse de que Andrew não fazia o mesmo.

Fazia. Andrew também cochilava, segurando firme na direção, indo direto e reto a mil por hora no asfalto. Ainda bem que aquela parte da rodovia era reta, por isso não me afligi. Em vez de assustar meu amigo despertando-o bruscamente, o toquei de leve, para despertá-lo.

Andrew a princípio não conseguia disfarçar que cochilara. Era uma de suas características disfarçar pequenos erros ou defeitos que achava insolência dos outros querer que ele assumisse. E eu, sendo doze anos mais velho, aceitava com humor seu jeito de ser. E Andrew, agora bem desperto, retrucou ao que porventura eu pudesse estar pensando:

– Você tem uma expressão curiosa e ligeiramente cômica. Mas você nunca é desconcertante. Tuas peças teatrais são desconcertantes?

Respondi que sim, minhas peças eram desconcertantes. E que o *nonsense* era a principal tônica delas. Mas que ultimamente me preocupava o fato de estar cada vez mais me deixando levar pelo *nonsense*, o que muito desagradava a crítica engajada.

Andrew aconselhou-me a não abandonar o *nonsense*, se meu gênio residisse aí. Que mais cedo ou mais tarde eu chegaria a um território mais receptivo.

Descarregamos o volumoso material de pesquisa marítima do pai e comemos o *breakfast* preparado pela mãe. Helen estava brava com o filho. Antes de irmos para Cardiff, Andrew apanhara um grande livro de flores para eu me distrair nas paradas, enquanto ele pegava o equipamento do pai. A mãe agora estava brava com o filho, porque este pegara o livro sem avisá-la, livro que ganhara do marido como presente de aniversário. E no humor de uma deliciosa *lady* de Wiltshire, elocução perfeita, Helen Lovelock ralhou com o filho:

– Se me levam as coisas, eu que já tenho tão pouco, com o que é que eu fico?!

Achei graça. Ri. Adoraria poder conviver mais nesta casa.

Depois Andrew me levou de van para visitarmos amigos em Salisbury e cercanias.

Um ano e três meses desde a última vez que me reunira a eles. E uma nova reunião me fez constatar que na Inglaterra os jovens amadurecem no tempo fisiologicamente correto. Os que entram para a vida universitária, a entrada causa neles uma mudança tão brusca que me chocou. É uma outra liberdade. Muitos também cedo se casam. Aos vinte anos, alguns até antes.

Não que casem de papel passado e no religioso; eles se acasalam, como as abelhas, as aves e os animais, conforme a vontade da natureza. (Não que no Brasil, onde nasci e cresci, isso não aconteça, que acontece. Mas no Brasil, por incrível que possa soar, me faltou a experiência de grupo na passagem da adolescência para a idade adulta.)

David Hayward me pareceu o único *celibatário*. Mas até quando? E estávamos lá os cinco, no quarto dele, na parte central e antiga da cidade: David, Roger Elliot, Anthony Chivers, Andrew Lovelock e eu. Onze horas da noite e ainda é dia de céu azul. David me presenteia com uma edição de bolso já lida de *Ring of bright water* – sobre um eremita que se isola com uma foca nos confins da Escócia à beira-mar, numa casa que encontra em ruínas e que ele restaura (o vizinho mais próximo, um adolescente, o ajuda na empreitada).

Esta noite, dormi em Broadchalke, na casa dos Lovelock. Na manhã seguinte, Andrew me soltou em Salisbury para eu passear enquanto ele ia resolver umas coisas pessoais. E eu, feliz por poder ficar um pouco livre para fazer o que mais gostava ali: do gramado circulando a catedral gótica ao passeio à beira do rio Avon, onde as musas sempre despertavam em mim o espírito de poeta e eu sentia enorme prazer em falar sozinho, vindo de tão longe para tão profundamente viver a sensação de apreender para perder. Dia de sol, pássaros tão canoros, flores tão harmoniosas, maçãs ainda verdes, namorados se amando na relva esplendorosa, cisnes flanando nas águas cristalinas do Avon. Avon chama. Avon sempre me chamará. Se chamou Skakespeare! Amor é reciprocidade. E aqui o amor está no ar. Eu o aspiro e ele me inspira.

É hora de ir ao encontro de Andrew no Wimpy Bar da rua principal. E lá Andrew me explicou, tenho a impressão, coisas da Física. A tábua dos elementos – todos os outros elementos começam com dois, mas os elétrons, todos terminam em sete. Se foi o que entendi.

Mas tínhamos outra viagem. Fomos a Glastonbury. Andrew é o único do grupo a ter um veículo motorizado, a velha van (os outros têm bicicletas), por isso dispôs-se a ir buscar os recém-casados, Paul e Taja, no *trailer* onde viviam, num acampamento hippie, na saída para a Cornualha. O casal ia gozar a lua-de-mel em um sítio de amigos nas cercanias de Stonehenge.

(Em Glastonbury foi tudo tão corrido que nem deu tempo de visitar Angela Dodkins, mas soube depois, por carta dela e outra de Bruce, que eles tinham rompido desde que Bruce voltara de Portugal e que agora estava cada um pro seu lado, temporariamente fora da cidade.)

No *trailer* de Paul e Taja, o casal nos mostrou o jornal local, bem impresso, com foto do casamento na primeira página. Aliás, era o maior destaque da primeira página. *UM CASAMENTO HIPPIE* era a manchete. Na foto, Paul e Taja bem vestidos e mui dignos, em trajes míticos: Paul, de cigano, e Taja, de noiva de pintura pré-rafaelita, vestido branco levemente bufante, guirlanda de flores silvestres, brancas, na cabeça.

E o casal pegou as coisas, fechou o *trailer* e entrou na van de Andrew, ocupando o banco traseiro. Depois de deixá-los na chácara e ficarmos um pouco lá comendo e papeando com os de casa, apressei Andrew para que pegássemos a estrada que eu não queria perder *Pandora's box*, de Pabst, que a BBC ia exibir e que eu nunca vira. Andrew divertia-se com a importância que eu dava ao filme. Ele não era ligado em cinema.

Os pais de Andrew tinham ido passar a semana fora, de modo que Andrew fez chá, fritou ovos que comemos com torradas e geléia, enquanto assistíamos ao filme. Deprimente mas interessante pelo expressionismo autêntico e pela *mítica* Louise Brooks.

Manhã seguinte, durante o *breakfast* Andrew me explicava sobre o deslocamento de estrelas e o que isso causava na Terra. Depois ele me falou da Idade do Gelo. Tudo me parecia perfeito. Andrew exercendo seu lado paternal comigo e eu, meu lado filial com ele. Porque eu me queixara de não ter aprendido sei-lá-o-quê na época em que o deveria ter feito. E Andrew:

— Nunca é tarde para começar qualquer coisa.

O que achei ótimo, porque no fundo era exatamente o que eu pensava. Um dia eu ainda estudaria piano. Depois fomos de van para Salisbury. Em casa de Andy e Barbara, esta, sentada à lareira (apagada, pois era verão), lia um conto de fadas para crescidos, cuja capa exibia um arco-íris, um vilarejo e um rio curvo e límpido com enormes maçãs vermelhas boiando. Quinze minutos de prosa e fomos à catedral. Antes do ofício, Pete distribuía o programa do serviço religioso à nova geração. E eu, entre eles, integrado à procissão, recebendo tratamento de anglicano, maravilhado pela atmosfera sagrada e profana, aceitando a última como inseparável da primeira. Ver e ouvir o coro de anjos cantando um hino sobre o despertar do dia. E a leitura de João, capítulo 1, versículo de 1 a 14: "No princípio era a Palavra, e a Palavra estava com Deus, e a palavra era Deus (...)".

Viver era, sem dúvida, uma experiência religiosa. A pureza, o desejo, a castidade, o pecado, tudo é religioso. E sensual: eu estava intumescido. Mas eu também merecia a comunhão, por isso comunguei. E me senti perfeitamente bem, com Pai, Filho, Espírito Santo e o pau duro – não tinha culpa se minha natureza era priápica. Durante duas horas após a cerimônia não fumei, não comi e nem bebi, para não macular a hóstia nesta quinta-feira, 29 de junho de 1972, 14h30.

Mudanças radicais

Nos dias em que me ausentara, José Vicente desenvolveu o *self* – isso ele mesmo me contou. E agora se sentia impecável na independência. Trabalhava sem cessar em *As chaves das minas* (que ele continuava indeciso se seria peça ou romance). Também retomei meu trabalho. E foi saindo uma peça estranhíssima. A peça não tinha mensagem mas intuito: fazer, aos poucos, bem aos poucos, a platéia, sem esta o perceber, ir sendo induzida ao sono, acabando por dormir leve mas profundamente. E a sonhar com tudo que seu inconsciente tivesse direito, sendo despertada, perto do final, tão sutilmente quanto ao sono fora levada, sem nenhum susto, aterrissando em sua própria poltrona confortável. E assim o público deixaria o teatro não com a sensação de ter jogado dinheiro fora e sim de ter tido uma experiência forte, original, perturbadora, reveladora mas sobretudo repousante.

E deixando fluir a visão interior, trabalhava com fúria cega, intuindo que, de um momento para outro, outra coisa me arrebataria e eu acabaria engavetando para sempre outro embrião de obra-prima. Telefonemas. O telefone, agora que o nosso número se espalhara, não parava. A sra. Orsmond, um dia até reparou que os dois brasileiros da cobertura estavam descendo para atender o telefone com mais constância que os outros moradores do solar.

O empresário Guilherme Araújo nos convidava para jantares e televisão em seu *flat* em Fulham. Como José e eu não tínhamos televisão em casa, os convites de Guilherme eram bem-vindos. Havia sempre uma programação interessante. Na temporada dos filmes de Pabst, assistimos a *A ópera dos três vinténs*, com Lotte Lenya. Guilherme, eu notava, parecia atravessar fase conflituada. Como empresário de Caetano

Veloso e Gilberto Gil, não fazia sentido ele continuar na Inglaterra, já que seus contratados, depois de dois anos e meio no exílio, estavam novamente integrados à cena brasileira. Guilherme preparava a própria volta. Estava de namoro recente com um moço que conhecera em sua última viagem ao Rio. Quando deixaram o Brasil, Guilherme nos contou, a família inteira do namorado foi à despedida, no Galeão. Para o Guilherme aquilo foi emocionante, a família do moço parecia fazer gosto do namoro. Mas, assim que chegaram a Londres, tudo mudou e Guilherme passou a sofrer com a indiferença do rapaz. Todas as vezes em que Zé e eu íamos visitá-los, até parecia marcação teatral – o garoto passava todo o tempo adorando a própria imagem refletida e multiplicada nos vários espelhos da sala de Guilherme.

E o social não parava. Mesmo para quem não a freqüentava muito, feito eu, a vanguarda brasileira exilada em Londres era uma elite animada que não poupava festas. Mas voltando ao assunto Brasil, se a situação lá nos fosse favorável, por certo não estaríamos nos *dissipando* em Londres. No mais, me acudia uma espécie de radar pessoal que me dava uma certa direção, sintonizado (para usar uma terminologia radiofônica) não só com o que estava acontecendo, mas com o que ia acontecer em breve e nos anos seguintes.

As notícias do Brasil continuavam desanimadoras. Algumas trágicas, irreparáveis. Nesta fase, um sábado, passeando pela Portobello Road, José Vicente e eu encontramos o cineasta Bigode com o ator e lobo-do-mar Arduíno Colasanti e sua mulher, Aninha. Os três passavam alguns dias em Londres, vindos da Índia, onde esticaram depois do festival de cinema na Austrália, do qual os três e mais Leila Diniz participaram como delegação brasileira. Acabado o festival, o trio chamou Leila para irem à Índia, mas a atriz, que se tornara mãe recentemente, preferiu não ir – estava ansiosa para voltar ao Rio e à filha. E o avião que levava Leila explodiu mal deixando a Austrália. A jovem atriz, musa dos anos rebeldes, sempre alegre, amorosa e fraterna, transmitia uma imagem de mulher livre e prenhe de vida. A última imagem dela que guardo era a de Leila Diniz grávida, rindo às bandeiras despregadas, ao lado de Vera Barreto Leite, assistindo Nélia Paula na minha peça *Longe daqui aqui mesmo*.

Bigode, Arduíno e Aninha ficaram sabendo da morte de Leila em Londres, no apartamento de Maria Gladys, que era uma espécie de central telefônica de nossos amigos brasileiros na cidade. A notícia da morte de Leila Diniz nos arrasou.

28

Rock and rouge

Agora devo narrar uma mudança, uma explosão no *zeitgeist* acontecida durante os meses em que moramos na cobertura em Acton. Em suma, era a velha história da evolução da arte: o surgimento de um novo movimento em oposição agressiva ao prevalecente.

O consumo musical jovem – do adolescente ao universitário, passando pela juventude trabalhadora –, desde os anos 50, com o advento de Elvis Presley, era rock and roll. No terceiro ano da década seguinte, quando o rock parecia agonizar foi retomado com energia nunca antes vista, graças aos Beatles. E cresceu com dezenas de bandas dos dois lados do Atlântico, nos países de língua inglesa, desaguando, em 1967, carregado de psicodelismo, nos festivais onde a tônica era paz e amor. Até que a década chegou ao fim e John Lennon, de porta-voz, chamou a atenção de todos para o fato de que o sonho acabara. Como tal sonho fora maior que a vida, uma vastidão de sonhadores continuou se alimentando do que do sonho restara. A música, embora agora francamente comercial, servia pro gasto, mas a atmosfera parecia como que bombardeada de decepções. De modo que, no segundo ano da década de 70, uma nova e enérgica onda desaguava, explorada pela indústria fonográfica. Essa onda ganhou da imprensa especializada o nome de "Glamour Rock".

Agudamente perverso, teatral e explícito, o *glam rock* – como foi sintetizado – contava com talentos geniosos como David Bowie, Lou Reed e Roxy Music (nas pessoas de Bryan Ferry e Brian Eno), entre outros. A tônica era pós-moderna – bebia diretamente de fontes passadas: Hollywood, Andy Warhol, Jean Genet... De modo que no verão de 1972, o que passava a prevalecer não era mais a doce androginia campestre de anjos de catedral, mas o *glamour rock*, o primeiro, no seu alegre e depravado inferno artificial, a provar que o sonho realmente acabara e o que agora rolava era uma doida *masquerade*. Era a ambissexualidade declarada. Cinismo e deboche. A nova ordem era entreter e confundir. *Cabaret*, o musical passado em uma Berlim durante a ascensão de Hitler, estrelado por Liza Minnelli e Joel Grey, estava pronto para ir às telas na próxima estação e lançar a moda "divina decadência". E ainda, na onda neodecadente, *O último tango em Paris*, de Bertolucci, com Marlon Brando e Maria Schneider, manteiga como lubrificante sexual, filme programado para estrear brevemente em Paris. *Laranja mecânica* e *A morte em Veneza*, lançados meses antes, também se inseriam no contexto desse *glamour*.

Lumpens, traficantes, drogados, biscates, fatalistas, o novo sonho vinha travestido de pesadelo. Bowie, Reed e Eno disputavam o mesmo maquiador, Pierre La Roche. O movimento ganhou da imprensa (ensandecida com todo o novo material de que dispunha para encher páginas e páginas) o apelido de "Rock and Rouge".

Os quatro LPs que tínhamos em nossa *penthouse* até então haviam dado pro gasto. Mas agora, com a urgência da nova onda, não podíamos esperar até que os discos de Bowie e Reed chegassem aos sebos, compramos os que existiam no mercado. Zé comprou o *Hunky Dory* de Bowie (enquanto aguardava o lançamento daquele que iria explodir com tudo, o *Ziggy Poeira-de-Estrela e Os Aranhas de Marte*) e eu comprei o primeiro LP solo de Lou Reed. Ambos deixavam a desejar, mas eram cheios de picardia, revelações e... *glamour*. Na capa de seu LP, ninguém diria que Bowie era homem, parecia a Lauren Bacall. Bowie era irresistível e não havia como não compreender, aceitar e até aplaudir o lado perigosamente *bitch* da persona que agora ele revelava (Bowie afirmava ter conhecido a esposa, Angie, através do homem com que ambos estavam se encontrando). Subversivamente, Bowie, Reed e Ferry ajudavam toda uma legião a botar suas personas similares fora do armário). Mas se a coisa ficasse só nesse tipo de piada gay, David Bowie estaria até hoje no *underground*. O que fez com que estourasse foram as músicas com temas dirigidos ao gosto de molecada fascinada por tudo que tivesse apelo intergaláctico, como *Starman*. A letra desta dizia: "O homem da estrela está no céu esperando / ele gostaria de descer e estar com a gente / mas tem medo de nos pirar / (...) / Não conte pro papai / que aí o papai vai querer te prender em casa". Mas o real estouro de Bowie foi o *Ziggy Stardust* (primeiríssimo lugar nas paradas durante meses e forçando o relançamento de todos os outros LPs do cantor/poeta encalhados por vendagem medíocre desde a década de 60). Em *Ziggy*, Bowie aparece como um andróide-andrógino pervertido que faz amor com o próprio ego e comete vários suicídios-rock (sic). Com os cabelos tintados de *henna*, sobrancelha depilada, Bowie aparece na capa com uniforme de guerrilheiro estilizado e na contracapa como puta. Mas estes detalhes só quem percebia eram os iniciados, porque a garotada embarcava mesmo era no novo herói intergaláctico. Letras paranóicas e céticas. *Five Years*, por exemplo: "Deu nos meios de comunicação / temos apenas cinco anos / a Terra está realmente morrendo – que surpresa!" e, definitivamente, em *Star*: "Um foi lutar em Belfast / outro ficou em casa passando fome / mas eu posso ganhar a vida / desempenhando as mutações / no papel de estrela do rock".

Lou Reed não tinha o assanhamento de Bowie, mas passava o humor sinistro das criaturas da noite de Nova York, onde morava. E uma noite, na primeiríssima aparição de Reed em Londres, fomos José Vicente e eu assisti-lo, quase às três da manhã, no palco improvisado de um cinema decadente em King's Cross. Uma banda de quinta o acompanhava, Lou, inseguro, suava em bicas, sob o *make-up* misto de Theda Bara e Vampiro de Dusseldorf. E eu ali, de pé, cotovelos grudados no palco, *sacando* o novo mito. O show deixava a desejar, mas vi em Lou Reed um artista de gênio, o lado sombrio do *glam rock*. Enquanto Bowie se mostrava ansioso para reformar o mundo (no espírito ditatorial fascista), Reed pouco se lixava que o mundo se fodesse.

E a grande festa da coroação do movimento não poderia ter escolhido lugar mais apropriado: o lendário (e agora decadente) Café Royal, famoso por ter sido, na era vitoriana, palco do brilho paradoxal de Oscar Wilde, entre outros brilhantes. A festa, na verdade, era para promover o novo disco de Bowie, o *Ziggy Stardust & the Spiders from Mars*. E já que tanto Bowie quanto Reed eram contratados da RCA Victor, a festa foi bancada pela gravadora e contou com a presença da fina flor do estrelato pop, inclusive Mick Jagger (que aliás, dois anos antes já usara batom, no filme *Performance*, merecendo a alcunha de "pai do Glamour Rock"). Em uma das fotos para a divulgação, Jagger aparece fazendo cara de pseudoperplexo à vista de *La* Reed e *La* Bowie se beijando na boca. Num outro canto, Angie (mulher de Bowie) tricotava com Bianca (mulher de Jagger). Reed não era casado.

Actonianas

Se a nova onda era glamorosa, nossa vida na *penthouse* em Acton coruscou ainda mais quando o Zé trouxe para morar conosco um outro glamuroso a seu modo, um brasileiro, um caçula do time de jornalistas talentosos que muito havia contribuído para o charme que um certo jornal esbanjara em São Paulo na década de 60.

Com a explosão do desbunde, alguns desses jornalistas talentosos partiram para o *cair fora* e, assim como nós autores e artistas, muitos buscaram o exílio. Esse rapaz que José trouxe para morar conosco chamava-se E. e tinha, no diminutivo, o apelido de T. De modo que aqui vou tratá-lo por ET.

De modo que agora, com José Vicente, eu e ET, a *penthouse* passou a me fornecer matéria para escrever um livro de contos, ao qual, antes mesmo de começá-lo, dei o título de *Actonianas*. Título que José Vicente aprovou como "genial".

Ao trazer ET para coabitar conosco, José Vicente estava sabendo a quem abria a porta. Sim, porque de acordo com a nova onda, Zé e eu agora experimentávamos o *alien* em nós mesmos, e ET, como o próprio codinome indica, em muito contribuiria para a performance.

ET desprezava o rock. Gostava de música erudita. Tornara-se sócio de uma das bibliotecas públicas de Londres, da qual tomara emprestado LPs de Telemann (*Blaserserenade*), o *Quarteto do imperador*, de Haydn, de Mozart o *Quarteto da caçada*, assim como *A paixão de São Mateus*, de Bach (com a Orquestra de Câmara de Heidelberg mais soprano, coro etc.). Como gênero musical, a música erudita trazida por ET deu um outro glamour ao velho toca-discos que eu comprara numa barraca de legumes e cuja agulha ultimamente andava mais acostumada ao *glam rock* citado no capítulo anterior.

Não só na música o nosso ET era erudito, na literatura também. Lia as obras completas de Bertrand Russell – mas poucas páginas por dia, ET era mais de rua. E descíamos à High Street de Acton, onde o apresentei a uma turma de adolescentes liderada pelo garboso Terry, turma que me adotara como uma espécie de adolescente tardio mas aceitável.

Nessa coisa territorial de turma, o Zé Vicente tinha a dele, da qual era o forasteiro absoluto. Na turma do Zé eu não me metia porque já tinha a minha. Um dia, levei o José para conhecer minha turma mas ele, não sentindo a menor afinidade, desprezou. (Digamos que a dele fosse realmente uma turma, enquanto a minha fazia mais o gênero gangue.)

Também levei ET, mas senti, pelas vibrações, que ele, nela, jamais seria aceito. É que ET era muito afetado e um dos garotos, não admitindo petulância, o agarrou pelo colarinho e o encheu de porrada. O pega-pra-capar só não teve maiores conseqüências porque, com meia dúzia de palavras calmas e plenas de juízo, consegui conter a fúria assassina do agressor. E isso em pleno dia na High Street.

Uma tarde, estávamos cada um no seu quarto escrevendo, José no dele e eu no meu, quando soou a campainha. Eram dois policiais, jovens e polidos, tipicamente ingleses. Vieram nos entregar ET, que fora preso saindo com dois iogurtes do supermercado indiano da High Street. Os policiais nos convocaram ao distrito para o julgamento de ET. No dia seguinte, à hora marcada, para lá marchamos os três. No distrito, ET foi separado da gente. Um guarda o levou para o banco dos réus enquanto ao José e a mim foi indicada a platéia. Começou a sessão quando entraram em cena três juízes cuja liderança era exercida por uma juíza inglesa ossuda e durona. (Agora a memória não colabora, mas tenho a impressão de que o trio usava aquelas perucas do tempo do Belo Brummell.)

ET era o acusado. O acusador era o indiano dono do supermercado. ET estava agora de pé sobre uma plataforma que o elevava a tal nível que até os juízes ficavam em nível inferior. A vítima (o indiano), num plano entre ET e os juízes.

Acompanhava o indiano um dos dois policiais que na véspera levaram ET à nossa casa. O policial agora segurava os dois iogurtes, um em cada mão, à altura dos mamilos.

A juíza, depois de ouvir a história contada pelo indiano e ver os iogurtes, pensando em tudo mas não transmitindo nada, voltou a cara friamente na direção de ET. Encarando-o, perguntou-lhe se era verdade a versão do indiano – de que ET roubara os dois iogurtes –, depois de ET ter jurado sobre a Bíblia dizer a verdade e só a verdade.

Na platéia, José Vicente roía as unhas de nervosismo enquanto intuía que ET, mesmo tendo jurado sobre a Bíblia dizer só a verdade, *cagaria fora do penico*. Num posto tão alto, esquecendo-se de que ali era o acusado e achando-se a estrela de um filme que, em sendo ele o protagonista, estava destinado a um final de Joan Crawford, ET, meio que ignorando a todos, inclusive a juíza inglesa, e mais representando para mim e pro Zé, respondeu, com a petulância que lhe era peculiar, que não roubara, que em seu lugar de origem era natural, quando se estava com fome, e avistando iogurtes, pegar quantos fossem necessários e sair do empório com eles, numa boa.

A juíza deu uma martelada na tampa do móvel frente ao qual estava assentada, levantou-se e, imitada por seus dois assessores, retirou-se indignada como quem não está ali para perder tempo com tão amadora insolência.

Eu e o Zé ficamos chocados. ET, do alto de seu pedestal, nos olhou maroto como que pedindo cumplicidade no que ele acabara de aprontar. Mas encontrou em nossas caras expressões ainda mais furibundas que a da própria juíza. Que papel! Oscar Wilde já não fora exemplo de que com a corte não se deve fazer-se de engraçadinho? E foi o que se viu: para encerrar a sessão, voltam a juíza e os dois assessores. E o veredicto foi: ou ET pagava uma multa de dez libras ou iria para uma penitenciária inglesa por tempo indefinido.

Para pagar a multa ET não tinha um tostão. E, para socorrê-lo, eu menos ainda. De modo que sobrou para o Zé

Vicente, que, naqueles dias, era o único que ainda dispunha de certa quantia.

Mas a coisa não foi assim tão simples. Após o veredicto nem José tinha ali no bolso a quantia e menos ainda ET sabia se José a tinha em casa ou no banco. E assim o culpado foi posto provisoriamente em uma cela mínima ali no distrito mesmo. E ali ficaria até às cinco horas da tarde, quando encerraria o prazo do impasse de pagar ou não a multa. Caso não fosse paga, nenhum dos três sabia para onde ET seria enviado. Até perguntamos, mas no distrito ninguém soube nos informar.

Os guardas permitiram que Zé e eu fôssemos falar com ele, e ET, atrás das grades, segurando-as com ambas as mãos, agora sim pondo verdade na interpretação, apavorado, implorava que o tirássemos de lá, que pagássemos a multa que depois, ele jurava, nos reembolsaria.

Falei que não tinha um tostão (e não tinha mesmo). José mentiu que também não tinha. E ambos falamos – José bem bravo – que iríamos rodar Londres para ver se, antes das cinco, encontrávamos alguma alma caridosa que topasse nos emprestar a quantia. ET ficou lívido. E saímos. Ainda tão indignados quanto a juíza inglesa.

Na rua, Zé ia esmurrando o vácuo, puto da vida com a performance de ET no julgamento. Tínhamos ainda quatro horas para voltar ao distrito e pagar a multa. Daí sugeri – e Zé achou ótimo – deixarmos ET sofrendo até o último instante – ele imaginando que a gente não voltaria e que depois das cinco seria levado para alguma penitenciária desconhecida e lá permanecendo eternamente esquecido – para aprender a não mais *pisar na bola*.

E só às cinco para as cinco em ponto voltamos ao distrito, José Vicente com as dez libras da multa. ET foi solto e na rua, a caminho de casa, teve de ouvir poucas e boas. De modo que na manhã seguinte ele saía à procura de emprego. Como era bem-apessoado, dois dias depois encontrou um, de *bartender*, no pub de um hotel no interior, para onde foi, a contragosto.

A temporada de ET em nossa cobertura até seu julgamento e ida para o interior foi relativamente longa, de modo que aqui, nas minhas memórias dessa fase, toda vez que eu narrar algum episódio, ele certamente estará presente.

Eu não tinha dinheiro mesmo. *Longe daqui aqui mesmo* não fora bem na temporada paulistana e sempre que agora escrevia pedindo dinheiro à SBAT eu o fazia constrangido por estar fazendo rolar uma dívida que mais tarde teria que muito suar para pagar.

Já o José Vicente, não. Sua formação básica de mineiro e seminarista, acostumado a ver o dia de amanhã com certa desconfiança – além de suas peças faturarem mais que as minhas –, tinha, em São Paulo, um parente na Bolsa de Valores que aplicava o dinheiro dele em ações, tirando José o mínimo para o conforto espartano de sua temporada no exílio.

De modo que em Acton vivíamos agora dias de poucas rosas e nenhum vinho. De fome José não nos deixava morrer. Mas também não muito mais que isso. Às vezes ele me emprestava dez libras. Eu as fazia render ao máximo, desde o tabaco barato aos truques de burlar o metrô. No mais, fazia vista grossa ao passar por vitrines de guloseimas. Um *fish'n'chips* por dia já me fazia estender as mãos pro céu, agradecendo pelo mais do que merecia.

E assim, como José agora nos evitava por conta de nossa penúria, restava a mim e ao ET a companhia um do outro. ET e eu chegáramos a ponto de sair catando guimbas de cigarros na calçada. Chegando em casa, desmanchávamos as guimbas selecionando o tabaco aproveitável, com o qual enrolávamos baseados com o haxixe da lata do próprio José, que se esquecera de escondê-la antes de sair.

No meio de uma dessas manhãs, descendo a Cumberland Road com ET, este pediu um cigarro a duas mulheres que fumavam e conversavam – uma do lado de dentro de seu jardim e a outra do lado de fora, na calçada. Irritadas por terem sido interrompidas no papo eletrizante, negaram com veemência e continuaram entretidas uma com a outra. Mas no mesmo instante passou um cavalheiro e na frente das damas pedi a ele um cigarro. O moço fez questão que eu aceitasse dois *Benson & Hedges*, um pra mim e o outro pro ET.

E fumando, ET e eu rumamos ao parque onde, ainda fumando, cada um foi pro seu lado. O sol se mostrava preguiçoso entre nuvens rarefeitas num céu azul-pastel. Procurei um espaço aprazível ao sol e sobre a grama me espalhei, tirando antes do bolso meu bloco de papel e a caneta esferográfica para anotar o que me inspirasse. Um jardineiro aqui e outro ali conversando com crianças e velhos. Aquilo me parecia lindo. Mas aí a poesia me escapou. E toca voltar pra casa. Ao passar pela esquina da Myrtle com a Shakespeare Road, parei para assistir a uma filmagem. Cinderela suburbana vestida de noiva, damas de honra (a barra do vestido de uma delas estava descosturada), ator vestido de policial mascando chiclé. E lá vinha o Steve carregando uma caixa de compras, inclusive uma galinha. Me sabendo na penúria, Steve pergunta, sorridente, malicioso, cínico mas fraterno:

– Você REALMENTE gostaria de fumar um cigarro?

Como não aceitar? Steve me ofereceu um *Embassy*. E subimos a rua conversando, ele me contando que os negócios de compra e venda de desmanche de carros estavam indo bem. Na próxima semana até ia à França buscar um.

Naqueles dias, tendo recebido um adiantamento da SBAT, pago o aluguel e o que devia ao José Vicente, tratei de comprar meu ingresso para um evento muito especial que ia acontecer no sábado: os maiores nomes da primeiríssima geração do rock, todos americanos, iam se apresentar no maior *revival* jamais acontecido até então sobre a face da terra. Bill Haley e alguns Cometas, Little Richard, Chuck Berry, Jerry Lee Lewis, The Platters, Bo Didley, Fats Domino e alguns outros. Era um evento cultural imperdível, uma chance única de ver de uma só vez praticamente todos os originais do rock que haviam feito a alegria dos meus quinze anos.

Fui. Era no estádio de futebol de Wembley. Ao chegar ainda pude ver Chuck Berry acabando de descer de um carro, sendo recebido por um pequeno fã-clube à entrada dos artistas. Alto, magro, camisa florida, elegante nos seus mais de cinqüenta anos, um dos meus três favoritos do evento (os outros, Jerry Lee Lewis e Fats Domino). O estádio estava repleto, mas não tão repleto que fosse difícil encontrar um bom lugar no gramado próximo ao palco. No palco todos foram ótimos.

Uma outra vez, fui passar a tarde inteira com José Vicente na National Gallery. Lá, cada um foi para um lado. Em cada sala eu permanecia o bastante para apreciar os quadros que me despertavam maior interesse. Turistas comentam o óbvio a respeito de *Girassóis* de Van Gogh; em outra sala a ingênua *Angélica* de Ingres fazia pose, enquanto *Ruggiero*, com sua lança pesada e mortal, executava o dragão. E outras salas, outras escolas... Bacanal na Arcádia. Peitinhos de querubins. Ninfas, efebos, sátiros... Portos, marinhas, entardeceres. Trigos e joios. E árvores, riachos, pontes, castelos... Terá sido pura idealização idílica ou essa parte do mundo era mesmo assim? E mais outra interpretação da *Adoração dos pastores*, desta feita por Poussin. Em uma sala do século XVIII, de chibata na mão e furioso (e que lindo o traje cor de vinho), *Cristo expulsando os mercadores*, de El Greco. Aos pés do quadro, limpando o chão desta sala da National Gallery, um hippie faxineiro. Tão 1972!

– Por que a Conceição é imaculada? – pergunta uma americana à colega. Esta, como resposta, solta um suspiro enfastiado seguido de um gemido de angústia. E não responde. E depois de correr outras salas e outras escolas, reencontro José Vicente na livraria do museu comprando uma reprodução da *Toalete de Vênus* de Velázquez. Fascinado com as nádegas da Vênus, José comprou o pôster para pendurá-lo na parede de seu quarto.

A mim nem passava pela cabeça pendurar pôster na parede do meu quarto. Já estava feliz com o quadro vivo que era a minha janela dando para os quintais. Parar de vez em quando a escrita e voltar os olhos para o gramado onde, por exemplo, dois adolescentes jogam bola e uma menina cata gravetos sob o plátano frondoso. De repente, um dos adolescentes, com uma vara na mão, montando sobre o outro, dá-lhe varadas no traseiro. E o jogo muda, agora é o outro adolescente, o louro, cabelos curtos, tênis roto, calças carmesim esgarçadas, quem está por cima. Rolam, brigam, o louro vence, separam-se, o louro vencedor sente-se culpado por ter vencido, pega uma revista e finge ler esperando o outro vir puxar prosa e ficar de bem. A menina passa por eles, agora recolhendo roupas do varal. As nuvens escondem o sol, mas o vento as leva e o sol reaparece. Então, para que pôster na parede?

Mas daí Gilda Grillo ligou de Paris avisando que vinha resolver algo em Londres e que era para a gente, tal dia e tal hora, esperá-la em casa que ela vinha nos ver. E veio. Que linda a Gilda, linda e loura. A visita foi curta, mas deixou marca positiva. Gilda nos pôs em brios: já que no Brasil nossa carreira era inviável (ainda) e Londres não estava interessada no teatro que se fazia no Brasil, por que não Paris? Em Paris teríamos chance. A peça de José Vicente fora bem recebida, principalmente pela crítica de esquerda.

Gilda voltou a Paris e semanas depois me enviou um cartão-postal: "Bivar, foi maravilhoso reencontrá-lo. Pena que foi curto. Gostaria que me mandasse a tradução inglesa de *A passagem da rainha*. Tem gente querendo ler *tout de suite*. Se vocês quiserem vir a Paris e ficar no *studio* estão convidados. *Love & kisses*, Gilda."

A visita e o cartão-postal de Gilda Grillo significavam que nossos dias de Inglaterra estavam contados. A França nos exigia. Mas decidimos retardar no mínimo um mês nossa partida. Estávamos sem dinheiro algum. Zé esperava os quinhentos dólares pelo direito de sua peça *O assalto* que estava para ser radiofonizada em Helsinque. Eu, nada em cartaz donde dinheiro proviesse. Pedia adiantamento à SBAT mas com cautela, pois não queria, depois, ter que me suicidar por conta de uma dívida impagável. Além do que, era lei no Brasil, cada brasileiro no exterior podia receber apenas trezentos dólares mensais. Mas nada era problema porque minha maior qualidade era viver praticamente de brisa e ser feliz.

De modo que estávamos sem um puto. José ainda tinha pro cigarro. Tínhamos ainda um pouco de haxixe e papel de enrolar. E mais nada na despensa. Nem chá. Açúcar sobrara um pouco. A geladeira absolutamente vazia, mas, como o gás era de rua, o fogão ainda funcionava.

Anoitecia. Não tínhamos comido nada. Olhamos um para o outro e na cruzada de olhar lampejou uma chispa mística. Lembrei-me que em algum lugar num dos armários vira dois dentes de alho. Achei-os. José pegou dois pratos e duas facas. E colocou um alho sobre um prato, para ele, e outro sobre o outro, pra mim. Daí eu me lembrei também que no jardim tinha um vistoso pé de menta cítrica, que a zeladora plantara.

– Põe a chaleira pra ferver que vou lá pegar umas folhas – falei. E desci correndo os lances da escada até o jardim. Apanhei as folhas, subi e fiz o chá.

E silenciosamente, instintivamente ritualizamos. José era um ritualista nato. Descascamos os nosso alhos e os picamos miudinho, passando a seguir um tempão mordiscando suas lascas e sorvendo o aromático e saboroso chá.

Foi tão *mágico* que nos sentimos orgulhosos e saímos no dia seguinte contando para os nossos amigos da casa. Steve exclamou:

– Mas alho é tão anti-social!

Os outros reagiram menos cinicamente. Era fim de mês e eles também estavam duros. Na hora do jantar, subiram todos à cobertura. Um trouxe um resto de peixe, outro a última batata, um resto de refresco, outro o chá do fundo da lata. E enquanto um descascava e outro fuçava atrás de panela, todos riam muito no preparo do jantar.

No dia seguinte, o correio trouxe da Finlândia o dinheiro que José esperava e, não demorou, do Rio a SBAT enviou os meus trezentos dólares.

Toda a sensualidade que os belos dias proviam eu a passava ao papel nos meus contos actonianos. O parque de Acton, esplendor na relva, o clamor do sexo intumescido, namorados, amantes, ginastas, operários, senhores, velhos, mães, crianças subindo em castanheiras, borboletas pondo ovos, flores... E mais tarde no meu quarto escrevia, como que sacrificando à Vênus a memória dos instantes divinamente apreendidos.

Gilda telefonara dizendo que, de todos os textos teatrais brasileiros modernos lidos por uma tradutora do núcleo que ela ia formando para dar continuidade ao projeto de encenar o censurado teatro brasileiro em Paris, o que despertou neles mais entusiasmo foi a minha *A passagem da rainha*. E que eu precisava me mudar para Paris imediatamente a fim de ajudar na tradução para o francês. E que José Vicente também devia ir, para cuidar dos interesses dele, já que tivera ali um bom começo com *Les convalescents* não fazia nem três meses.

Assim, acertamos com mr. Tofield, entregamos as chaves, agradecendo-lhe pela paciência que tivera nas vezes em que atrasáramos o aluguel e pela felicidade que sua *penthouse* nos proporcionara. Olhei meu quarto pela última vez antes de juntar os trastes na mochila e partir. E logo tomávamos o trem para Dover.

30

La Reine du Monde

À luz diurna de uma terça-feira (8 de agosto), o barco adentrando as águas densas do Canal da Mancha deixava para trás os brancos rochedos de Dover. O sentimento era de que perdia o paraíso e, agora sim, iria conhecer o exílio. Como seria viver em Paris sem dinheiro? E as pessoas com as quais conviveria, como seria o convívio? O barco chega a Calais, o trem até Paris, e direto vamos, José e eu, à residência de Gilda e Norma, no 18º *arrondissement*. O apartamento era na verdade um *studio*, um quarto-e-living amplo de teto alto e enormes vidraças; a cozinha também ampla, assim como o banheiro – este, então, era uma verdadeira sala de banho. As duas me pareceram ótimas.

Nos primeiros dias, ficamos com elas, depois Gilda nos arranjou uma mansarda pertencente a Stéphanie, uma jovem atriz que estava em giro pela província num elenco do Teatro Nacional Popular. A mansarda ficava atrás do Palais-Royal. Nem Cinderela em Paris sofreria tanto naqueles seis andares de escada. Não dava para descer e subir mais que uma vez por dia, de modo que Zé e eu passávamos ou o dia dentro ou o dia fora. Tipo só voltar para dormir ou só sair para não voltar tão cedo.

Minha primeira constatação foi que em Paris o espírito latino era forte. Havia muito brasileiro e brasileiro político de esquerda, o que tornava cansativa a insistência do discurso. E sendo Paris uma cidade que continuava mexendo com costura, nela, agora, para dizer a verdade, eu estava, por assim dizer, desconfortavelmente metido em *camisa-de-força* e *saia justa*.

Meus parcos dólares foram embora num zás-trás. Se não era levado por Gilda e Norma a jantares e banquetes, eu vivia de baguete, queijo e vinho *ordinaire*. Quando José Vicente não ia para um lado e eu pra outro, passeávamos juntos e sentávamos em algum café. Café, cigarro, cartas, *spleen*... Aos poucos ia me adaptando. E pairava a idéia de ser lançado internacionalmente. Para isso Gilda já me colocara a trabalhar com a tradutora, Jeaninne Worms.

A esta altura, pouco me interessava o teatro fechado dentro de um teatro. Só me dava tesão o não-teatro, a rua, pessoas comuns que *eram* e não representavam. A vida é que era espetacular. O teatro tornara-se pequeno. E era um sacrifício ter que ir em frente com ele. Acho que foi por conta desta "insatisfação" que madame Worms "captou" o espírito do meu texto. A bem da verdade, A passagem da rainha teria causado seu impacto na hora e no ano certos, 1969, e no Brasil, ainda envolto na nuvem de poeira deixada pela passagem da soberana inglesa pelo país no ano anterior. Mas lá a censura vetara o texto e encená-lo agora, em Paris, depois de ter vivido mil outras vidas, era, antes de começar, um sacrifício.

Mas não havia *parti-pris* que resistisse depois de ter sido apresentado à tradutora. Jeaninne Worms era esnobe e descolada. Casada com banqueiro. O casal e o filho único moravam na rua tida como a mais grã-fina de Paris, a Rue du Faubourg Saint-Honoré. O apartamento dos Worms ocupava todo o topo do prédio. E *tinha* elevador. Porque em Paris tinha muito essa coisa de prédio ser até muito chique, antigo e estar bem localizado, mas *não ter* elevador, de modo que, ao chegar lá em cima, o coitado perdeu o fôlego. Mas o apartamento de Jeaninne tinha elevador, o que muito me facilitava na tarefa diária de ir lá ajudá-la na tradução.

Jeaninne era tão chique que tinha até mordomo gay devidamente uniformizado. Ela me convidava e eu a acompanhava ao ensaio geral de peças onde conhecidos seus atuavam. Filmes especiais e jantares em pequenos restaurantes, era Jeaninne me convidar e eu topar. Não cheguei ao desespero de me perguntar "que é que tô fazendo aqui?", porque o sabia muito bem. Por outro lado, o trabalho de tradução em sua residência era um prazer. Não só por ela me convidar a ficar, fosse para o almoço ou para o jantar, mas sobretudo porque a peça era minha e eu a assistindo sendo vertida para o francês me divertia, fazendo, aos poucos, renascer o antigo entusiasmo pelo [meu] teatro. Mulher esperta e de raciocínio ágil, Jeaninne me fazia objetivar suas dúvidas quanto às intenções de minha lógica absurda e, entendendo tudo ainda no meio de minha explanação, ela me *editava*, tirando de letra. E minha peça sendo absurda e Jeaninne ela própria uma autora de teatro do absurdo – era amiga de Ionesco e Samuel Beckett –, nos demos muito bem.

No gabinete de trabalho dela, cigarros de muitas marcas – seu cardiologista mandara que ela não fumasse cigarro de mesma marca um depois do outro e sim um após outro, cigarros de marcas variadas. Jeaninne fumava que só uma chaminé. Feito eu, aliás.

E o texto de *A passagem da rainha* em francês ia ficando tão esnobe e afetado, que, rindo comigo mesmo, eu mal acreditava. Dizer que estava ficando delicioso é pouco. E mais para o fim, repugnante. É que a moda da próxima estação apontava para filmes e peças que mexessem com canibalismo. Jeaninne sugeriu-me que escrevesse uma cena na qual o personagem *leitmotiv* fosse literalmente devorado pelos outros personagens, tomados por uma gula sexual tamanha, dele não poupando nem as vísceras.

Eu, que nunca vestira a carapuça de autor maldito, tive que apelar para uma concentração tão violenta que, tomado pela persuasão da tradutora, escrevi uma das passagens mais estranhas de toda a história do teatro universal. A cena ficou a cara da Jeaninne. E ela adorou.

É lógico que gosto de ver a peça no palco, os aplausos, as escapadas que os *royalties* proporcionam, mas nem os *royalties* me davam prazer maior que a aventura de escrever a peça, começar sem saber de onde, deixar os personagens livres para eles me surpreenderem com seus próprios atos. Na verdade o prazer, nas minhas peças, estava sempre no começo e no meio (principalmente no meio). O final, os personagens deixando para mim a mais difícil das tarefas, a de resolvê-los, eu quase sempre apelava para a solução mais imediata, a do *deus ex machina*. Mas em *A passagem da rainha* eu resolvera magistralmente o final: ninguém jamais descobriria o crime, praticado pela família burguesa que, em concílio, prometia a si mesma emendar-se. Era óbvio tratar-se de uma farsa. Aquela gente jamais se emendaria.

Paris sempre foi uma festa, uma multiplicidade de pequenos acontecimentos. No dia 26 de agosto, por exemplo, teve o aniversário do célebre ator Laurent Terzieff. Ele e Anne Head, a charmosa inglesa correspondente em Paris do *Observer* londrino, estavam de namorico. Anne Head era muito amiga de Gilda e Norma, que estavam viajando. Norma tinha ido a Munique e Gilda para Nova York, de modo que, nenhuma das duas podendo comparecer ao jantar, fomos nós, seus representantes, no caso, eu, José Vicente e Marcos Flacksman.

Anne Head vivia num estúdio espaçoso e o jantar era para nove pessoas. Éramos: o ator Laurent Terzieff, o cineasta Barbet Schroeder, a atriz Bulle Ogier, a mitológica cantora Nico e seu atual namorado – o muito jovem diretor *underground* Philippe Garrel –, Zé Vicente, Marcos, eu e a dona da casa.

Barbet enrolou vários baseados de haxixe. Anne e Terzieff dispensaram. Os outros, não. Depois foi servido o jantar e a graciosa Bulle ofereceu-se para fazer o meu prato, o que me deixou encantado, pois Bulle estava em cartaz – o filme *O discreto charme da burguesia*, de Buñuel, no qual atuava, era um dos favoritos da estação. Quanto à lendária Nico (que primeiro se tornara conhecida por sua aparição em *La dolce vita*, de Fellini, e, depois, pelas mãos de Andy Warhol, tanto no cinema em *Chelsea girls* como em disco, no célebre *Andy Warhol's Velvet Underground and Nico*), continuava bonita embora lasseada; não perdera o timbre grave e misterioso que só ela possuía. Sentada no assoalho, *chupada*, Nico devorou sozinha um frango assado inteiro.

Nesse ínterim, chega em Paris Isabel Câmara. Era a primeira vez que saía do Brasil, Isabel não era de viajar. Mas agora viajou, para não perder a passagem ganha com o Prêmio Molière como melhor autora do ano, por sua peça *As moças* – e também porque seu caso com Clara Maduro passava por uma crise aguda. Em Paris, Isabel foi hóspede de Norma e Gilda.

Norma, agora muito solicitada pela Holanda, desde que primeiro saíra seu perfil na revista *Avenue*, tinha que ir a Haia participar de um debate com estudantes sobre a ditadura militar no Brasil e suas conseqüências – uma das conseqüências era Norma estar agora exilada. E ela, que odiava viajar sem os amigos, convidou a mim e a Isabel para acompanhá-la. Para o evento viajou também Márcio Moreira Alves, deputado cassado e exilado em Paris (fora ele o estopim que fizera detonar o mais terrível dos "atos institucionais" da ditadura, o AI5).

Norma e o deputado viajavam num vagão de primeira classe, enquanto Isabel e eu num de segunda, misturados a centenas de migrantes operários espanhóis que deixavam seu país ainda sob Franco para, mão-de-obra barata, trabalhar nas indústrias da chamada Europa bem de vida.

Isabel e eu, almas simples, sentíamo-nos em casa com os operários. E os operários e campesinos espanhóis, peles curtidas e na cor saudável de muita exposição ao tempo e às intempéries, nos ofereciam vinho no gargalo de seus garrafões sem rótulos, seus cigarros mata-ratos, seus sorrisos escancarados de humanidade nos quais orgulhavam dentes de ouro. Com eles, Isabel e eu estávamos comovidos. Porque éramos também tão pobres quanto esses espanhóis do batente. E como eles, alegres, inocentes e esperançosos.

Mas aquilo era demais para mim, tinha de chamar Norma. Norma não podia perder aquela manifestação de calor humano. Fui ao vagão dela. E contei. Norma, ela própria com um forte lado populista, deu mostras de querer se levantar e ir conhecer os operários, mas o deputado a fez entender que sua posição de estrela em missão política, e por estar viajando na companhia dele, afinal um burguês, não ficaria bem ir ao vagão do povaréu. Norma, exuberante e carismática, poderia causar tumulto na segunda classe.

Chegamos à primeira parada do nosso destino: Amsterdam. Desceu todo mundo que tinha de descer, inclusive os operários espanhóis. Constatei uma coisa que me deixou bastante chocado: toda a alegria que os operários extravasavam durante a viagem foi reprimida assim que desceram. Ali os aguardavam espécies de feitores que os conduziriam a seus destinos. Então eles me pareceram escravos. Constatei que a escravidão é uma condição eterna.

Na mesma estação fomos recebidos por um jovem padre dominicano brasileiro exilado acompanhado de uma holandesa virago e do presidente de um diretório acadêmico de Haia, cidade para onde fomos encaminhados.

Em Haia, o anfiteatro estava repleto de estudantes, aos quais eu e Isabel nos juntamos, enquanto, sentados à mesa, estavam Norma, o deputado, o padre dominicano, a virago e o presidente do diretório. Os estudantes se pretendiam mais informados da realidade brasileira que os brasileiros ali presentes. Sérios, bombardeavam os da mesa com perguntas agressivas num verdadeiro arrocho inquisitorial. O deputado tentou descontrair levando a conferência no humor, mas os estudantes não estavam a fim de gozação. Norma conquistou ao menos parte da platéia, pois sabia fazer valer a tarimba adquirida no seu passado de vedete. O deputado lembrou da existência de uma cartilha usada no Brasil pela ditadura para alfabetizar adultos, a cartilha do Mobral, financiada por uma multinacional holandesa que usava a tal cartilha como veículo de *merchandising* dos produtos holandeses fabricados no Brasil.

Mas como essas conferências felizmente têm limite de duração, não demorou estávamos todos livres. O deputado, pessoa até muito simpática, retornou a Paris (onde tinha esposa, filhos e criadagem, vivendo com ele o exílio). Norma, eu, Isabel e o padre dominicano fomos ao Museu de Belas

Artes, onde o padre nos lembrou que toda a madeira – escadarias, portas, assoalho, batentes etc. – viera do Brasil no tempo da Companhia das Índias. De Haia tomamos o trem para Roterdam, onde, hóspedes do padre, que morava num mosteiro franciscano, ficamos todos no aposento dele. Rimos, bebemos, comemos – o padre preparou um guisado delicioso, pato à qualquer coisa –, ouvimos Isaurinha Garcia no toca-discos, fumamos haxixe (o padre tinha o hábito) e cada um deitou num colchão no chão (o padre ofereceu sua cama à Norma, mas esta, lembrando-o de que estávamos num mosteiro franciscano, disse preferir fazer voto de pobreza e dormir no chão mesmo). E com a luz apagada conversamos até a chegada do sono.

Manhã seguinte, Norma nem esperou pelo desjejum – tomou o primeiro avião para Munique, onde tinha outra missão. Fomos levá-la ao aeroporto. Depois, o padre nos levou à estação de trem onde Isabel e eu entramos num vagão para Amsterdam. Na capital holandesa ficamos num pequeno apartamento dividido por uma garota e dois rapazes, brasileiros amigos do padre. Gente boa, fomos bem tratados. Dia seguinte, o padre veio juntar-se a nós. A mim e à Isabel foram proporcionados dias divertidos de cultura local. Num parque proliferavam as zínias – e o padre nos lembrou que no Brasil essa flor é conhecida como *peido-de-velha*. À noite, passeávamos alegremente pelas ruas, pelos canais, e o padre nos levou ao bairro do vício onde em nada me surpreenderam as putas expostas em vitrines. Surpreendeu-me, isto sim, o *modus vivendi* do padre. "Então é assim que vivem os padres hoje em dia?", perguntei-me, ligeiramente perplexo.

E assim foi nossa experiência de Holanda. Logo Isabel e eu tomávamos o trem de volta a Paris. Chegamos e encontramos Norma já de volta de Munique, e Gilda, de Nova York. Segundo Gilda, o movimento feminista fervia em Nova York. Era bem mais vivo e moderno que o exercitado em Paris.

E com Gilda de volta, teve início uma nova fase de muitas festas, muitos jantares, muitos contatos, além do tráfego de brasileiros de passagem. Um dia, chegou o cineasta Paulo César Saraceni trazendo seus dois últimos filmes, para os quais Gilda descolou sessões de projeções privadas para gente que contava: exibidores, distribuidores e estrelas de certo renome para dar brilho ao evento.

Estavam todos assentados e quietos na sala escura, atentos à projeção de *Crônica da casa assassinada*. Saraceni, como diretor, era visto no Brasil como um jovem Visconti. Filme dele ganhara até capa de um *Cahiers du Cinéma* dedicado ao Cinema Novo. Mas, como praticamente todos os de sua geração, atravessando a fase do desbunde, Saraceni não resistia a certas tentações e, na edição final do filme, deixara passar um detalhe altamente comprometedor (para os franceses, cartesianos ou não, que agora o assistiam): era a seqüência do velório do personagem de Norma. A seqüência mostrava Norma, morta no caixão, e o povo em volta. Uma mosca pousa no pé esquerdo de Norma e esta mexe o pé.

Os franceses não acreditavam no que viam. Como?!!! Mas o filme era uma tragédia, como ter deixado aquilo?! O que era aquilo?!!! Ohs! de horror de cada um dos sete ou oito que assistiam à sessão privada. Imperdoável o *faux pas* do Saraceni. Foi o maior constrangimento, quando as luzes se acenderam. Entre os presentes nessa exibição estava Jacques Charrier. Vendo-o agora, ainda bonito, lembrei-me de uma reportagem na revista *O Cruzeiro*, na segunda metade dos anos 50, quando ele se casou com Brigitte Bardot, e a revista mostrava o casal à vontade, gozando a lua-de-mel em Saint Tropez, ele de sunga e Brigitte de biquíni. Eram fotos sedutoras que levavam a moçada à masturbação. Em uma delas Charrier aparecia de pau duro sob a sunga, encoxando a Brigitte.

E de repente, pleno verão. No verão é tradição os parisienses caírem fora, deixando a cidade para turistas estrangeiros. De forma que pintou um filme para Norma fazer bem longe da cidade. *Le soleil de Palicorna* era o título, a ser filmado em Formentera, uma das Ilhas Baleares, no Mediterrâneo. Convocado pela estrela, o *entourage* rapidinho se formou.

Formentera

Isabel viajava em doce melancolia. Sua primeira temporada na Europa seria curta. Viera do Brasil decidida. Temia que, prolongando a ausência, Clara aproveitasse a deixa para apressar o rompimento. Mas era mais provável que não. Conhecendo Isabel e Clara, e sabendo que uma não vivia sem a outra, o caso, mesmo que não fosse eterno, duraria, no mínimo, outros cinco anos. No momento o relacionamento passava por outra fase delicada. E o fato de Isabel, das duas, ser a que se ausentava, tornava-a mais insegura, certa de que Clara, no Rio, nem que fosse apenas a toque de teste, colocaria o próprio charme a serviço do disponível. Daí que, de nós cinco, os viajantes, Isabel parecia a mais distante. Seu coração estava antenado à brisa que, ela imaginava, vinha lá do outro lado do Atlântico. Além disso, viajando com dinheiro contado, sentia-se ainda mais tolhida.

Mas nesta viagem, de todos, quem menos tinha dinheiro era eu. De modo que quando, ainda em Paris, elas me convidaram para a viagem, fui franco e disse que não ia porque meu dinheiro não dava. Elas decidiram que isso não era problema: Norma resolveria a questão de habitação, que é sempre o mais caro. Resolvido este problema, estaria tudo resolvido. Porque comida, onde come um, comem cinco.

E fomos para Formentera. No dia 10 de setembro, um domingo, tomamos o trem em Paris com destino a Barcelona. Em Barcelona, da estação do trem até o cais era uma caminhada curta. Eu, de meu, levava apenas uma leve mochila com o estritamente indispensável. José Vicente talvez até menos. Isabel, não muito mais. Em compensação, Norma e Gilda, parecia, carregavam a mudança, incluindo eletrodomésticos. De modo que foi aos trancos e barrancos que fui andando, tentando não sucumbir ao peso das malas mais pesadas e do aparelho de som da Norma. Minutos depois, já no cais, aguardávamos a chamada de embarque. E tomamos o barco para Ibiza, de onde tomamos outro, menor, para Formentera, praticamente perto.

Em Formentera – reservas providenciadas pela produção –, hospedamo-nos no mesmo complexo hoteleiro que abrigava a equipe do filme. Gilda providenciara dois chalés distantes um do outro mais ou menos uns duzentos metros, ambos pertencentes ao hotel. Fiquei no chalé de Norma e Gilda. José e Isabel dividiram uma suíte num chalé comprido, com outras suítes e outros hóspedes.

O tempo nas primeiras duas semanas colaborou auspiciosamente. José Vicente, que ano e meio atrás estivera passando temporada em Ibiza e Formentera, na época me escrevera que o clima das Baleares era tido como o melhor do planeta. Mas agora, a atmosfera entre nós cinco, menos pelo clima local que pela imaturidade temperamental de certos membros, variava, intermitente, fazendo com que a temporada, mesmo sendo a ilha um paraíso, como em qualquer paraíso, o inferno, que não desgruda, tratou de nos proporcionar momentos infernais. Sartre estava certo quando disse que o inferno são os outros.

Enfim, as pessoas são o que são e é impossível mudá-las. Mas, voltando à ilha: sita em região temperada entre Espanha e África, é banhada pelas águas indescritíveis do Mediterrâneo. Águas cuja tonalidade é descrita como azul-turquesa, verde-turquesa, azul-piscina, água-marinha e até lápis-lázuli. O que sei é que até então jamais vira mar de azul assim tão madreperolado.

Dias só de calção e noites de bermuda e camiseta à luz da lua – chegamos na lua nova e deixamos a ilha na minguante, de modo que passamos pelo ciclo completo das quatro fases. Tudo ficava ainda mais feliz depois de um esparso chuvisco de verão, quando os *escargots* punham suas antenas ligadíssimas fora das conchas. Uma vez, vi um casal de *escargots* fazendo amor. Depois da chuva, o ar lavado, é que eu notava como a ilha era repleta deles. E as lagartixas do comprimento de um dedo e feições dinossáuricas, também abundavam e não davam a menor pelota aos humanos, exceto algumas mais chegadas e que vinham comer farelo de bolo na minha mão.

O que primeiro me chamou a atenção na ilha quanto à vegetação foi o cipreste. Em vez de crescerem na vertical, como em qualquer lugar normal, na ilha os ciprestes crescem tombados, na horizontal, como que dramaticamente agarrados à terra, talvez para não correrem o risco de serem varridos pelo vento fustigoso. Mas, nas primeiras semanas, nenhum vento que uivasse, apenas aragens refrescantes. A ilha recendia a figo e ervas fortes e estimulantes – o alecrim abundava, assim como a lavanda ardida. E figo dava tanto que até parecia monocultura, disputando com a uva a primazia. Maduros, prazerosamente arreganhados à glória da penetração solar, às abelhas e aos pássaros ensandecidos de felicidade gulosa. E colhendo figos, as mulheres, com seus vestidos de algodão preto, a cabeça coberta com lenço branco e sobre o lenço um chapéu de palha de aba larga. E nos quintais sem nenhuma cerca, as choupanas trepadas de buganvília florida, as senhoras, entretidas nos afazeres, despejavam as cestas, estendendo os frutos ordenadamente sobre um pano limpo no tablado até que o sol de vários dias os transformasse em figos secos. Ou então cuidavam das cabras produtoras de leite para o bom queijo.

Em 1972, a droga ainda abundava entre nômades dos últimos dias, mas a vida na ilha já não era barata quanto praticamente de graça o fora não fazia muito tempo, no seu tempo de tranqüilo refúgio hippie, quando os opiáceos vindos do Marrocos eram despejados e consumidos sem nenhuma repressão. Mas eu falava da vegetação, das ervas, dos frutos... Os figos saciavam minha gula *gideana*. Os frutos da terra.

Um mergulho, nadar um pouco, caminhar por alguma trilha que me levasse ao chalé de Isabel e José Vicente. Depois do meio-dia, os dois no alpendre faziam a sesta. José tinha raros momentos de total descontração. A maior parte do tempo andava calado, pensativo, arredio, sumia horas e quando voltava não nos contava nenhuma de suas iluminações. Mas agora, enquanto Isabel estirada na espreguiçadeira defendia a preguiça, José à mesinha escrevia um postal. Do alpendre ao lado vinha um som de rádio, canções muçulmanas, enquanto o vizinho, um alemão jovem e esbelto, em sua espreguiçadeira prolongava a digestão meio que também tirando a sesta dele. Olhos cerrados, corpo dourado, calção folgado, entregue às delícias solares, o moço travara cordial relacionamento de vizinho com Isabel e José. Convidava-os a caminhadas. Isabel, preguiçosa, não ia. José, mais propenso, topava. Tinham afinidades, não faltava assunto – filosofia, futuro –, comunicavam-se em inglês e francês. José ensinava-lhe espanhol. Saíam, sumiam de vista e só voltavam horas depois. E encontravam Isabel passando suas horas de *ennui* sob o teto de palha de um bar na areia escrevendo poemas e cartas para Clara Maduro. Isabel cativara o garçom e este fazia vista grossa ao modo como ela, embevecida, levava-o a entornar a garrafa de *Fundador*.

Nisso, no outro extremo da ilha, Norma desempenhava seu papel na fita. Gilda também ia para o *set* de filmagem onde, nos recreios, com sua beleza e inteligência, entretinha e era entretida. Durante as seqüências em que Norma desempenhava, Gilda discretamente dirigia a amiga com olhares cúmplices e sinais, numa bela camaradagem. A fita era medíocre, mas entre os atores tinha sempre alguém interessante, como Juan Buñuel, filho do gênio (embora Juan não fosse genial).

Quanto ao enredo do filme, *Le soleil de Palicorna* era uma história de dois amores. Talvez de três. Amores do passado e amores do presente. O galã era francês e a mocinha, dinamarquesa. Norma fazia "Sara", um amor do galã, no passado. Sara era agora uma pintora solitária retirada em um farol desativado que alugara e transformara em moradia e ateliê. Daí que um dia Sara e a mocinha se conhecem casualmente numa quitanda e conversa vai conversa vem a mocinha conta que está em lua-de-mel. Acha interessantíssimo Sara ser pintora e morar num farol. Diz que adoraria visitá-la junto com o marido, conhecer sua pintura e, claro, o farol, que devia ser muito romântico. Daí, Sara, talvez pensando em vender uma ou duas telas, diz à mocinha que apareça com o marido quando quiser. Será um prazer. Já na manhã seguinte, lá se foram a mocinha e o marido ao farol. Daí o casal chega, dá a volta e toca a campainha. Sara, que está pintando, termina a pincelada, deixa a paleta e o pincel sobre a mesa, limpa as mãos no avental, dá uma ajeitada nos cabelos e desce para ver quem tocou.

Quando Sara e o marido da mocinha se deparam, ambos têm uma performance discreta, para não tirar a mocinha da harmonia. No passado o marido tivera um caso com a pintora. Nada de susto, nenhuma exclamação. Ao serem apresentados, fazem como se não se conhecessem. Mas na verdade ambos sentem reaceso o pavio da antiga chama que no passado os incendiara. Mas, desta parte em diante, pedi a Norma que não me contasse. Tenho horror de filmes que prometem lua-de-mel e acabam oferecendo paixões descontroladas e final infeliz para alguns dos personagens. Entretanto, se por um lado Norma me poupou do resto do enredo, por outro, sua filmagem foi bastante atormentada.

Uma noitinha, lá pelo meio do mês, Norma chegou revoltada do trabalho. O diretor fizera-lhe uma proposta vil: se Norma seduzisse o galã, não frente às câmeras mas fora das horas de trabalho, levando-o para a cama, depois, quando contracenassem em cenas de cama durante a gravação, tais cenas sairiam ganhando, em autenticidade. Norma ouviu a proposta e estupefata levou o desaforo para nosso chalé. Chorou copiosamente e disse que no dia seguinte não iria filmar. Nisso, como se a Senhora dos Raios a acudisse, despencou uma tempestade amazônica e o céu, tendo assim aberto as comportas, fez por bem deixá-las abertas nos próximos dias, que, logicamente, ficaram sem filmagem, já que noventa por cento das tomadas eram externas.

No terceiro dia de chuva torrencial, o diretor (um tipo nanico e nervoso) apareceu no chalé da atriz como que para lhe pedir socorro. Norma prometeu que voltaria a filmar desde que ele não mais a importunasse com propostas indecorosas.

Assim que o diretor, debaixo de chuva, entrou no carro e partiu, Norma, compreensiva, fez a promessa a Santa Bárbara: se o tempo mudasse e o sol voltasse a brilhar, ela ficaria uma semana sem fumar.

Não deu outra. Os próximos dias foram de sol, amenidades e tempo ótimo para todos nós: Norma voltou às filmagens e nós ao ócio. Na semana seguinte, a estrela teve dois dias livres e os passamos praticamente juntos, os cinco. No primeiro dia de folga, ela resolveu *viajar*.

Dos cinco, o único que topou *viajar* com ela fui eu, mesmo sabendo que não seria um viagem tranqüila. E saímos os cinco a passear, seguindo a pé pela orla. Viajar de ácido foi coisa que sempre levei a sério. Aprendera nos anos 60, com um especialista, que o LSD queimava células que não seriam jamais repostas, de modo que queimá-las à toa, por mera curtição, era estupidez. Por isso, nesta *viagem*, por conta das vibrações alheias e interferentes, procurava me isolar um pouco para ter as minhas revelações sagradas, acrescentar dados valiosos e lições definitivas ao crescimento espiritual.

Assim que o ácido começou a bater foi-me revelado que, em vez de revelações sagradas, esta experiência lisérgica seria mundana e acabaria resultando em uma *viagem turística*, puro desperdício. E meio intuindo a respeito do que viria com o dia, fui deixando que Norma, Gilda, Isabel e Zé fossem à frente e me perdessem de vista para que eu tivesse logo a minha catarse – porque, se deixasse para mais tarde, não teria chance.

Sozinho à beira de uma baía e aquela água tão azul, uma melancolia gostosa tomou conta de mim e comecei a chorar. A princípio uma, duas lágrimas, brotando com dificuldade, abrindo o caminho. Mas, assim que as comportas se abriram, as lágrimas jorraram aos borbotões, descendo rosto abaixo, indo juntar-se às águas do mar. Repentinamente, tive a primeira iluminação: o mar era formado de lágrimas, lágrimas de sofrimento de toda a humanidade. A dor no peito era profunda. Puxei do bolso um lenço para enxugar as lágrimas. Nisso fui despertado do transe por uma voz que soltou uma frase tão fora de hora que cortou toda a clarividência:

– Bivar, você está lindo!

Assustado, levantei o rosto banhado de lágrimas. Era Norma. E ouvi o clique. Era Gilda me fotografando. Minha reação feroz foi querer gritar: "Parem com isso. Estou tendo uma experiência metafísica!" Mas não gritei. Embora meu sentimento fosse verdadeiro, eu não queria parecer nem agressivo nem pretensioso. E continuamos o passeio, os cinco. A sensibilidade lisérgica me faz perceber que Isabel, apesar de parecer bem, estava distante, vivendo sua angústia pessoal e intransferível, certamente pensando em Clara Maduro, lá no outro lado do mundo. Mas daí quem Isabel não avista?

Francisco, o guia turístico e fã de Isabel. E Gilda o chama e o contrata para que nos leve em sua nova e confortável van aos lugares mais interessantes da ilha. E o rapaz, contente por Isabel, pelo grupo e pelo trabalho, nos leva a um dos extremos da ilha, para além das salinas, onde fica a praia de nudistas. Como estávamos todos com os corpos em forma, aparentemente não nos foi difícil tirar a roupa, embora o acanhamento diante de uma prática que não nos era comum fizesse com que a princípio não tivéssemos muita coragem de encarar de frente uns aos outros. Eu, para dizer a verdade, tão tímido, cheguei quase a esconder o pinto entre as pernas. José Vicente disfarçava bem o constrangimento e posava de naturista natural; Isabel, que desde a manhã já tinha entornado algumas doses de conhaque, fazia tudo como tudo deve ser feito – e seu corpo esguio, assim como os cabelos longos e lisos e a seriedade dos óculos de grau, dava-lhe um ar (só ar) de intelectual ligeiramente devassa; Gilda, linda e pura, seios fabulosos que ela gostaria fossem menores, e Norma, totalmente sereia.

A praia era realmente de nudistas, dezenas de alemães – senhores e senhoras, crianças, adolescentes, famílias inteiras familiarmente peladas, os corpos bastante descontraídos. Mas ficamos ali apenas uns quinze minutos.

Francisco, que nos esperava ao largo junto de sua van, sugeriu que fizéssemos um passeio ao farol. Não ao farol antigo, desativado, e que agora servia de cenário ao personagem de Norma no filme, mas a um relativamente novo e em função, num dos outros extremos da ilha. Gostamos da idéia, principalmente Isabel, José e eu, que nunca estivéramos dentro de um farol.

O farol ficava na ponta de uma falésia. Francisco arranjou com o guarda para a gente entrar. O topo, de onde se projeta a luz aos navegantes... A claridade que o farol projeta é toda feita de um jogo de espelhos de aumento. A lâmpada, poderosíssima, circula e reflete nos espelhos, e estes ampliam e projetam a luminosidade de modo que as naus não venham de encontro aos rochedos. Desde meados da década de 1930 os faróis funcionam com luz rotatória automática.

Depois de mais passeios, as grutas dos pescadores, Francisco nos levou à Fonda Pepe, uma bodega antiga, de muitas histórias. Entrando, à esquerda, sobre uma mesinha havia um caixote de madeira onde ficava a correspondência que o correio trazia aos que não tinham endereço fixo na ilha, tipo posta-restante. Talvez pela aura romântica, sempre que em Formentera escrevíamos cartas – e as escrevíamos muito –, dávamos, como remetentes, não o endereço do hotel e sim o da Fonda Pepe. E correndo os dedos pelos envelopes sobrescritos, Isabel exultou quando encontrou, chegada do Rio, a carta que tanto esperava. Saiu correndo, coração na boca, para ler toda só, longe do vozerio no interior da bodega.

Era, claro, uma carta de Clara Maduro. Clara propunha voltar a ficar de bem com Isabel e a chamava de volta e logo. Depois de ler a carta, apaziguada, Isabel retornou ao bar e ordenou dose dupla de *Fundador*. À noite, no chalé, Norma e Gilda serviram champanhe e caviar. Era aniversário de Gilda.

Nos dias de folga Norma enfeitava o chalé. Fazia arranjos com galhos de cipreste, lavanda e alecrim, conchas e caramujos. A sala ficava perfumada de ervas nativas. A coisa de que Norma mais gostava era de casa. Tornar a casa bonita, gostosa. E adorava cozinhar.

Uma tarde, numa outra folga das filmagens, passeávamos pelas cercanias quando Norma, ensandecida ao avistar uma figueira lotada de figos maduros e entreabertos, correu a apanhar alguns. Mas ao puxar um galho, veio junto um enxame de vespas que a picou inteira. Rosto e braços ficaram instantaneamente inchados, cobertos de calombos, Norma em pânico:

– E amanhã cedo, Gilda, com que cara eu vou filmar?!

Manhã seguinte, rosto normal, nenhum sinal de picada de inseto e Norma pôde filmar tranqüilamente. Setembro ia chegando ao fim. O tempo mudava; de repente, o sol não saía, ventava e os dias eram frios. Enrolei um *big joint*, acendi-o e saí catando galhos e gravetos para armar uma fogueira em frente ao chalé para, à noitinha, distrair Gilda, que anda meio macambúzia por conta do tempo ruim atrasando as filmagens. Desconfiava que ficaríamos presos na ilha mais tempo do que gostaria. Assisto a uma aranha tecendo sua teia. Noitinha. Norma e Gilda voltam da filmagem. Acendo a fogueira. Vinho e calamares. José Vicente aparece. Espirituoso, divertido. Puxa o assunto para a filosofia do charme. O charme carioca, o charme paulista, o charme mineiro. Norma sente-se provocada quando José cutuca o charme carioca. Norma dá-lhe o troco. José se ofende. Revida. Norma tira de letra lembrando que começou carreira artística como vedete descendo escadaria de biquíni, salto alto e plumas na cabeça e no rabo. A coisa esquenta. Norma apela para o traquejo adquirido no tempo de vedete. José perde as estribeiras e vira fera. Norma vira fera e meia. Gilda e eu perplexos com a possessão de ambos. A treta vai ao clímax. No bate-boca Norma vence. José, ofendido e transtornado, retira-se. Gilda manda que eu corra atrás para acalmá-lo. Do lado de fora, a noite é breu. Nem sinal do Zé. Chego ao chalé dele e encontro a porta fechada. Olho pelo buraco da fechadura de onde só vejo Isabel deitada na cama dela, paciente e atenta ouvindo o Zé contar.

Me parece que está tudo sob controle porque Isabel o ouve, séria, limpando uma unha com a outra. Ouço-os combinarem deixar a ilha na manhã seguinte. Volto desolado para junto de Norma e Gilda com a sensação de que as férias também terminaram para mim.

José e Isabel se foram e à noite Gilda e Norma me levam para jantar em uma das casas mais bonitas da ilha, usada em algumas seqüências do filme. Ele, olhos azuis penetrantes, militar inglês do alto escalão, reformado, em cadeira de rodas; ela, francesa. Jantar íntimo, só o casal e nós três. De volta do jantar demos uma passada rápida pela recepção do hotel, onde havia um telegrama para Gilda. De Paris. Era de Jeaninne Worms avisando que a tradução de *A passagem da rainha* estava pronta.

Norma ficou arrasada quando Gilda a fez entender que precisava voltar a Paris, onde o trabalho a esperava. Mostrou-se infelicíssima por ter que ficar sozinha na ilha, só com o pessoal do filme, com quem, excetuando o filho do Buñuel, ela não se entrosara. Gilda e eu tentamos tranqüilizá-la dizendo que o tempo ia melhorar e que as filmagens terminariam logo. Nada convencida, Norma fez duas chantagens emocionais fortes. Mas Gilda, que nessas horas mostrava-se uma profissional nada piegas, a fez entender que estávamos no exílio e tínhamos que trabalhar.

Dois dias depois, Norma nos acompanhou ao ancoradouro. E enquanto o barco se distanciava, vendo-a no cais chorando e acenando, Norma me parecia a mais desamparada das criaturas. Gilda e eu chegamos em Barcelona ao amanhecer. Levou-me a uma igreja arquitetada por Gaudi. Era hora da primeira missa. Comungamos. Sem precisar confessar. Nas últimas semanas não cometêramos pecado algum que a consciência proibisse comunhão.

Na estação de trem, coincidência, encontramos Isabel e José Vicente, que tinham passado dois dias curtindo Barcelona. E fomos todos para Paris, eles num vagão e nós em outro, no mesmo trem.

Cartas pra lá cartas pra cá

Cafés, museus, passar sob o Arco, subir na Torre, descer o Sena num *bateau-mouche,* tudo isso Isabel fez e mais. Mas nada conseguiu afastá-la do ressabiado, que nela grudara feito carrapato. Isabel era uma delícia de companhia, mas paixão é paixão. Fidelíssima, ela não conseguia esquecer Clara Maduro. De modo que depois de uma rápida visita em turma ao apartamento gracinha de Vera Bocayuva, moça da alta sociedade carioca, na Île de Saint-Louis, Isabel, chegando à conclusão de que já tivera o bastante de Europa, tomou o primeiro jato da Air France e voltou à Guanabara. E nós, que fomos levá-la ao aeroporto, entendemos sua atitude.

Sem Isabel, Paris ficou ainda mais triste. Na primeira folga, escrevi uma carta para a Odete Lara: "Odete, Odete, sentado à margem esquerda do Sena medito sobre a nossa correspondência. Barcos e *bateaux-mouches* descem e sobem as águas imundas do rio. Mas os rios acabam todos indo dar no mar, não acabam? Hoje não te contarei, portanto, de nossos amigos. Se bem que a mãe de Gilda, dona Silvia, passou aqui uma temporada curta; veio com o filho Sérgio. Hospedaram-se no *studio* das meninas. Dona Silvia é culta e otimista. Fomos todos ao cinema assistir a *Cabaré*. É sempre bom e estimulante pessoas da família de passagem por aqui. Dá segurança. A gente sente que não é tão *desgarrada* assim. José Vicente, que conhece a cidade mais que eu, me disse outro dia que Paris é um enorme queijo e que as pessoas são os vermes desse queijo. Achei a imagem repugnante. Mas a luminosidade de Paris é indescritível. No outono, então, é uma coisa! Fui visitar o túmulo de Jim Morrison no cemitério Père-Lachaise. Como ele morreu não faz nem um ano, o túmulo ainda é improvisado. Um cercado retangular de tijolo e cimento e, na extensão, terra e areia cobrindo. Um vaso com uma folhagem muito comum. Um outro vaso, de barro, improvisado como urna, com um pedaço de mármore quebrado servindo de tampa. Destampando-o para ver o que continha, encontrei flores de pano engomado, cartas, poemas, mensagens em línguas conhecidas e umas duas outras que não identifiquei. E o último endereço do Jim. Era fim de tarde, quase anoitecia. Estávamos ali apenas os dois, eu de pé e Jim enterrado. Eu sobre a terra e ele sob. Nenhum epitáfio; ele, que deixara tantos versos. Apenas uma placa, pequena de metal, com seu nome – James Douglas Morrison (1943-1971). Odete, menina, quando me dei conta, a noite caíra e parecia que, vivo, só estava eu no cemitério! Andei pelas veredas até o portão de saída, mas este estava fechado. Encontrei meia dúzia de outros visitantes tão perdidos mas também tão calmos quanto eu. Turistas que tinham ido visitar outros túmulos famosos – Sara Bernhardt, Oscar Wilde e tantos outros artistas foram enterrados no Père-Lachaise. Mas eis que surge uma figura típica de cemitério, um homem não muito velho mas já torto, corcunda e resmungão (certamente de saco cheio da rotina, em todos os anoiteceres devia acontecer a mesma coisa), e ele nos conduziu – estranha confraria – até uma portinhola de saída, perto de sua casinha (também dentro do cemitério). Era o zelador. Enfim, Odete amiga, não sei quando volto, mas quando voltar prometo que te levarei um *souvenir*."

Nunca deixei sem carta os meus. Nem eles me deixam sem notícias. Jamais deixarei de ser grato ao Correio. Quantas vezes, estando solitário e carente, o correio não me surpreendeu trazendo uma carta? Quantas vezes a gente não sente falta de pessoas queridas que naquele momento não estão ali conosco? E quando, nesses momentos, chega uma carta – às vezes nem é da pessoa de quem naquele momento se sentia falta – e essa carta inesperada pode mudar nosso estado de espírito, injetando-nos uma carga de esperança, simpatia, conforto, amor, humor! E em Paris, 1972, o leitor já deve ter notado, minha carência afetiva era maior, e, por cartas vindas de longe, parentes e amigos não me abandonavam.

Cartas da família – de meus pais, minhas irmãs, de vez em quando meus sobrinhos. Das minhas irmãs, Heloísa, a caçula, era quem mais escrevia. Ela e Dirceu eram pais pela primeira vez e meu sobrinho Rafael estava com cinco meses. E Heloísa contava: "Você sabia que nossa mãe é uma verdadeira artista? Ela está fazendo estandartes de retalhos, lindos. Vasos de flores, girassóis, borboletas... Bi, quando você vier, se por um descuido tiver dinheiro, traga-me uma blusa bem bonita, manequim 42, a gosto da Gilda."

E de Ribeirão Preto, carta de meu pai contando: "Há dias esteve em nossa casa uma senhora muito simpática, esposa de um amigo meu. Leu seus cartões e cartas tão amorosas que você escreveu à sua mãe. Pediu emprestada uma delas para mostrar ao pai, do jornal local *A Cidade*. Leitor assíduo que sou da seção *Um tópico por dia*, li, no referido jornal, referências elogiosas a você. Vou agradecer e pedir que você escreva um cartão, com a Torre Eiffel, agradecendo ao jornalista, desejando-lhe Boas Festas e Feliz Ano-Novo extensivos à sua família. Eu sei que você não gosta de 'badalação', mas é um dever. Abraços de seu pai, Nico."

E papai enviou anexo o recorte do jornal *A Cidade* – uma coluna inteira, primeira página, do alto ao pé da página, com o artigo do sr. Onésio da Mota Cortez, começando assim: "Bivar está em Paris, que inveja. Bivar, todavia, está na capital francesa com uma finalidade diferente, qual seja a de mostrar-lhe um pouco da sua arte, que é, por excelência, a arte brasileira. A sua peça está sendo traduzida para o francês. A carta de Bivar é relativamente longa. Em todos os seus períodos há uma palavra de ânimo, ou de ternura, para os que o cercam. Se Gonçalves Dias pediu a Deus para não morrer antes de rever as 'palmeiras onde canta o sabiá', Bivar, ainda moço e longe dos olhares da parca, alimenta o desejo de retornar brevemente à sua terra, a fim de rever os cafezais floridos. Esperamos pela apresentação de sua peça ao culto povo parisiense, o que importará, sem dúvida alguma, em mais um sucesso para Bivar e mais um triunfo, através de seu trabalho, da arte brasileira. Aos seus pais, aqui residentes, nosso abraço amigo, pedindo-lhes transmiti-lo ao talentoso filho."

E mais cartas.

Leilah escrevia que percorrera o Brasil de carona com um amigo. Só de caminhão. Caminhão de verduras, de frangos, de colchões de mola. "Os motoristas são maravilhosos. Têm mais medo da gente que a gente deles. Cada um ia contando sua história, na cumplicidade dos que padecem. Padecem? Quem? Eles ou a gente?" Numa dessas caronas, continuava Leilah, "o caminhoneiro tinha cara de mau. O Dieter, que viajava comigo, já ia mandar parar, quando o mastodonte entrou por um atalho escuro e aterrado. No fim do atalho tinha uma gruta. E nela uma Madona. O homem se ajoelhou e acendeu uma vela. Assim também fizemos. Envergonhados por antes tê-lo julgado mal. De volta a São Paulo, fazia frio. Você já reparou como São Paulo é frio? É tão antipática, tão absurda, tão estrangulada de trânsito e angústia que até resolvi gostar dela. Ou dele. São Paulo é uma cidade masculina. Bivar, eu estava olhando uma colagem que você fez e me deu em 1967, ano em que nos conhecemos, daí chegou sua carta, na mesma hora. Fiquei surpresa e comovida. Agora a garoa fininha tá caindo lá fora e o sol vai começar a nascer. Alguns passarinhos já cantam". E adiante: "Estou muito amiga de Odete [Lara]. No Rio fico na casa dela e ela, em SP, na minha. Ela é maravilhosa. Está aprendendo a andar de bicicleta e escrevendo. Estamos pensando em fazer juntas uma coisa. Talvez feminismo, que é só o que dá pra fazer agora no Brasil." E além: "Você soube da minha peça em Bruxelas? Imagine que só dois meses depois é que eu soube da estréia! Maurice Vaneau foi quem me contou. Ele é belga, você sabe, e esteve lá. Mas como Bruxelas não é São João da Boa Vista, já começo a receber pedidos do mundo inteiro. Estou confusa. Sou uma pobre Mariazinha (personagem da peça *Fala baixo senão eu grito*, de Leilah) inexperiente e perdida neste fim de mundo. Não sei me organizar, só sei mesmo é fazer charme. A crítica belga me chamou de fada pra cima (ou pra baixo). Um jornal daqui noticiou que você e José Vicente estavam passando a lua-de-mel num acampamento cigano. É verdade? Estive morando numa praia deserta. Acordava às cinco da manhã, subia numa rocha e saltava. Mergulhos e pesca submarina. Só que resolvemos que não é bom matar. Então, os peixes vinham até a gente, sentiam os bons fluidos, iam chegando e olhando. Vi um tubarão pequeno, mas ali eles não atacam, só em água quente, como a do Golfo do México. O mar é lindo, Bivar. Vou a dez, vinte metros de profundidade. A gente vai afundando, afundando, e fica cada vez mais frio. E a pressão aumenta. Mas a gente se acostuma e é maravilhoso. Os peixes, as plantas, as cores. As plantas em eterno movimento, dançando, dançando... Percebi que você é tímido, viu? Eu também sou! Ah *mon amour*..."

E do Rio, carta de Odete. Por respeito a seu direito à privacidade e sendo a carta pessoal e não para publicação, saltarei alguns trechos que, imagino, Odete assim prefira:

"Bivar, meu amor, esta é para você mesmo, sem leitor a considerar. Quanto ao clichê 'A Europa está morta', estou em desacordo. Ela morreu há muito tempo, só falta soprar as cinzas. Por isso não caí jamais nessa de 'resolver' o Brasil se entrincheirando aí, sacou? Porque, embora estejamos fodidos, é aqui ainda que existe tesão, na terra e nas pessoas. Por isso a definição do Zé Vicente pra Paris é gênio: 'Paris é um grande queijo e as pessoas são os vermes'. Esse *slogan* pode ser estendido à Europa toda, tomando como queijo a característica de cada país. Bem, mas deixemos de filosofar. Hoje não estou com muito saco pra escrever e contudo sinto vontade de me comunicar contigo nem que seja rapidamente. A construção da minha casa na Barra está caminhando lindamente. Parte dela deverá ficar pronta em janeiro ou fevereiro, o resto vou construindo à medida que for possível. Mas a parte que ficará pronta já é bastantinha suficiente. Pensei em quando você voltar passar uma temporada nela. Temporada longa, evidente. Estou pensando também em chamar a Leilah pra morar comigo. Que tal, você gostaria? A vista é a mais bela que há no Rio, não sei se você conhece. Avista-se todo o mar da Barra e a Pedra da Gávea. Vai ser uma tentativa minha, porque a cidade não está dando mais, mesmo. Só o peso do astral acaba com tudo. Embora possa hoje estar parecendo animadinha, quero te dizer que também tenho passado por fases de pessimismo, achando que nada vale a pena, nada senão um belo carinho e uma bela trepada. Agora, quando a trepada é transcendental, como descobri que pode ser, então nem se fala. Aí existir tem sentido. Não consigo mais deixar de ser uma mulher cósmica, não consigo ver mais nada com os olhos comuns de antigamente. Por isso está sendo dolorosa a mutação. Escreva logo. Beijos mil pra você, Gilda, Norma, Zé Vicente, todos enfim."

E mais cartas. Isabel Câmara, quando voltou para o Rio, fez-me a gentileza de levar algumas revistas de música para o Ezequiel Neves, que continuava como um dos editores da versão brasileira da revista *Rolling Stone*. E agora Ezequiel respondia:

"Bivar, *beloved*, ainda estou de quatro com as coisas que você mandou. Te digo rápido: já roubei fotos para três capas da *Rolling Stone* (Miles Davis, David Bowie e uma outra que não me lembro agora). Matérias, meu amor, furtei milhões. Mas para não dar frenesi e estragar todas as revistas de uma vez, me permito espoliar só uma por semana. Assim teremos seus presentes rendendo até a época do Natal. Estou desbundado de tanta gratidão. Te digo também que não resisti e estou publicando sua carta (quase) inteira. Diga ao Zé Vicente que o artigo dele, *La vem ela*, já saiu. Quando tiver portador mandarei a revista. Beijos trepidantes."

E já que comecei o capítulo com ela, encerro-o com a carta de Isabel contando da chegada etc. Isto é, alguns trechos, porque a carta de Isabel, de tão longa, é uma novela:

"Tônio, no dia que cheguei o sol parecia uma odalisca de ventre de vidrilhos: escandalosa e frívola. Pensava que nunca ia chegar, que aquela era mesmo a última viagem. Depois de entregar minha alma à Leilinha (Leila Diniz), com quem já tinha sofrido medo semelhante num avião para Brasília há séculos, voltei a pensar em Deus e em São Judas Tadeu. Mas cheguei, cercada pelas orações de dona Maria, vizinha de assento. Só quando estava na alfândega, exausta, olhei pelo vidro e, toda em veludo acetinado azul-marinho, lá estava C., que me acenava. Linda, cheia de jornais e revistas – a miopia dela serve mais como toque de altivez e elegância..."

33

A passagem da rainha

Stéphanie, que terminava a turnê pela província com o Teatro Nacional Popular, mandou recado, pela mãe, a atriz Denise Perón, pedindo de volta a mansarda que emprestara a mim e ao José Vicente. José foi morar com os irmãos Flacksman, no Marais, e eu, depois de alguns dias com Norma e Gilda, fui parar em uma quitinete em Pigalle. Gilda começava a agitar para valer a montagem de meu texto e me pôs para trabalhar. José Vicente decidiu que era hora de voltar ao Brasil. Encheu-se da Europa. Mas ainda ficava um mês e resolveu que esse mês seria de férias. Como já não dividíamos o mesmo teto, eu a trabalhar e ele folgado, quase não nos víamos.

A passagem da rainha, em sua tradução francesa, recebeu o título de *Zé Quouine*, ou seja, a versão fonética da pronúncia francesa de "the queen". Foram tiradas quinze cópias da peça. Na manhã seguinte, no apartamento de Jeaninne Worms, apenas ela e eu em seu gabinete de trabalho, a tradutora perguntou quem eu imaginava no papel que ambos considerávamos o mais brilhante da peça, o de "Bia Ritz", a matriarca chique, cínica e devassa.

Cuidei de dizer exatamente o nome que, eu tinha certeza, Jeaninne esperava que eu dissesse: Danielle Darrieux.

– Danielle Darrieux seria perfeita, e ela é grande amiga minha – disse Jeaninne, acrescentando –, mas ela está fazendo *Coco* na Broadway.

De fato estava. Era muito noticiado o sucesso da Darrieux em Nova York, estrelando o musical sobre a vida de Coco Chanel.

Descartada a Darrieux, das francesas desse naipe a minha favorita era Micheline Presle. Jeaninne achou perfeita a minha sugestão. Era o nome que ela ia soltar quando me antecipei. E Micheline Presle também era grande amiga sua. Tanto que, no instante seguinte, Jeaninne ligava à Micheline e esta, sem perder um instante, pediu que lhe fosse enviado o texto.

No quase anoitecer do dia seguinte, um sábado, depois de um banho completo na banheira de Norma e Gilda, vesti minha roupa melhorzinha, tomei o metrô e desci no Odéon, a estação mais próxima da residência da atriz. Tomei o elevador até a cobertura. Toquei a campainha. Atendeu não Micheline mas uma jovem simpática. Ela pegou o texto, agradeceu e me despachou. Era Toni, depois eu soube, filha de Micheline.

Na manhã seguinte (e nessa noite dormi no apartamento de Norma e Gilda), Gilda era despertada antes da hora costumeira. Por um telefonema. De quem? De Micheline Presle. E pela reação excitada de Gilda ao telefone eu tive certeza de que Micheline topara. Resumindo: Micheline adorou o texto, achou o final perfeito e o papel de "Bia Ritz" ótimo. Estava disponível para quando Gilda quisesse começar a ensaiar.

Quanto a mim, emocionado com a boa notícia, foi a primeira vez em Paris que me senti transportado ao mágico. "Puxa", pensei, "Micheline Presle!" E rememorei tudo o que sabia dela. Lembrei-me, eu devia ter uns doze, treze anos, na minha infância e começo de adolescência, vivendo em uma usina de açúcar no interior do estado de São Paulo, assistindo a um filme projetado em uma tela em um armazém de sacas de açúcar – idéia de meu pai, o animador cultural da fazenda –, Micheline Presle me impressionara em um *film noir* americano, com John Garfield (o título do filme em português agora não me recordo, mas em inglês, consultei, é *Under my skin*). Não vi todos os filmes dela, não chegaram a ser exibidos onde eu vivia, mas, acompanhando sua carreira pelas revistas, sabia que ela fizera principal papel feminino em filmes com Tyrone Power, Errol Flynn e outros. O filme que a lançou só fui ver uma eternidade depois, num cinema de arte: *Adúltera*, ou, no original francês, *Le diable au corps*, de Claude Autant-Lara, tirado do romance de Raymond Radiguet.

Ídolo da geração anterior, Micheline marcara presença também na minha. Depois da experiência em Hollywood – ela detestou o *star system* –, voltou para a França, onde continuou a carreira de atriz. Sartre, seu admirador, escreveu papel para ela em um roteiro de cinema; anos depois ela filmou com Joseph Losey... Na segunda metade da década de 1960, como parte do elenco estelar de *Esse mundo é dos loucos*, Micheline, num hospício ideal, fazia uma pirada linda e comovente. Grande sucesso de bilheteria. Mas só este pequeno currículo dela de cabeça, e ela entusiasmada em atuar na minha peça, já me fazia voltar a acreditar em contos de fadas.

E Gilda partiu para a convocação de candidatos aos outros papéis. Através de seus amigos franceses, começou a receber atores para testes. Mas senti que Norma não se entusiasmou muito com o papel de "Princesa". Ouvi-a reclamando para Gilda:

– Ah, Gilda, mais uma vez vou ter que fazer papel de puta!

Embora o papel não fosse tão grande, era um bom papel. Nele, através do arquétipo da puta, Norma certamente brilharia. Mas percebi nela um certo ciúme por conta da afinidade instantânea entre Micheline e eu. Notei a animosidade quando as duas foram apresentadas, por ocasião da primeira leitura. Micheline perguntou à Jeaninne Worms, que as apresentava:

– É ela a maior atriz brasileira?

E Norma, virando-se para Gilda:

– Acho que a *Jacqueline* está me confundindo com a Cacilda [Becker].

Micheline ouviu Norma trocar seu nome por Jacqueline.

Se Micheline Presle era uma atriz de nível e comportamento superior, Norma, ao longo da carreira, já deixara marcas de um temperamento forte. A parada não ia ser fácil. Se Norma atentasse mais para a malícia tranqüila e menos para ciumeiras de insegurança, o sucesso das cenas entre as duas poderia ser total e marcar época. O terceiro papel feminino, "Eliana", a espevitada adolescente filha de "Bia", já fora agarrado com unhas e dentes por Stéphanie Loik.

Para os papéis masculinos Gilda convocou, para "Adalberto", marido de "Bia", o simpático Maurice Garrel (na vida real, pai de Philippe Garrel, o cineasta *namorado* da Nico). Era o papel mais patético da peça – o personagem sofre uma mudança radical ao entrar na terceira idade, quando o homossexual nele, até então travado, explode e o faz sair do armário e perder a cabeça, ao se apaixonar pelo garoto de programa. Nessa paixão e no resto é traído por todos. Maurice Garrel topou o papel, aceitando-o, se não muito entusiasmado, ao menos com boa e fraterna complacência. E com que charme!

Para o papel de "Tato", o garoto de programa, na primeira leitura tivemos, agora não me lembro o nome dele, o ator que fez no cinema a seqüência de sonho do jovem militar em *O charme discreto da burguesia*, de Buñuel, recém-lançado. Entusiasmado com "Tato", o jovem e bonito ator vivia telefonando à Gilda para se garantir no papel, dizendo-o perfeito para ele sair da imagem de bonzinho que já o estava marcando. Para mim ele estava ótimo, mas Gilda, diretora exigente, tinha dúvidas, achando que ao rapaz faltava malícia. E para o papel do quarentão "Roberval", embora fosse papel de apenas duas grandes cenas (com direito a um solilóquio que por si valeria o ingresso), foi trazido Jean-Claude Dreyfus, dois metros de altura e uma das atrações do conceituado cabaré *La grande Eugène*, prestigiado por *le tout Paris*.

A primeira leitura foi um sucesso. Micheline brilhante de ponta a ponta. O resto do elenco excelente. Mesmo Norma dando a impressão de pouco concentrada. Mas sem dúvida, com os ensaios, ela acabaria por dar o show de presença que sempre acabava dando em tudo que fazia.

A coisa parecia ir bem e eu até esquecia as agruras de minha outra vida, a falta total de dinheiro, o vestuário capenga e o colchão no chão do quartinho em Pigalle, descolado por uma amiga cantora brasileira recém-saída de dois anos na cadeia, na Itália. Era um único cômodo, minúsculo, no andar térreo. Sem luz diurna, lúgubre, num treme-treme em plena zona do *bas-fond*. Uma única pia e um fogãozinho de duas bocas. Nem chuveiro tinha. Só o vaso sanitário e um bidê. De modo que logo entendi que teria de me contentar com apenas banhos de assento. E o inverno já começava a marcar presença.

A essa altura, José Vicente recebeu um comunicado do Rio lembrando-o de que estava chegando a data da entrega do Prêmio Molière e que ele precisaria ir para receber o dele – melhor autor por *Hoje é dia de rock*. José e eu nos despedimos em Orly, ele voando para o Rio. Mesmo que ultimamente não nos víssemos muito, agora, sem a presença de meu amigo e *rival*, Paris me fazia sentir ainda mais triste e oprimido. No entanto, prático, decidi que as coisas também não eram tão ruins assim. Era um prazer pedir um expresso à mesa de um café qualquer e passar horas e horas sozinho escrevendo cartas. O Natal ia chegando e eu, além de cartas para a família e amigos, distraía-me escrevendo até para quem nunca havia escrito. Sabia que cartas alegres são gratas surpresas. E a ocasião era propícia para cartas: Natal, Ano-Novo, Boas Festas.

Gilda não me dera ouvidos quanto ao jovem ator de Buñuel, que eu achava perfeito. Testou outras figuras para o papel do "garoto de programa". E através de conhecimentos influentes e pela própria determinação, Gilda trabalhava com afinco nos detalhes da produção. Micheline ajudava no que podia. Conhecia meio mundo. O problema era que todos os teatros já estavam agendados para a próxima temporada. A essa altura, em nossa busca de tudo o que fosse preciso para encenar a peça, mormente subsídios, jantávamos ostras e champanhe em restaurantes que, por minha condição, eu jamais teria entrado. Em uma dessas noites o jantar foi às expensas do digníssimo ministro da Cultura, amigo de Micheline, que prometeu olhar com carinho nosso projeto. Nesse dia éramos o ministro, Micheline, Jeaninne Worms, Norma, Gilda e eu. A certa altura da leveza provida pelo champanhe, Micheline tomou minha mão direita e, segurando-a entre as suas, na frente dos comensais, seus olhos brilhantes de confiança nos meus olhos perplexos, convidou-me a um pacto que achei um pouco longe demais: eu escrever um texto em inglês para ela estrelar na Broadway!

Entrementes, chegava carta de José Vicente, escrita dez dias depois da chegada: "Bivar caríssimo. O Rio está como sempre. Já saíram várias notas malcriadas a meu respeito. *O Globo* noticiou a minha chegada dizendo que eu vinha, recebia o *Molière* num dia e voltava no outro. Fui aplaudidíssimo na entrega do prêmio. (...) Não faço outra coisa, no final das contas, que falar de você, da Micheline, da Norma (com o cuidado devido, que sei muito bem onde estou), de Gilda, e já citei até a Denise Perón, aproveitando a volta do Perón, o próprio, para a Argentina. No mais é aquele verde empoeirado, aquele calor asfixiante, aquela indisposição, a Odete reclamando, a Leilah contando de caronas, o Fauzi me pagando passagem de ponte aérea para São Paulo, até que chego a São Paulo. (...) E assim por diante. Foi a glória, apesar do gosto amargo. Ruth Escobar vai produzir [a versão paulista de] *Hoje é dia de rock*. Vi Abujamra assistindo a *O poderoso chefão*. Ele quase morreu do coração, pois, por uma dessas coincidências do escuro, sentamo-nos em poltronas vizinhas. Ele olhou, me viu e disse: 'Imagine que venho pro cinema pra escapar do maldito inferno e quem é que não está sentado ao meu lado senão José Vicente?!'. Mas em São Paulo a estrela definitiva era Yolanda Cardoso. Namorando um coronel italiano riquíssimo, Yolanda convidou-me a um jantar no Gigetto. Serviu-nos de vinho, não reclamou da vida uma só vez. Para ela era como se estivéssemos em Roma. Muita jóia, muita indiferença, muita dignidade, muito desprezo, muito pó-de-arroz. Uma santa, enfim." E depois: "Muitas notas nos jornais a nosso respeito. Coisas do gênero: 'Antonio Bivar veio ao Brasil receber o Prêmio Molière e está de passagem por São Paulo para montar sua peça *Hoje é dia de rock*'. Estou no Rio. Te escreverei depois contando as aventuras e esquecendo ou tentando esquecer a desventura de ter-te tão longe, tão intocável, num lugar onde o ar da liberdade, ainda que rarefeito, não acabou. Você é (será) o acontecimento teatral (internacional) de 1973 aqui. Vocês assumem uma importância inesperada do ponto de vista teatral aqui. Tente sorrir, mas vê se não gasta tudo em Paris, quero dizer, volte vivo. Z."

Recebi também carta de Yan Michalski, meu crítico predileto (*Jornal do Brasil*). Trechos da carta dele: "Meu caro Bivar, fiquei muito contente com a sua carta, que chegou hoje. Em primeiro lugar, porque estava há muito sem notícias suas, pelo menos diretamente (José Vicente contou-me algo das suas transas aí). E em segundo lugar pelas sensacionais perspectivas que você relata. *Zé quouine* com Micheline Presle e com todo esse *all star cast* que você menciona é uma bela etapa para quem ainda outro dia (1967) estava dando os primeiros passos naquela peça de título interminável [*Simone de Beauvoir, pare de fumar, siga o exemplo de Gildinha Saraiva e comece a trabalhar*] escrita junto com o Carlos Aquino, e sobre a qual me lembro ter escrito uma crítica assaz divertida. (...)" E Yan continua, a carta: "A produção, na verdade, anuncia-se tão promissora que resolvi dar um pulo a Paris especialmente para vê-la. Calculei que entre 26 de janeiro e 2 de fevereiro ela já deverá estar (e ainda estar) em cartaz, e portanto fixei o período entre essas duas datas para o meu comparecimento. Fale com todo mundo para caprichar, já que a fera da crítica carioca estará presente. Brincadeira à parte, é verdade. (...) Em Paris, Maria José e eu seremos hóspedes do governo, que deverá organizar um programa de visitas e contatos oficiais para nós; mas evidentemente teremos bastante tempo para rever os muitos amigos que tenho aí e respirar o ar de Paris, que é um dos lugares do mundo onde me sinto mais em casa. Não sei ainda onde vamos ficar, mas presumo que com o endereço da Gilda que você me indicou vai ser fácil a gente se contatar logo depois da nossa chegada. E espero, seriamente, que a peça esteja em cartaz. (...) Aqui tudo na mesma. A temporada foi bastante fraca, embora comercialmente talvez a melhor em muitos anos: quase tudo fez sucesso, as coisas melhores como as menos boas. Mas com exceção do *Interrogatório*, do *Tango* e da incrível continuidade do impacto de *Hoje é dia de rock*, e agora de *A China é azul*, o resto foi rotina. Acho *A China* sensacional como espetáculo, mais mágico e inventivo até do que *Rock*, mas como resultado final menos satisfatório, porque o texto de José Wilker é realmente muito pouco interessante. (...) O Teatro Ipanema parece que vai montar logo a peça inca de José Vicente. Agradeça a Norma pelo cartão de Boas Festas, que recebi hoje; e transmita meus votos de um bom Natal e Ano-Novo parisiense à turma toda – Norma, Gilda, Marcos Flacksman. Estou muito contente com a perspectiva de revê-los todos. (...) Grandes abraços meus e de Maria José: Yan (P.S.: É provável que o pessoal do *Jornal do Brasil* daí se comunique com você para uma entrevista ou coisa parecida, já por estes dias)."

E chegou o Natal. Fomos – por Micheline Presle ser íntima da dona – convidados para a ceia na casa de uma senhora judia riquíssima, patrona das artes e que fora protetora de Jean Cocteau durante um tempo da vida do poeta. Não lembro o nome dela porque, além de meio desligado, nessa noite estava com a tal da gripe inglesa. Só fui à ceia porque era Natal e, além da eterna curiosidade, estava com muita fome. Fomos: Gilda, Norma, eu e Telma (a cantora brasileira que passara dois anos presa na Itália e com quem agora eu dividia a quitinete em Pigalle). A residência era um verdadeiro palácio na Rive Droite – vários andares e elevador. Quando chegamos e despojamos nossos sobretudos, entregando-os ao moço do guarda-roupa, este nos indicou o elevador já aberto. Nisto chega também Jacques Chasot, o colunista social maior de Paris, que nos acusou de mal-educados porque, rapidíssimos, entramos no elevador antes dele – e no elevador só cabiam quatro, deixamos Chasot sem companhia, no térreo. Foi o maior *faux pas* de nossa parte.

Lá em cima, gente fina e artistas, como sempre foi chique em Paris misturar. Pouca gente, o número ideal. Micheline, que havia ido com marido e filha, explicou à dona da casa, braços dados com ela e comigo, que eu não falava uma palavra de francês mas compreendia tudo. E me deu uma piscadela. Os salões do andar em que transcorria a reunião natalina eram decorados com *design* de Cocteau, desde a porcelana até as toalhas, passando pelos tecidos das almofadas e poltronas, assim como a arte pendurada nas paredes e, acredito, tapetes e cortinas. Françoise Cristophe, veneranda atriz (inclusive da *Comédie Française*), alta, magra, elegantíssima, cabelo curto grisalho-*mauve*, também fez brilharem seus olhos quando lhe fui apresentado por Micheline. Minha tradutora, Jeaninne Worms, também presente, fina e muito amiga que era da dona da casa. Jean-Claude Brially foi o último a chegar, não menos elegante. De nosso grupo, os brasileiros, Norma e Gilda estavam bem. Gilda, loura coruscante *L'Oreal* total (passara a tarde no salão fazendo a *beauté*); Telma ajeitara-se num arranjo caribenho descolado da martiniquenha que lhe cedera a quitinete onde morávamos em Pigalle; eu estava no que tinha de melhorzinho, indigno de registro. A ceia foi divina e a contribuição do calor brasileiro nos salvava, embora os franceses nos achassem pouco animados quando pintou samba no toca-disco e não nos assanhamos nem um pouco.

Eu, gripadíssimo que estava e o champanhe trabalhando, ajeitei-me o melhor que pude nas almofadas e de repente estava cercado de mulheres, adoráveis criaturas, Micheline, sua filha Toni, a Cristophe, Jeaninne e a dona da casa. A língua destravou e desandei a contar peripécias sem medo de que me escapasse qualquer *faux pas*. E como a resposta eram ouvidos atentos e olhares encantados, só parei quando Toni me trouxe uma grande taça de cristal finíssimo decorada com um tipo *mousse* para o qual meu paladar ainda era virgem. Era a sobremesa. Terminamos na madrugada, Micheline, o marido e a filha, Jeaninne e nós rodando a noite e indo tomar café expresso num dos lendários cafés da Rive Gauche. Ah, Paris...

Entre o Natal e o Ano-Novo outra mudança radical aconteceu. Certa manhã, estávamos, Telma e eu, conversando sobre nossas misérias quando insistentes batidas na porta nos pegaram de susto. Fomos abrir e era um policial mal-humorado e agressivo. Ordem de despejo. Tínhamos de deixar a quitinete naquela hora. Que remédio. Telma juntou suas coisas na morosidade maranhense que lhe era peculiar, sob a crescente irritação do policial que nos apressava, enquanto eu juntava as minhas. Telma foi pedir guarita a Luana, amiga baiana e futura condessa de Noailles. E mais uma vez fui para o *studio* de Gilda & Norma.

Na tarde desse mesmo dia, Gilda me chamou para ir com ela visitar Toni, que estava acamada com a gripe inglesa. Gilda foi levar um remédio caseiro, uma daquelas receitas brasileiras infalíveis. E lá no quarto de Toni, conversa vai conversa vem, Gilda contou que eu estava sem moradia. Toni, preocupada, ligou imediatamente para uma amiga contando a minha situação e, depois que a outra no outro lado da linha certamente lhe perguntou sobre mim, Toni disse que eu era "muito simpático", dando a entender, pelo tom, que mais tarde, depois que Gilda e eu já tivéssemos ido embora, ela ligaria de novo para dar mais detalhes a meu respeito. Despediram-se e Toni me passou o endereço de Anémone Bourguignon, para onde me mudei ainda nesse dia. Sobre onde fui instalado *chez* Anémone, prometo escrever adiante, pois a instalação merece um capítulo à parte.

Sobre minha primeira e única Passagem de Ano em Paris nem vou comentar. 1972 terminou em anticlímax. Mas alguém lá em cima cuidou para que a primeira semana do novo ano não passasse antes que eu fosse ao encontro de uma das verdadeiras moradas de minha alma peregrina. No Dia de Reis, um sábado, embarquei em Orly rumo a Heathrow, e, de lá, direto a Salisbury.

34

Onde o coração repousa

Em Salisbury mais de dez pessoas foram me receber na estação. A maioria eu não conhecia. Mais moças que rapazes, da nova safra, agregada à anterior, para a qual eu era uma espécie de lenda viva. E cantando *"Singin'in the rain"* (porque de fato chovia), me levaram a uma casa de chá. Roger Elliot decidira que eu ficaria em sua casa – os pais, que eu conhecia de vista, estavam fora, estando em casa só ele e o irmão, Dig.

E estávamos todos na casa de Roger quando, ao cair da tarde, um deles, Ross, decidiu que eu o acompanharia, de ônibus, até Pitton, um vilarejo perto onde residia. E fui, sem entender direito por que estava indo, uma vez que a sala de Roger estava divertida e cheia de amigos – entre eles, John Ingleson, para quem, quando ele tinha quinze anos, eu posara para um retrato. Em Pitton, a casa que Ross dividia com outras pessoas era uma construção de pedra modernizada por dentro e vidraças enormes para não perder a vista verdejante; me pareceu formal demais para ser a moradia de um dos nossos. Os outros habitantes não estavam e Ross decidiu me ensinar a tocar violão. Me ensinou as posições das mãos e dedos e o primeiro acorde. Repetiu o acorde e me passou o instrumento, fazendo-me repeti-lo várias vezes até memorizar. Me corrigiu e mandou que eu ficasse treinando até ele voltar do trabalho no *pub*.

Sozinho nessa casa, e depois de uma hora exercitando o mesmo acorde, comecei a me impacientar. Será que Ross ia trabalhar até o *pub* fechar? E continuei treinando o acorde até nova impaciência. E as horas passando. Passou uma, passaram-se duas, três, e aí ele voltou. Me fez mostrar o que treinara e, aprovando, disse que eu estava pronto para aprender outro acorde. Nisso chega Andrew Lovelock com uma expressão de indignação contida, expressão que nele eu desconhecia. Andrew disse que as pessoas ficaram lá me esperando e eu nada de voltar. Fiz cara de quem não sabia – e não sabia mesmo. Olhei para o Ross, esperando que ele soubesse e desse uma explicação. Ross parecia também não entender por que eu tinha que ter voltado, se nada a respeito fora combinado.

Foi um mal-entendido. Andrew então nos chamou – Ross não quis ir – e fomos os dois à casa de Roger. Na estrada, dirigindo o carro, Andrew foi me explicando que Roger estava desapontado, pois preparara uma festa surpresa para mim. A casa estivera cheia e eu, a figura a ser festejada, desaparecera. Justifiquei-me dizendo que não sabia que ia ter festa, que não tinha culpa e que saíra com Ross imaginando que este me levava para conhecer sua casa e que voltaríamos a Salisbury. Uma saidinha rápida, só isso.

Quando chegamos, Roger me pareceu realmente decepcionado; ele e os poucos outros que lá permaneceram não quiseram ouvir as minhas desculpas. Literalmente me ignoraram. E como a essa altura estavam todos exaustos, e eu mais que todos – porque afinal viajara de Paris nesse mesmo dia e tivera de castigo três horas solitárias trancado aprendendo o primeiro acorde de violão –, fomos dormir.

Generalizar um povo é nivelar por baixo. Meus amigos ingleses podiam ser tudo: excêntricos, esquisitos, peculiares, sistemáticos, muito jovens, mas indiferentes e sem coração, nunca. Aquele monte de gente enrolado em mantas no carpete da sala, mesmo me dando um tratamento de gelo, fez com que eu dormisse muito, mas muito, feliz. Apesar de tê-los decepcionado, eu estava ali com eles, e só isso já era o melhor, o mais raro, o mais aconchegante dos sentimentos. Eles me amavam e eu os amava, e esse amor, apesar do gelo passageiro, era o gerador do calor humano mais perfeito que eu jamais conhecera. Penso que irmandade é a palavra.

Na manhã seguinte, estava tudo ótimo, eu perdoado, Ross culpado (mas também perdoado), Roger e os outros, como sempre, encantadores. E assim passei alguns dias em Wiltshire.

Janeiro de 1973. Uns me levavam pra cá, outros pra lá. Andrew Lovelock a Broadchalke e depois a Landford – em Landford fiquei dois dias na casa de campo que David Hayward dividia com Lotte e Terry, cheia de hóspedes animados. E Layla, a cadela, que recém dera à luz nove *puppies*, e Beeffy, o gato, e a lareira sempre acesa porque era inverno. E as meninas Tasha e Tiffy. E Tony Mawson. E quando todos dormiam, Anthony Chivers e Jeanne fazendo amor no *sleeping bag* de casal, perto do meu, no carpete da sala. E na manhã seguinte, depois do *breakfast*, haxixe no narguilé. E toda essa vida comunitária evoluindo desde os anos 60, uma vida simples e ao mesmo tempo sofisticada, a língua tão soltamente articulando e a atmosfera me fazendo sentir em casa.

Era tão bom que não dava para ficar para sempre; só um pouco, até me recarregar desse oxigênio e voltar à missão a que fora fisgado. Na despedida de Salisbury alguém me deu um livro para eu matar o tempo na viagem de trem até Londres: *The bodyguard*, de Adrien Mitchell, do qual traduzo um trecho:

"Sim, também sou limitado. Mas não importa. Quero entrar para a política, agarrar a História pelo pescoço e sacudi-la até ela gritar. Quero comprar uma ilha e construir barcos. Quero casar com quatro mulheres, três grandes e uma pequena, e quero um alfarrábio em Marte e quero beber um bar até secá-lo e quero acordar na manhã seguinte e descobrir que sou membro da Família Real, e quero ter o meu próprio programa de televisão – uma hora todas as noites à meia-noite, fazendo exatamente o que quero fazer. Vou te dizer o que eu quero. Quero ser meu próprio guarda-costas."

Sem comentários.

Quando a morada é um banheiro de moças

Prometi que contaria sobre onde fui instalado quando me mudaram para o apartamento de Anémone Bourguignon. Pois bem. Anémone era moça rica. Para começar, todo o prédio, quatro andares, pertencia à avó, que presenteara a neta favorita com o apartamento de cobertura. De modo que meu endereço em Paris agora era Rue Bonaparte 82. Apartamento de cômodos grandes, dois quartos, uma sala enorme, copa, cozinha e um comprido corredor que ia dar no banheiro. O banheiro, uma verdadeira sala de banho, amplo e acarpetado, com aquecimento condicionado. Privada, bidê e banheira, claro, mas também móveis elegantes, objetos de arte e coisas finas da cosmética feminina. E, compondo, um divã que era uma verdadeira cama.

Anémone dividia o apartamento com duas outras moças. Cada uma tinha seu quarto. E assim, a copa sendo grande, tinha virado sala, porque a sala propriamente dita servia de quarto para Anémone, com piano de cauda e tudo, tipo quarto de princesa.

As moças: Béatrice era magra a ponto de parecer mais alta do que realmente era. Beleza rígida, séria e voz grave. Era secretária particular de um editor da Hachette. Fiz vista grossa quando percebi que Béatrice sentia-se constrangida por Anémone ter-me colocado onde colocou. A outra moça, Michèle Vatrin, era o oposto das duas. Loura pós-ninfeta, exalava uma sensualidade espontânea. Coração de ouro, esperta e objetiva. Atriz. Achava ótimo um jovem dramaturgo feito eu, sem dúvida um poeta, estar morando uns tempos com elas, mesmo no improvisado lugar onde Anémone me pusera. Michèle tinha um namorado simpático, Bernard Alouf, jovem ator do tipo "monstro charmoso". Quanto à Anémone, era estrela do cinema *underground*. Protagonizara um filme cujo título era o próprio nome dela: *Anémone*. Dirigido por Philippe Garrel (o namorado da Nico). Enfim, Anémone fazia parte da tribo à qual eu também de algum modo pertencia. Alta, magra, rosto comprido, boca larga, olhos grandes e travessos, nariz imponente, cabelos longos e anelados, o fato de Anémone ser tão cheia de vida e luz a tornava linda. Muito jovem (no começo dos vinte), era uma espécie de hippie rica. Suas roupas, esvoaçando bons tecidos, lhe davam um toque de cigana fina. Cheguei num dia e no outro ela já partia. Para o Egito.

Quando cheguei, de mala e cuia, Anémone disse que a casa estava toda tomada mas que eu podia ficar quanto tempo quisesse, instalado no banheiro. Como ela disse isso de forma natural, minha reação foi aceitar a idéia como coisa original. Eu continuava sem dinheiro e o único motivo de continuar em Paris era a esperança de que minha peça estreasse em algum teatro. E enquanto esperava ia tendo experiências inusitadas como essa de morar no banheiro das moças. E posso contestar a fama de que francesa não toma banho. Passei uma longa temporada morando no banheiro de três francesas autênticas e em toda a minha vida nunca vi mulher gostar tanto de tomar banho.

Todas as manhãs eu era suavemente despertado ouvindo um agradável borbulhar de água misturada a sais espumantes. Era alguma das moças que pusera a banheira para encher. Eu rolava gostosamente sob o edredom e abria calmamente os olhos. Era Michèle no banho. Visão impressionista de garota nua de pintura de Renoir, tipo cheinha. Tão linda. Às vezes conversávamos, eu no divã e ela na banheira, espuma nos seios. Já quando era a Béatrice a tomar banho, eu fingia continuar dormindo, puxando a coberta até cobrir toda a cara. Béatrice preferia assim. Mas às vezes eu não resistia e, *voyeur*, através de um furo no cobertor, com um olho eu a espiava. Assim nua, estava mais para a falsa magra. Mesmo nua era severa. Tomava banho de costas para mim. Mas tinha também seu *côté* ritualista. E assim elas se banhavam, todos os dias e nos fins de semana. Nos fins de semana mais à tardinha. Não houve um dia, dos quase três meses em que morei nesse banheiro, em que as moças não tomassem seus banhos completos.

Por isso repetirei sempre: não é verdade que francesa não toma banho. Quanto aos homens, não sei. Só vi um. Bernard, o namorado de Michèle. Pelado, impregnou a sala de banho com um forte cheiro de queijo *roquefort*. Quanto a mim, na banheira das garotas, me banhava dia sim dia não. Para economizar água – afinal estava morando de favor.

Como Yan Michalski me comunicara por carta, fomos procurados pela sucursal do *Jornal do Brasil* para uma entrevista sobre a montagem de *Zé quouine*. Uma francesinha bilíngüe, Anette Chabrol, era a entrevistadora, acompanhada de um fotógrafo. O local da entrevista foi o apartamento de Micheline Presle, um espaçoso *loft* no Odéon, pé-direito alto e uma piscina de tamanho assustador (para *loft*) aos pés da enorme cama de Micheline e marido. A parede diante da piscina era uma vidraça de cima a baixo, de modo que à beira da piscina ou nela boiando Micheline pudesse receber os raios solares. Ou tomar banho de lua. Sim, porque a água da piscina era aquecida. E daí, nesse ambiente de *loft* sofisticado, Micheline explicava à jornalista que, no ilógico de meu texto, havia toda uma lógica tropical. Isso era o que mais a fascinava na peça. E lado a lado, ambos confiantes, Micheline e eu, o fotógrafo nos captou. Eu novamente com o bigodão de lóbulo a lóbulo.

Os críticos começaram a chegar. Primeiro foi o Sábato Magaldi, em férias, acompanhado da bailarina Marilena Ansaldi, com quem estava casado. Nos encontramos no La Coupole para jantar. Sábato, Marilena, Norma, Gilda e eu. Sábato disse que gostaria de conhecer Micheline Presle. "Ela foi um dos ídolos da minha juventude", confessou.

Quem era de teatro e vinha do Brasil esperava encontrar *Zé quouine* às vésperas do ensaio geral, ou, no mínimo, com ensaios correndo a todo vapor. E estava tudo parado. Em janeiro de 73, tivéramos apenas uma leitura da peça, por sinal brilhante, na casa de Bárbara Donen (separada de Stanley Donen, o diretor de *Cantando na chuva*). O mesmo elenco – Norma, Micheline, Maurice Garrel, Jean-Claude Dreyfus, Stéphanie Loik – e agora, no papel do "garoto de programa", um garotão iugoslavo que fazia sucesso exibindo o corpo no *La grande Eugène*. Era realmente um rapaz bonito – o mais bonito de todos os que foram testados para o papel – e até expressivo. Mas Micheline chamou a atenção da diretora, e Gilda entendeu: pegaria mal dois atores com sotaque estrangeiro, já que Norma também não era francesa. Uma pessoa não-francesa no elenco (Norma, no caso) poderia dar um chame especial, mas duas, podia resultar *manqué*.

Mal Sábato deixou Paris (indo com a mulher para uns dias em Nova York), chegou outro crítico, Yan Michalski (com a mulher, Maria José). Yan telefonou e fui visitá-lo no hotel. Yan ficou decepcionado por *Zé quouine* ainda não ter passado da fase de leituras. Mas teatro é mesmo uma luta insana, Yan devia saber.

Depois que os críticos brasileiros deixaram Paris, as coisas continuaram no mesmo pé. Mas eis que chegou outra carta do José Vicente: "Bivar, vez por outra leio uma nota aqui e ali sobre sua peça, sempre as mesmas referências à Micheline Presle. E como vai você? Gostaria tanto de te fazer rir, mas o humor que há tem um tom assim pardo. Não me passam pela glândula pineal nada além de *malas vibraciones*. Há uma paranóia ameaçando de algum lugar. Suspeito que venha do Atlântico e por isso me recuso a ir à praia, veja você. O que tenho feito, em síntese, é o seguinte: estou morando com Isabel e Claire. Elas me ofereceram um quarto que é uma graça e é onde fica a biblioteca. Volto a minha cabeça para a esquerda e vejo Henry Miller. Um pouco mais adiante vejo *The family reunion* de T. S. Eliot. De certa forma, a presença de uma biblioteca como esta me faz sentir culpado (de não recobrar minha cultura perdida). De repente, me passa que a vida perdeu o encantamento e que minha fantasia me foi interditada. Aqui há a suspeita dentro da suspeita, como aí era o teatro dentro do teatro. As pessoas cospem muito pelas ruas, é como se tentassem cuspir a poluição, mas eu (dada a minha 'persecutomania') interpreto como sendo uma espécie de nojo pela minha passagem. *Alea jacta est.* Não pense em voltar. Eu já estou pensando em sair daqui o mais rápido possível. O clima é asfixiante. O verão. Isabel acaba de dizer que com catorze anos de verão carioca ainda não se acostumou. Cheguei à conclusão de que nem no Rio nem em São Paulo seríamos felizes. Não tome decisões românticas. Estou com uma passagem (a do Prêmio Molière) que posso aproveitar a hora que quiser. Mas não posso sair daqui desta vez sem ter certeza de que será para sempre. Você está precisando de dinheiro?"

Precisando de dinheiro, eu? E como! Principalmente para saldar a dívida com a SBAT, tão alta que a sociedade, na pessoa de seu presidente, já me escrevera adiantando não poder mais ficar me sustentando em Paris *ad infinitum.*

E a cada dia ia perdendo mais e mais a esperança, o entusiasmo e sobretudo a paciência. E depois, por mais que os interessados se mexessem, não havia em Paris um só teatro disponível para estrear a peça nos próximos três meses. E então nem valeria a pena, porque logo chegaria o verão e, no verão, os teatros fecham. Assim, Alexandra Stewart tendo oferecido a Norma e Gilda sua propriedade rural para que elas espairecessem, fomos, os três, no Peugeot de Gilda, passar três dias na *campagne.*

A propriedade rural de Alexandra (casada com o industrial Alain Aptickman, que entrara com dinheiro na produção de *Les convalescents* e que não faria o mesmo com *Zé quouine*) era mesmo coisa de gente rica. Distante uma hora de Paris, tratava-se, na verdade, de uma fazenda. A casa era um *château* de três andares, nem sei de que período. À sua frente, uma réplica do Jardim de Versalhes, com um lago retangular no centro, cercado de estátuas e tudo. A sala, palaciana, cheia de enormes quadros a óleo do tempo antigo. Esculturas, móveis de época, tudo muito sólido. TV colorida e revistas finas já meio datadas. Assoalho de pedra encerada, um tigre empalhado aos pés da lareira, tão grande que daria para assar veados inteiros. Na adega, vinhos e champanhes de safras invejáveis. Na dispensa, segundo Gilda, as conservas eram todas preparadas pela mãe de Alexandra, que vinha sempre do Canadá passar as temporadas de verão na propriedade da filha. Agora era inverno e as árvores ainda estavam nuas de folhagem e a propriedade nos pertencia exclusivamente por três dias. Não muito longe ficava a distinta e sólida casa de pedra do administrador e, perto da estrebaria, a moradia do moço que treinava Alexandra em equitação.

Escolhi para meu quarto a mansarda voltada para o Norte. Gilda e Norma escolheram um quarto que dava para o Sul, no andar do meio. Eram tantos quartos que nem os contei. Explorando o chatô, descobri, na ala leste, um quarto mais que peculiar. Estilo *den* chinês. Gilda me contou que era o quarto do Pierre Kast – cineasta da *Nouvelle Vague* e o mais querido amigo de Alexandra, que fora uma das estrelas desse movimento. No criado-mudo encontrei uma latinha com um pedaço de haxixe e papel de enrolar cigarro. Fui falar com Gilda. Perguntei se podia preparar um baseado com um pouco desse opiáceo. Gilda me disse para ficar à vontade, desde que não fumasse todo haxixe porque, um dia, quando Pierre Kast voltasse, seco pra enrolar um, não encontrando nada na gaveta, não iria gostar. Entendi e segui as instruções. Peguei para ler um livro da coleção de Kast, um livro de Frank Harris da série erótica de capa verde, da Olympia Press. E nessa atmosfera bucólica, que delícia, que melancolia gostosa, sob o efeito do haxixe ficar na sacada do sótão aspirando o ar gelado; e avistar montes de feno, moinhos, gado pastando na imensidão a perder de vista. Uma paisagem tão linda que, contemplando-a embevecido, tomei uma decisão: retornar ao Brasil o mais breve possível.

Norma adora cozinhar e, na cozinha da fazenda – moderna, equipada com o que havia de mais sofisticado –, Gilda e eu descascando, ralando, e Norma temperando, conversávamos. Quanto a lavar louças e panelas, Alexandra, por telefone, já instruíra a caseira para que o fizesse. Aliás, a mulher fora instruída também a cozinhar para nós, mas Norma a dispensou. Que ela só viesse quando chamada para limpar a cozinha.

Eu ralava o queijo quando manifestei a decisão de regressar ao Brasil. A peça teria que esperar até setembro e ficar quase oito meses nesse tipo de vida eu não agüentaria. Nem por toda a glória de ser reconhecido como gênio. Disse que iria ao Brasil aproveitar os meses de espera para arranjar trabalho e, quando Gilda precisasse de mim, eu voltaria. Norma tentou me convencer a não ir, que sempre se dava um jeito, que assim que esgotasse meu tempo no banheiro de Anémone, outro lugar apareceria etc.

Não. Já estava decidido. Eu ia mesmo. Secretamente partilhava do mesmo sentimento de José Vicente e outros autores. Já tendo completado há muito meu trabalho, que fora o de escrever a peça e, no caso, ter colaborado na sua versão para o francês, não fazia sentido continuar ali. Claro que meu coração e minha consciência compreendiam que Gilda, como diretora, contava com a minha presença, participação e entusiasmo para ajudar a tocar o projeto. Mas eu, sensitivo, percebia também que o entusiasmo de Gilda e Norma agora começava a se concentrar quase que totalmente no movimento feminista. Eu mesmo as acompanhara na primeira reunião em uma *cave* em Les Halles. Fui o único homem presente entre européias e latino-americanas. De modo que ambas, numa boa, acabaram aceitando minha decisão de retornar ao Brasil. Ficou combinado assim: eu passaria dois, três meses no Brasil. Trabalharia, levantaria uma grana e voltaria. Mas no fundo eu sabia que a montagem parisiense de *Zé quouine* era página virada.

Carta de São Paulo, de Sábato Magaldi:

"Bivar, estou com saudades. Gostei muito dos nossos encontros em Paris, embora poucos, rápidos e cheios de seu silêncio. Em Nova York, a Joanne Pottlitzer me disse para você lhe escrever. Tudo leva a crer que você será o dramaturgo residente do Theatre of Latin America na temporada 1974. Mande-me uma cópia de *A passagem da rainha.* Começo a achar absurdo que não me tenha dado até agora um exemplar. Um grande abraço do Sábato."

Olhaí: a possibilidade de uma bolsa de estudo para Nova York. Aguardava o aviso da chegada de minha passagem de volta ao Brasil deitado no divã apreciando as meninas no banho. A dona do apartamento estava de volta do Egito – e que bela égua, a Anémone. Ela trouxera um namorado, Martin, o jovem americano perfeito. Alto, ombros largos, louro, corado, forte e destro, inclusive na arte culinária. Cozinha natural. Com Martin e a comida que ele nos preparava, a casa se expandiu em vitalidade. Béatrice engordou meio quilinho. Arrumávamos a casa, eu passava o aspirador enquanto os outros limpavam a copa, lavavam o amontoado na pia, na rápida faxina geral.

O mundo passaria por uma crise brava, em 1973, com os árabes no poder como os donos do petróleo. Na véspera da minha partida, Françoise Fabian, amiga de Micheline Presle, me ofereceu um jantar de despedida em seu apartamento de bem casada. Em alguns cinemas de Paris, o último filme estrelado por ela, *A estação da morte prazerosa* (dirigido pelo filho de Luís Buñuel, o Juan), estava fazendo ótima carreira. O marido estava viajando. Negócios fora da França. No jantar éramos eu, Gilda, Norma, Barbara Donen, Micheline e Françoise. Eu, o único homem.

Françoise Fabian e eu nos entendemos muito bem ao descobrir que éramos do mesmo signo. Ela, com seus grandes olhos de um verde esmeraldino, viu em mim um taurino supimpa. Pintou astral positivo de amizade eterna mesmo que depois desse jantar nunca mais nos víssemos. Micheline, então, nem preciso dizer. Em um momento em que Gilda, Bárbara e Norma se entretinham numa conversa animada, Micheline, Françoise e eu juntamos nossas mãos e vislumbramos um futuro em que Françoise nos conseguia um produtor de primeira e a minha peça explodia nos luminosos. Na despedida – e era como se eu fosse apenas passar umas rápidas férias no Brasil – a promessa de voltar logo para retomarmos o trabalho.

No dia seguinte, Gilda e Norma me levaram ao aeroporto. Enquanto aguardávamos a chamada, tiramos fotos, juntos, numa automática, para eu mostrar aos nossos amigos no Rio.

Fecho éclair

Em fevereiro de 1973, o aeroporto internacional do Galeão, no Rio, estava em estado de abandono. Nem ar-condicionado havia. Para quem chegava de um longo inverno europeu, aterrissar em solo pátrio com aquele bafo e a alta umidade do ar era como ter sido despejado diretamente no caldeirão do inferno. Era pouco antes do meio-dia de um sábado. Suando em bicas, passei ileso pela alfândega e tomei um táxi direto para Ipanema.

José Vicente continuava morando na biblioteca de Clara e Isabel. O sobrado ficava em uma vila na rua Aníbal de Mendonça. Quando cheguei, só estava o José em casa. Isabel e Clara passavam o verão em Petrópolis. Deixei a bagagem na biblioteca (ia dormir em um colchão no chão), enrolamos um *joint* do haxixe que trouxe de presente para ele e consegui convencer José a irmos fumá-lo na praia. Eu estava sedento por um mergulho e Zé me emprestou um de seus calções. E lá fomos. Os anos passavam, a densidade demográfica aumentava assustadoramente, Ipanema se descaracterizava com os espigões de arquitetura agressiva, mas o mar continuava no mesmo tom verde-limonada como o conhecera há catorze anos. E por ser sábado, pleno verão, sol a pino, a praia estava abarrotada. Mas antes de acendermos o baseado, um mergulho para descarregar todo o peso de minha temporada francesa. Era meu primeiro mergulho desde o último agosto em Formentera. Fumamos e fomos andar. Encontramos vários conhecidos pelo caminho.

O Brasil continuava sob as rédeas da ditadura. Tocava-se o barco. Havia ainda muita água pela frente. José Vicente estava com duas peças novas em plano de montagem – *História general das Índias*, que o Ipanema ia montar, e *Ensaio selvagem*, que ia inaugurar um café-teatro em São Paulo. Eu é que estava sem nenhuma peça nova para oferecer aos produtores.

Passado o carnaval, José voltou para a casa da mãe em São Paulo. Ia dar um tempo lá. Clara e Isabel voltaram de Petrópolis, retomaram a casa e me convidaram a continuar hospedado no quarto-biblioteca. Agradável era o convívio com essas duas amigas. Isabel me contava da idéia que tinha para um espetáculo só com moças – fora ela quem, nessa época, inventara um termo que já estava na boca do pessoal, o termo "sapata". Dentro do feminismo crescente, as "sapatas" eram uma nova tribo safista fazendo vista na sociedade alternativa. Moças destemidas, independentes, engraçadas, glamourosas, sibaritas, amazonas modernas com o pisar determinado. Daí que Isabel, poeta dessa tribo, nas férias em Petrópolis anotara idéias para uma peça que já tinha até título: *Viva sapatas*. Fazia tempo que eu não via minha amiga tão animada.

Mas daí, uma noitinha, estávamos Isabel e eu na sala trocando figurinhas quando, de surpresa, chega Maria Bethânia! Carro e motorista particular esperando lá fora, Bethânia veio convidar Isabel e a mim para dirigirmos seu próximo show, baseado no novo LP, *Drama*.

Mas nós, Isabel e eu?! Nem éramos diretores!

Bethânia estava decidida que seríamos seus diretores. E estava com pressa. Tempo nenhum a perder. Convidou-nos a jantar com ela no Helsingor – um restaurante norueguês no Leblon –, e fomos. Do jeito que estávamos (eu, descalço, nem tempo tivera de calçar sapato). Benil Santos, o empresário de Bethânia, veio nos encontrar no restaurante e o jantar foi uma celebração.

Discutido com o empresário o contrato, Isabel e eu, já na semana seguinte, começamos a trabalhar com Bethânia. Ensaiaríamos dois meses no Teatro da Praia, onde o show estava marcado para estrear e fazer longa carreira antes de viajar pelas capitais.

Maria Bethânia, uma das cantoras brasileiras mais originais de todos os tempos, estava vivendo uma das fases mais felizes e de maior sucesso de sua carreira, iniciada havia quase uma década, quando veio da Bahia substituir Nara Leão em *Opinião*, show teatral com músicas e textos de protesto, espetáculo que fizera enorme sucesso. Depois de lançada, Bethânia foi corajosa assumindo gostar de praticamente todos os outros gêneros musicais e de não ter o menor preconceito quanto a cantar para grã-finos em boates. Desde o começo, só fez o que quis e acreditou. Seu último show, de 1972, o arrebatador *Rosa dos ventos*, direção de Fauzi Arap, firmou-a definitivamente como estrela para o grande público.

Bethânia, além do temperamento dramático, com idêntica propriedade jogava com humor e malícia. Nesses dias, o relacionamento entre ela e Fauzi passava por fase delicada. Mas o diretor será, sempre, o mais constante condutor dos shows da cantora. E nesse começo de 1973, Bethânia, gostando de trabalhar com amigos, não agiu gratuita e impensadamente ao convidar a mim e a Isabel, que, como eu disse, nunca tínhamos dirigido nada. Isabel e eu fizéramos parte de um grupo, com Bethânia e Fauzi, entre outros, grupo que em 1967 reafirmou o potencial da cantora no show *Comigo me desavim*. Fauzi, como nenhum outro, soube trabalhar a Bethânia atriz. De modo que unidos podíamos exercitar não só o que aprendêramos com o mestre, mas também em outras escolas antes e depois dele. Ao convidar a mim e a Isabel para dirigi-la, Bethânia já estava com toda a base do show na cabeça. Nosso trabalho seria adicionar idéias e lampejos condizentes aos dela.

A pedido de Bethânia, Clarice Lispector ficara de lhe dar um texto inédito, enquanto textos de outros autores chegavam. Os textos, curtos, serviam como vinhetas expressivas introdutórias às canções. Tornara-se a marca registrada da cantora e nenhuma outra ousava imitá-la. Porque era uma característica DELA. Tratava-se de um show temático, dividido em cinco partes, uma delas voltada à sua infância em Santo

Amaro da Purificação, memórias de idas ao circo e das canções que fizeram sucesso naquela época, entre elas, *Donde estará mi vida*, com Joselito (um menino-cantor espanhol), e *Meu primeiro amor*, com Cascatinha & Inhana. Bethânia nos contava lembranças da infância e, a seu pedido, escrevi um texto para ela interpretar antes de *Estrela do mar* – "um pequenino grão de areia, que era um pobre sonhador, olhou pro céu viu uma estrela, imaginou coisas de amor..." (marcha-rancho sucesso de Dalva de Oliveira, música que marcara nossa infância). Meu texto era assim:

"Era uma vez. Mas eu me lembro como se fosse agora: eu queria ser trapezista. Minha paixão era o trapézio, me atirar lá do alto na certeza que alguém segurava minha mão, não me deixando cair. Era lindo, mas eu morria de medo. Eu tinha medo de tudo, quase. Circo, ciganos, aquela gente encantada que chegava e seguia. Era disso que eu tinha medo, do que não ficava para sempre. Era outra vez, outro circo, era uma tarde de sonho e corri até lá. Os artistas se preparavam para começar o espetáculo. Entrei no meio deles, me apresentei e falei que queria ser trapezista. Veio falar comigo uma moça, a domadora, uma moça bonita, moça forte, uma moçona mesmo. Ela me olhou, riu um pouco, disse que era muito difícil, mas que nada era impossível. Depois veio o palhaço, o dono do circo, o trapezista Dieter Langer, que parecia um príncipe, as crianças, o público. De repente, apareceu uma luz lá no alto e todo mundo ficou olhando. A lona do circo tinha sumido e o que eu via era a Estrela Dalva no céu aberto. Quando cansei de ficar olhando para o alto e fui olhar para as pessoas, só aí eu vi que estava sozinha." (Esse texto, ainda hoje, mais de três décadas depois, é um texto *cult*, estimado por cada nova geração de moças que reverenciam Maria Bethânia.)

E assim, nos ensaios, o show ia brotando, o roteiro tomando forma. A partir da concepção da estrela, Joel de Carvalho ia desenhando e realizando os cenários, Márcia Mendes aprovava os figurinos (Bethânia trocava de roupa quatro vezes), Teresa Eugênia fazia as fotos e Suzana Sereno cuidava da programação visual – a fachada do teatro: a foto de Bethânia em moldura de rosácea *art déco*, *design* repetido no convite para a estréia, no anúncio de jornal e na capa do programa. A divulgação ficou por conta da esperta Ivone Kassu. E, claro, a produção serena e eficiente de Benil Santos.

Isabel e eu íamos para o teatro de bicicleta, eu pedalando e ela na garupa. Nossa casa ficava a dois quilômetros do Teatro da Praia. Geralmente, no caminho, almoçávamos na famosa pensão de nossa amiga Creusa de Carvalho e sua sócia, Lúcia Shibuya. Os comensais pertenciam à vanguarda artística e contracultural. Comida saudável e caseira em um ambiente familiar. Creusa, atriz formada pela Escola de Arte Dramática da Universidade de São Paulo, depois de anos de aprendizado em Nova York – morava no Village –, voltara com o intuito comunitário de, já que alguém tinha que tomar conta dos amigos e outros desgarrados, que fosse ela a *mãe*. E graças aos almoços em sua pensão, em Ipanema todos sobrevivíamos bem alimentados. Na salada, tenras folhas de verduras de primeiro corte e, para os que gostavam, sempre um torresminho. E foi na pensão das moças que, por exemplo, anos depois aconteceu a noite de autógrafos do primeiro livro de memórias de Odete Lara, *Eu nua*, publicado pela editora Civilização Brasileira.

Isabel e eu, de bicicleta, chegávamos cedo no teatro, por volta das duas da tarde. Os músicos – o Terra Trio e o mago Pedro na percussão – chegavam logo depois, e, por último, chegava a estrela em seu carro, trazida por seu motorista pessoal.

Uma tarde, para grande emoção de Bethânia, Clarice Lispector veio pessoalmente trazer o texto. Ficou para o ensaio. Quando este começou, Clarice sentou-se ao meu lado no escuro da platéia. Clarice me parecia um tanto inquieta e deslocada. Ela, a maior escritora brasileira. Estava com fome. Pediu que eu providenciasse um misto-quente e um guaraná. Que o *boy* da produção foi correndo ao bar ao lado buscar. Como a maioria dos escritores, que volta e meia passam por fases de dificuldades financeiras, Clarice, nessa época, tinha as suas. E Bethânia, discretamente, sem nenhum alarde, ordenou à SBAT que, de todos os pagamentos aos autores dos outros textos do show, arrecadasse uma porcentagem maior da renda bruta para Clarice. Afinal, Clarice também era uma rainha.

Caetano Veloso, que corria o Brasil com seu próprio show, a pedido da irmã, ficou de compor uma música que daria subtítulo ao show. A fita da música só chegou na véspera. Um *fox* lento que Bethânia deveria interpretar ao estilo de Billie Holiday. Sofisticada, não entendo por que *Luz da noite* (o nome da música) até hoje não foi mais explorada. Ficou só nesse espetáculo. Em *Drama*, Bethânia interpretou também, pela primeira vez em show, a toada *Mãe menininha*, que Dorival Caymmi compusera para ela e Gal Costa gravarem em dupla, homenageando a mãe-de-santo Menininha do Gantois, a quem Bethânia fora apresentada, por Vinicius de Moraes, e de quem se tornara devota. A gravação ao vivo desse show tornar-se-ia um dos LPs favoritos do público da artista.

E *Drama* resultou em grande sucesso. A crítica considerou-o menos surpreendente que *Rosa dos ventos*, mas a afluência de público foi ainda maior. Para mim, foi um trabalho prazeroso. O que recebi de *royalties* (pelo trabalho de co-direção e pelos meus dois pequenos textos), durante todo o ano em que *Drama* esteve em cartaz no Rio e em viagens, permitiu que eu logo saldasse minha dívida com a SBAT, dívida contraída em meu segundo ano no exílio, além de poder viver outros dois anos financeiramente folgado. Ao modo franciscano, como era meu estilo.

SOBRE O AUTOR

Escritor que cultiva a ficção, o jornalismo, o teatro e a memória, Antonio Bivar nasceu e vive na cidade de São Paulo. Cresceu no interior, estudou teatro no Rio de Janeiro e literatura na Inglaterra, onde é o membro número 94 de The Virginia Woolf Society of Great Britain. É autor dos livros *O que é punk* (história de um movimento), *Verdes vales do fim do mundo* (memórias), *Chic-A-Boom* (romance), *Yolanda* (biografia de Yolanda Penteado) e *Bivar na corte de Bloomsbury* (diários de doze anos de experiências literárias e artísticas a partir do estudo da vida e obra de Virginia Woolf e do Grupo de Bloomsbury) entre outros.

Longe daqui aqui mesmo (memórias) foi primeiro publicado pela Editora Best Seller em 1995. A atual edição foi revista pelo autor em 2006, para fazer par com *Verdes vales do fim do mundo*, também publicado pela L&PM Pocket. Ou seja, *Longe daqui aqui mesmo* começa exatamente onde termina *Verdes vales*. Memórias de um viajante transgressor nos tumultuados anos da Contracultura.

Coleção **L&PM** POCKET (LANÇAMENTOS MAIS RECENTES)

333. **O livro de bolso da Astrologia** – Maggy Harrisonx e Mellina Li
334. **1933 foi um ano ruim** – John Fante
335. **100 receitas de arroz** – Aninha Comas
336. **Guia prático do Português correto – vol. 1** – Cláudio Moreno
337. **Bartleby, o escriturário** – H. Melville
338. **Enterrem meu coração na curva do rio** – Dee Brown
339. **Um conto de Natal** – Charles Dickens
340. **Cozinha sem segredos** – J. A. Machado
341. **A dama das Camélias** – A. Dumas Filho
342. **Alimentação saudável** – H. e Â. Tonetto
343. **Continhos galantes** – Dalton Trevisan
344. **A Divina Comédia** – Dante Alighieri
345. **A Dupla Sertanojo** – Santiago
346. **Cavalos do amanhecer** – Mario Arregui
347. **Biografia de Vincent van Gogh por sua cunhada** – Jo van Gogh-Bonger
348. **Radicci 3** – Iotti
349. **Nada de novo no front** – E. M. Remarque
350. **A hora dos assassinos** – Henry Miller
351. **Flush - Memórias de um cão** – Virginia Woolf
352. **A guerra no Bom Fim** – M. Scliar
353. (1). **O caso Saint-Fiacre** – Simenon
354. (2). **Morte na alta sociedade** – Simenon
355. (3). **O cão amarelo** – Simenon
356. (4). **Maigret e o homem do banco** – Simenon
357. **As uvas e o vento** – Pablo Neruda
358. **On the road** – Jack Kerouac
359. **O coração amarelo** – Pablo Neruda
360. **Livro das perguntas** – Pablo Neruda
361. **Noite de Reis** – William Shakespeare
362. **Manual de Ecologia** – vol.1 – J. Lutzenberger
363. **O mais longo dos dias** – Cornelius Ryan
364. **Foi bom prá você?** – Nani
365. **Crepusculário** – Pablo Neruda
366. **A comédia dos erros** – Shakespeare
367. (5). **A primeira investigação de Maigret** – Simenon
368. (6). **As férias de Maigret** – Simenon
369. **Mate-me por favor (vol.1)** – L. McNeil
370. **Mate-me por favor (vol.2)** – L. McNeil
371. **Carta ao pai** – Kafka
372. **Os vagabundos iluminados** – J. Kerouac
373. (7). **O enforcado** – Simenon
374. (8). **A fúria de Maigret** – Simenon
375. **Vargas, uma biografia política** – H. Silva
376. **Poesia reunida (vol.1)** – A. R. de Sant'Anna
377. **Poesia reunida (vol.2)** – A. R. de Sant'Anna
378. **Alice no país do espelho** – Lewis Carroll
379. **Residência na Terra 1** – Pablo Neruda
380. **Residência na Terra 2** – Pablo Neruda
381. **Terceira Residência** – Pablo Neruda
382. **O delírio amoroso** – Bocage
383. **Futebol ao sol e à sombra** – E. Galeano
384. (9). **O porto das brumas** – Simenon
385. (10). **Maigret e seu morto** – Simenon
386. **Radicci 4** – Iotti
387. **Boas maneiras & sucesso nos negócios** – Celia Ribeiro
388. **Uma história Farroupilha** – M. Scliar
389. **Na mesa ninguém envelhece** – J. A. P. Machado
390. **200 receitas inéditas do Anonymus Gourmet** – J. A. Pinheiro Machado
391. **Guia prático do Português correto – vol.2** – Cláudio Moreno
392. **Breviário das terras do Brasil** – Luis A. de Assis Brasil
393. **Cantos Cerimoniais** – Pablo Neruda
394. **Jardim de Inverno** – Pablo Neruda
395. **Antonio e Cleópatra** – William Shakespeare
396. **Tróia** – Cláudio Moreno
397. **Meu tio matou um cara** – Jorge Furtado
398. **O anatomista** – Federico Andahazi
399. **As viagens de Gulliver** – Jonathan Swift
400. **Dom Quixote – v.1** – Miguel de Cervantes
401. **Dom Quixote – v.2** – Miguel de Cervantes
402. **Sozinho no Pólo Norte** – Thomaz Brandolin
403. **Matadouro Cinco** – Kurt Vonnegut
404. **Delta de Vênus** – Anaïs Nin
405. **O melhor de Hagar 2** – Dik Browne
406. **É grave Doutor?** – Nani
407. **Orai pornô** – Nani
408. (11). **Maigret em Nova York** – Simenon
409. (12). **O assassino sem rosto** – Simenon
410. (13). **O mistério das jóias roubadas** – Simenon
411. **A irmãzinha** – Raymond Chandler
412. **Três contos** – Gustave Flaubert
413. **De ratos e homens** – John Steinbeck
414. **Lazarilho de Tormes** – Anônimo do séc. XVI
415. **Triângulo das águas** – Caio Fernando Abreu
416. **100 receitas de carnes** – Sílvio Lancellotti
417. **Histórias de robôs: vol.1** – org. Isaac Asimov
418. **Histórias de robôs: vol.2** – org. Isaac Asimov
419. **Histórias de robôs: vol.3** – org. Isaac Asimov
420. **O país dos centauros** – Tabajara Ruas
421. **A república de Anita** – Tabajara Ruas
422. **A carga dos lanceiros** – Tabajara Ruas
423. **Um amigo de Kafka** – Isaac Singer
424. **As alegres matronas de Windsor** – Shakespeare
425. **Amor e exílio** – Isaac Bashevis Singer
426. **Use & abuse do seu signo** – Marília Fiorillo e Marylou Simonsen
427. **Pigmaleão** – Bernard Shaw
428. **As fenícias** – Eurípides
429. **Everest** – Thomaz Brandolin
430. **A arte de furtar** – Anônimo do séc. XVI
431. **Billy Bud** – Herman Melville
432. **A rosa separada** – Pablo Neruda
433. **Elegia** – Pablo Neruda
434. **A garota de Cassidy** – David Goodis
435. **Como fazer a guerra: máximas de Napoleão** – Balzac

436. Poemas de Emily Dickinson
437. Gracias por el fuego – Mario Benedetti
438. O sofá – Crébillon Fils
439. O "Martín Fierro" – Jorge Luis Borges
440. Trabalhos de amor perdidos – W. Shakespeare
441. O melhor de Hagar 3 – Dik Browne
442. Os Maias (volume1) – Eça de Queiroz
443. Os Maias (volume2) – Eça de Queiroz
444. Anti-Justine – Restif de La Bretonne
445. Juventude – Joseph Conrad
446. Singularidades de uma rapariga loura – Eça de Queiroz
447. Janela para a morte – Raymond Chandler
448. Um amor de Swann – Marcel Proust
449. À paz perpétua – Immanuel Kant
450. A conquista do México – Hernan Cortez
451. Defeitos escolhidos e 2000 – Pablo Neruda
452. O casamento do céu e do inferno – William Blake
453. A primeira viagem ao redor do mundo – Antonio Pigafetta
454(14). Uma sombra na janela – Simenon
455(15). A noite da encruzilhada – Simenon
456(16). A velha senhora – Simenon
457. Sartre – Annie Cohen-Solal
458. Discurso do método – René Descartes
459. Garfield em grande forma – Jim Davis
460. Garfield está de dieta – Jim Davis
461. O livro das feras – Patricia Highsmith
462. Viajante solitário – Jack Kerouac
463. Auto da barca do inferno – Gil Vicente
464. O livro vermelho dos pensamentos de Millôr – Millôr Fernandes
465. O livro dos abraços – Eduardo Galeano
466. Voltaremos! – José Antonio Pinheiro Machado
467. Rango – Edgar Vasques
468. Dieta mediterrânea – Dr. Fernando Lucchese e José Antonio Pinheiro Machado
469. Radicci 5 – Iotti
470. Pequenos pássaros – Anaïs Nin
471. Guia prático do Português correto – vol.3 – Cláudio Moreno
472. Atire no pianista – David Goodis
473. Antologia Poética – García Lorca
474. Alexandre e César – Plutarco
475. Uma espiã na casa do amor – Anaïs Nin
476. A gorda do Tiki Bar – Dalton Trevisan
477. Garfield um gato de peso – Jim Davis
478. Canibais – David Coimbra
479. A arte de escrever – Arthur Schopenhauer
480. Pinóquio – Carlo Collodi
481. Misto-quente – Charles Bukowski
482. A lua na sarjeta – David Goodis
483. Recruta Zero – Mort Walker
484. Aline 2; TPM – tensão pré-monstrual – Adão Iturrusgarai
485. Sermões do Padre Antonio Vieira
486. Garfield numa boa – Jim Davis
487. Mensagem – Fernando Pessoa
488. Vendeta seguido de A paz conjugal – Balzac
489. Poemas de Alberto Caeiro – Fernando Pessoa
490. Ferragus – Honoré de Balzac
491. A duquesa de Langeais – Honoré de Balzac
492. A menina dos olhos de ouro – Honoré de Balzac
493. O lírio do vale – Honoré de Balzac
494(17). A barcaça da morte – Simenon
495(18). As testemunhas rebeldes – Simenon
496(19). Um engano de Maigret – Simenon
497. A noite das bruxas – Agatha Christie
498. Um passe de mágica – Agatha Christie
499. Nêmesis – Agatha Christie
500. Esboço de uma teoria das emoções – Jean-Paul Sartre
501. Renda básica de cidadania – Eduardo Suplicy
502(1). Pílulas para viver melhor – Dr. Lucchese
503(2). Pílulas para prolongar a juventude – Dr. Lucchese
504(3). Desembarcando o Diabetes – Dr. Lucchese
505(4). Desembarcando o Sedentarismo – Dr. Fernando Lucchese e Cláudio Castro
506(5). Desembarcando a Hipertensão – Dr. Lucchese
507(6). Desembarcando o Colesterol – Dr. Fernando Lucchese e Fernanda Lucchese
508. Estudos de mulher – Balzac
509. O terceiro tira – Flann O'Brien
510. 100 receitas de aves e ovos – José Antonio Pinheiro Machado
511. Garfield em toneladas de diversão – Jim Davis
512. Trem-bala – Martha Medeiros
513. Os cães ladram – Truman Capote
514. O Kama Sutra de Vatsyayana
515. O crime do Padre Amaro – Eça de Queiroz
516. Odes de Ricardo Reis – Fernando Pessoa
517. O inverno da nossa desesperança – John Steinbeck
518. Piratas do Tietê – Laerte
519. Rê Bordosa: do começo ao fim – Angeli
520. O Harlem é escuro – Chester Himes
521. Café-da-manhã dos campeões – Kurt Vonnegut
522. Eugénie Grandet – Balzac
523. O último magnata – F. Scott Fitzgerald
524. Carol – Patricia Highsmith
525. 100 receitas de patisserie – Sílvio Lacellotti
526. O fator humano – Graham Greene
527. Tristessa – Jack Kerouac
528. O diamante do tamanho do Ritz – S. Fitzgerald
529. As melhores histórias de Sherlock Holmes – Arthur Conan Doyle
530. Cartas a um jovem poeta – Rilke
531(20). Memórias de Maigret – Simenon
532. O misterioso sr. Quin – Agatha Christie
533. Os analectos – Confúcio
534(21). Maigret e os homens de bem – Simenon
535(22). O medo de Maigret – Simenon
536. Ascensão e queda de César Birotteau – Balzac
537. Sexta-feira negra – David Goodis
538. Ora bolas – O humor cotidiano de Mario Quintana – Juarez Fonseca
539. Longe daqui aqui mesmo – Antonio Bivar